NF文庫
ノンフィクション

無名戦士の最後の戦い

戦死公報から足取りを追う

菅原 完

潮書房光人新社

まえがき

二〇一五年二月、太平洋戦争の終結七〇周年を記念して『知られざる太平洋戦争秘話』と題し、それまでに月刊「丸」に掲載されたエッセイを集大成して発刊した。人間、誰しも一生のうちに一度くらいは本を書いてみたいと考えるのではないかと思うが、筆者自身も現役時代戦記物を読み漁っていたとき、本を書いてみたいが、とても筆者の能力のおよぶところではないと諦めていたので、その意味においては自画自賛だと笑われるかも知れないが、一応は夢が実現したといえる。

その後も物書きの真似事を続けてはいたが、馬齢を重ねること九〇歳に垂《なんな》んとすると、体力の衰えから気力も衰え、その上に視力が低下すれば物を読むのも億劫になり、この辺りが限界、ボチボチ年貢の納め時ではと考えていた。

ところが、世の中そうは簡単に問屋が卸さず、集大成が出たことを知った兵学校時代のクラスメートから、次々に令兄のご最期について調べて欲しいとの依頼があった。最初は、令兄が電纜《でんらん》敷設艇「大立《おおだて》」で戦死された片倉徹郎君からである。紆余曲折を経てやっと令兄のご最期が判明し、往時のことを思い出しながら、旅行代理店まがいに洋上慰霊の計画も立て、それが役に立って喜んでもらえた。

次の高橋良和君の場合は、捷一号作戦の前夜、比島の東方海域に夜間索敵に出かけたまま未帰還になった令兄の遭難場所の特定なので、「乾草の中で針を探す」という諺のようになるのではないかと懸念したが、米側の関連資料が見つかって解決ができ、期待に添えた。このようにして、クラスメートへの義理は果たせたので、この辺りで執筆を止めようかという筆者の気持ちも、半分以上は止める方向に傾いていた。

ところが、現役時代に同じ課で働いた山本眞文君と、ふとしたことから久闊を叙することになった。あるとき一緒に食事をしながら、特攻隊員などの追跡調査をしていると、超自然的な常識では考えられないことを体験すると話したところ、彼が戦死した海軍パイロットの叔父さんについて関心を抱くようになった因縁めいた経緯を話してくれた。そこで、叔父さんに関する資料を集め、活字にして残して置くことが、叔父さんに対する何よりのご供養になるという点では意見が一致した。しかし、勤めを持つ彼にとっては、家庭の事情も有之、書き残す作業をすることが物理的に不可能に近いと分ったので、筆者が代わって書いたのが「B－29に体当たりした『彗星』夜戦」である。

「彗星夜戦」が終わり、もうこれくらいで執筆も止めようかと身辺整理の心算で資料などを入れた段ボール箱を整理していると、底の方に書き上げたままの原稿が二、三見つかった。

折角ここまでやって没にするのも惜しい気がしたので、「丸」の室岡泰男編集長に原稿をお見せすると「やりましょう」ということになり、掲載して戴いたのが「『エンタープライズ』に残された特攻機の主翼の謎」と「空母『ワスプ』に挑んだ『流星』特攻隊」である。彗星、流星ともにダイブ・ブレーキは装備している筈であるが、二機ともオーバーシュートして右舷艦首付近に至近弾となっている。高速で急降下すると、人力では制御しきれない空力的な力が働くのではないかと考えたことを思い出す。

「エンタープライズ」については、日本側から見れば悪運が強い、米側からみれば、武運に恵まれた空母ということになるが、一度ならず操艦により危機を回避している。米海軍の場合、飛行科出身の上級士官の層が厚かったからであろうか、軽空母の艦長に至るまで航空記章の保持者（一人前のパイロット）でないと母艦の艦長には任命されないと聞いた。攻撃する日本側パイロットの心理状態まで読み取って、被弾を回避しながら操艦したのでは、と疑いたくなった記憶がある。また流星の場合は戦闘の状況は限りなく茨木機のそれに近いのに、時刻がどうしても一致しなかった点が、今でも心残りがしてならない。

この頃になると、もう少し書けば一冊の本になる分量に達するのではないかという欲が出始めて来た。しかし、これから調査して書くとなるとかなり大変な作業である。「特攻隊員となった兄弟の最期」の原稿もほぼ纏めてはいたが、縁者の中に公にすることに反対される方がおられて、原稿は前述の段ボール箱の底で埃を被ったままで放置され、「丸」に掲載する話は壁に突き当たった状態でストップしていた。

そうこうするうちに、ハワイの米軍関連機関DPAA（Department of POW/MIA Account Agency：捕虜と行方不明者の調査機関）のテリー・ハンター氏から、終戦間際に徳島海軍航空隊を攻撃中、対空火器により撃墜された米軍機のパイロットについて、日本側の資料提供の依頼があった。経緯を聞いたところ、徳島県在住の大森順治氏が、同県松茂町の道端にひっそりと建っている無名戦士の慰霊碑を見て、本人の氏名確認を在日米大使館に問い合わせたことに端を発し、大使館からDPAAに連絡が行き、そこから日本側の筆者を含めたリサーチャーに問い合わせがあったのである。日米双方の記録から、この無名戦士は第六母艦航空群、第六戦闘爆撃中隊所属のクリフォード・L・バウソール米海軍予備少尉と判明した。慰霊碑の銘が判明した実状と異なるので、書き替えの話も出たようであるが、諸般の事情から話は進んでいないように聞いている。

このとき知り合った大森氏は、「徳島白菊特攻隊を語り継ぐ会」の会員である。同語り継ぐ会では資料は集めたものの白菊特攻隊について纏まった資料がないということなので、こちらが必要とする資料を提供して戴くことを条件に、内容も多岐大量にわたるので前編と後編に分割、「丸」に連載していただき、練習機白菊による特攻の足跡を辿った。

その後、関口家の当主で米国在住の末弟、良修氏と連絡が取れ、関口兄弟の拙稿を「丸」に掲載することについてご了承をいただくことができた。特攻出撃しながら諸般の事由で二階級特進にならなかった方のご遺族のお気持ちを察すると複雑な気持ちになるが、戦後に訂正することは、ほぼ不可能と見受けられた。

以上が本書の概略であるが、その中の主人公といえば二〇歳そこそこ、中にはハイティーンの方も混じっている。戦争がなかったならば、海軍の「カ」の字も知らず別の道を歩んだことであろう若者たちが、希望のある将来を無惨にも断ち切られ、その正確な最期すら肉親には伝わらず、「某月某日、某方面にて戦死」という一片の紙切れで知らされるだけというのは、余りにも残酷といえないだろうか。

本書は、過去二〇年近くにわたって築き上げた国内、海外の作家、リサーチャー、同好の士などとの交流により得られた情報を基に、日・米双方の観点に筆者の考察を加えて、その真相に迫ったエッセイの集大成である。

この数年で日本を取り巻く世の中は、中国の台頭、韓国の反日離米、親中従北と大きく様変わりをしている。戦争を知らない世代に平和の尊さと有難さが理解できるよう、戦争の実態と悲惨さを正しく伝えることが、身を以て戦争を体験した筆者たち世代の責務であると感じる。それ故、本書が戦争の記憶を風化させることなく、戦争を美化することなく、戦争の悲惨な実態を知って、平和のための努力をする一助になることを切望して止まない。

無名戦士の最後の戦い――目次

無名戦士の最後の戦い

——戦死公報から足取りを追う

米軍機の攻撃を受ける日本海軍の電纜敷設艇。
写真は「大立」と同じ「初島」型の「立石」

電纜敷設艇「大立《おおだて》」最後の戦い

【片倉武夫海軍中尉】

管制機雷を海底に設置する電纜敷設艇に乗り組み、沖縄近海で戦死したという兄の最期を知りたい——海軍兵学校クラスメートからの依頼で調べ始めたものの、謎は深まるばかり。しかし、苦労して調査を進めてゆくと、意外な事実が明らかになった！

兵学校クラスメートの兄

この物語に出て来る片倉徹郎君と筆者は、敗色濃い太平洋戦争末期の一九四五（昭和二〇）年四月一〇日、第七七期生として三七七一名（含舞鶴分校）のクラスメートと一緒に、憧れの海軍兵学校に入校した。従来の兵学校（本校）だけでは七五期、七六期と筆者たち七七期、それぞれ三〇〇〇余名の三期のマンモスクラスを同時に収容しきれず、本校の北西約二キロに大原分校、山口県の岩国海軍航空隊内に岩国分校が開校されていた。入校式は本校で行なわれ、エ八〇六分隊の片倉君はそのまま本校に残り、イ二一二分隊の筆者は、式後直ちに機動艇で岩国分校に移動した。そして、その四ヵ月後には敗戦。かくして生徒時代、二人が会う機会は物理的になかった。

戦後、片倉君はセメント業界、筆者は航空業界とお互いに異業種で働いたので、仕事上の付き合いは全くなかった。一九七一年の初夏、筆者はそれまで勤めていた東亜航空（本社広島）が日本国内航空（本社東京）と合併して東亜国内航空になったのを機に、東京に転勤した。しばらくして、他課の職員から「七七期の片倉徹郎さんを知りませんか」と尋ねられたことはあったが、当時、クラスの名簿はなく、その人から、片倉君の令兄幸夫氏が運輸省（当時）航空局の試験官であることも聞かされてはいたが、パイロットの訓練に携わるようになり、対官折衝を担当したときはすでに退官しておられたので、ついぞお目にかかる機会はなかった。

このような次第で、戦後も長い間、片倉君との接触はなかった。しかし、数年前、クラスのメーリングリストであるNet77に彼が寄稿しているのを見て返信し、メールによる付き合いが始まった。そうこうするうちに、幸夫氏の下の令兄武夫氏が水産講習所出身で、戦死されたと知らされた。たまたま筆者の手元に『水産講習所 海の防人《さきもり》 太平洋戦争における水産講習所出身海軍士官の記録』という本があったので調べたところ、戦没者の記録の中に片倉武夫中尉の記事を見つけた。電纜敷設艇「大立《おおだて》」乗組、一九四五年三月二七日、トカラ列島沖で戦死となっている。

片倉君にこの話をすると、水産業界とは全く無関係の筆者が、彼よりも実兄武夫中尉のことをよく知っていたとビックリ仰天。彼は令兄が沖縄近海で戦死したとばかり思い込んでいたようで、その場所や当時の状況など、さらに詳しく知りたい。もしできれば、これまでに特攻隊員の特定などをしている筆者に手助けをして欲しいとのメー

片倉徹郎氏の兄・片倉武夫海軍中尉

ルがあった。

兵学校のクラスメートといえば同じ甲板の上で血を流す仲。「ネガイマス」といわれれば、少々無理でも引き受けるのが海軍士官を志した者の仁義である。おっと合点承知之助とばかり、二つ返事で引き受けたのが、二〇一四年の猛暑も終わり始めた頃であった。

調査の開始

調査を始めるには、まず、関連資料を集めなければならない。プライバシー侵害の恐れのあるものは別として、可能な限りの資料をお願いすると、相当の資料が郵送されてきた。その中から、まず、武夫中尉の乗艦「大立」とはどんな艦《フネ》だったのかを調べた。大型艦や、駆逐艦、潜水艦についてはかなり知っているが、補助艦艇となるとほとんど知らなかったことが、我ながら恥ずかしくなった。

電纜敷設艇「大立」

◇概要

「大立」は、一九四一年七月三一日、播磨造船所にて竣工、同日付で佐世保を本籍（佐世保防備戦隊所属）とする。本艦の任務は、港湾、海峡などの沿岸要地の水中に炸薬五〇〇キロの九二式機雷（管制式捕音器付音響機雷×六個を一群）を沈置し、敵潜水艦を探知したら、陸上哨所から機雷を管制爆発させることにあった。

「初島」型電纜敷設艇の2番艇「大立」

◇艦級概観

艦種：電纜敷設艇（「初島」型四隻の二番艇。日本海軍最初で最後の電纜敷設艇）

艦名：島の名前（長崎県西彼杵半島と五島列島の間に位置する小島）

◇要目

排水量：基準一五六〇トン　公試一七〇〇トン

全長：七六・八〇メートル　全幅：一〇・八〇メートル

吃水：三・五三メートル

機関：ロ号艦本式缶（石炭専焼）×二基　直立三気筒三段膨張レシプロ×二基　二軸二三〇〇馬力

燃料：石炭（一七〇トン）

速力：一四ノット　航続距離：一〇〇〇浬（一二ノット）

乗員：一〇九名

兵装：八センチ高角砲×一門　一三ミリ連装機銃×一基　爆雷×九個（最大一八個）。大戦後半には他艦と同様、機銃の増設を実施したと推定される。

備考　電纜二万メートル　水中聴音機×四組　機雷×一二

個を搭載可

◇一九四五年二月~三月の行動

㈠『佐世保東山海軍墓地墓碑誌』佐世保東山海軍墓地保存会　一九九八年

一九四五年三月二五日に佐世保を出港して船団護衛中の二七日一〇時三〇分、沖縄の北西において米艦載機の攻撃を受けて沈没した。地点、指宿の一二三度一四二浬。戦没者は、艦長《ママ》以下一〇〇余名である。

しかし、この記述には疑問がある。というのは沖縄の北西は東シナ海、指宿の一二三度一四二浬は明後日を向く太平洋になる。では、別の資料はどうなっているのだろうか。

㈡『水産講習所　海の防人』水産講習所　海の防人刊行会

一九四五年二月一〇日、佐世保を出港し鹿児島を基地に南西諸島方面の船団護衛に当たった。三月一八日以降沖縄侵攻を前に米機動部隊が西日本に来襲していた。「大立」は奄美方面の電纜敷設及び水中聴音機修理のため派遣されていたが、敵情が切迫していたので二六日、佐世保に向かった。二七日七時四五分、トカラ列島沖でグラマン二機が来襲機銃掃射を加えて来た。これにより後部の爆雷が誘爆し船体後部が大破、七・七ミリ機銃のほか全火器が破損、一七時五〇分、沈没した。二隻のモーター付通船で大島に向かおうとしたがエンジンが起動せず分離漂流していたところ輸送艦一七号に発見され、四一名《ママ》名が救助された。しかし、片倉中尉はその中にいなかった。

これを見ると、沈没地点はトカラ列島の沖で東シナ海になるが、沖縄の北西よりもかなり北になる。新たな疑問は、㈠の佐世保を出港、沖縄の北西において米艦載機の攻撃を受けたということは、「大立」が南下していたことを意味する。しかし、㈡では、奄美方面に派遣されていたが、敵情が切迫していたので佐世保に向かったとあり、「大立」は北上していたことになる。

㈢近代世界艦船事典

三月二五日、佐世保出港後船団護衛中、三月二七日一〇時三〇分、鹿児島県指宿の二二六度一四二浬の草垣島西方（北緯三〇度四〇分、東経一二七度五〇分）において、アメリカ艦載機の攻撃を受けて沈没orアメリカ潜水艦（SS237）「トリガー」の発射した魚雷を受けて沈没（？）し、艇長以下一〇〇名が死亡。

飛行機か潜水艦か

以上を整理してみると、次の疑問や齟齬がある。

沈没原因：米艦載機（グラマン×二機）の機銃掃射（東山海軍墓地保存会・海の防人・世界艦船辞典）or潜水艦（「トリガー」）の雷撃（？）（世界艦船辞典）

沈没地点：指宿の二二二度一四二浬（東山海軍墓地保存会）。指宿の二二六度一四二浬の草垣島西方（北緯三〇度四〇分、東経一二七度五〇分）（世界艦船辞典）

行動：佐世保出港後船団護衛中（南下）（東山海軍墓地保存会・世界艦船辞典）。奄美大島

方面から佐世保に向かう途中（北上）（海の防人）。

ここで先ず問題になるのは、疑問符付ながら、攻撃した相手が米潜「トリガー」であったかも知れないという記述である。常識的に考えて、一五〇〇トンの「大立」は魚雷命中後、おそらく数分間で轟沈したことであろう。〇七四五／一〇三〇に攻撃を受け、一七五〇まで七～一〇時間も浮いていたとは思われない。

日米双方の資料によれば、三月二六日、「トリガー」は南西諸島付近の哨区にあり、気象状況を送信している。同じ頃、真珠湾の潜水艦部隊司令部では「トリガー」に対し、豊後水道の南方に急行し、「シードッグ」「スレッドフィン」と群狼を編成するように命じた。米海軍はウルトラ情報により、戦艦「大和」以下の第二艦隊の出撃を察知していたのである。

呉防備戦隊では第二艦隊の出撃に備え、磁気・電波探知機を装備した航空機一〇機、水上艦艇一九隻（海防艦×六隻、特設駆潜艇×一三隻）の大兵力を投入して前路警戒を行なった。三月二七日一〇三〇分頃、磁気探知機装備の航空機が豊後水道南方で敵潜水艦を探知。海防艦六隻がその地点に急行してこれを補足、一三〇〇頃、爆雷攻撃を開始、やがて爆雷投下海面に大噴煙が二ヵ所上がるのを視認している。

三月二八日、「シードッグ」が「トリガー」と連絡不能と報告したので、潜水艦部隊司令部は三月三〇日、「シードッグ」には群狼を解散させ、「トリガー」には別命を与え、命令受領の確認を求めたが応答なし。同司令部は、「トリガー」に四月四日にミッドウェー帰着を命じたが、「トリガー」は五月一日になっても帰着せず、損失と判断されたという。以上から、「トリガー」が「大立」の損失に関連したとは、考えられない。

◇沈没地点の確認

ある地点からの方位と距離が分かれば、fix（正確な地点）が求められる。鹿児島県指宿の一二二度一四二浬といえば、すでに指摘したように南東方向の太平洋上になる。佐世保を出港して奄美に向かう、または逆に奄美から佐世保に向かう艦がわざわざ迂回してこの海域を通るとはとても考えられない。したがって、この情報はネグらざるを得ない。

次は指宿の二二六度一四二浬の草垣島西方（北緯三〇度四〇分、東経一二七度五〇分）の地点である。指宿の二二六度一四二浬の地点(A)（航跡図参照。以下同じ）はトカラ列島悪石島の西約三五浬であるが、同一地点であるはずの草垣島西方の地点(B)は、(A)と南東－北西方向に九〇浬も離れていて方位と距離によるfixと緯度・経度による座標が一致しない。やはり、正確な座標で示す地点が必要である。

ネットで見つけた「大立」の情報

残暑も和らいだ九月下旬、片倉君は悪戦苦闘していた。筆者が「大立」について、何か情報がないかとインターネットで探していると、鹿児島県枕埼市の平和祈念展望台（火の神公園）に「大和」の慰霊碑と一緒に「大立」の慰霊碑もあり、二〇一一年七月に行なわれた慰霊祭において、「大立」遺族の下迫美代子さんが、この平和祈念展望台奉賛会に燈籠を寄付

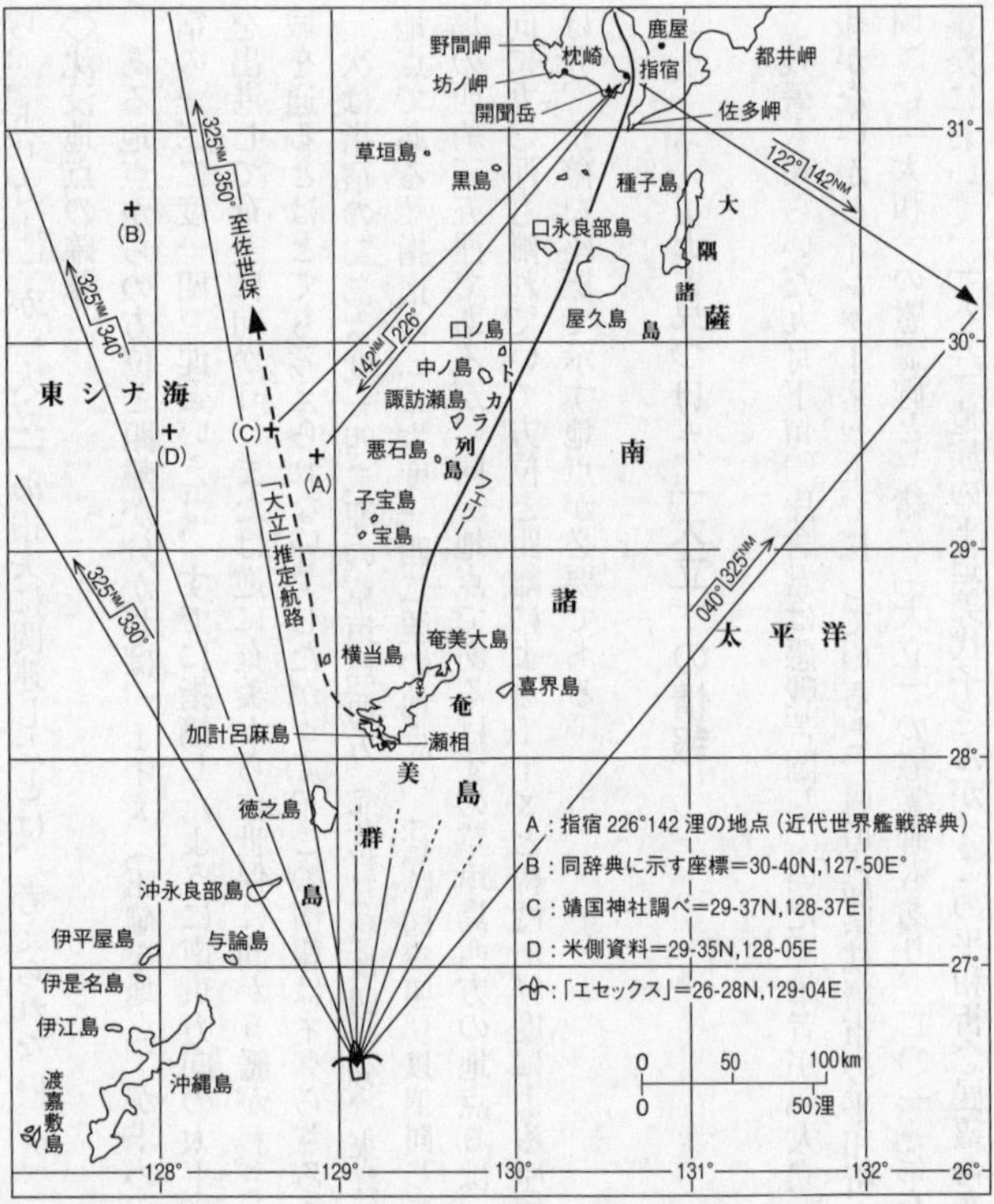

しておられることが分かった。「大立」遺族のお名前が、初めて判明したのである。

早速、片倉君が枕崎市役所宛てに下迫さんの連絡先を手紙で問い合わせた。しかし、筆者の今迄の経験から懸念していないでもなかったが、数日後、案の定個人情報につき、回答いたしかねますとのつれない返事があったという。だが行間からは、担当者は下迫さんの住所を知っているように読み取れた。そこで片倉君に、彼が下迫さん宛てに手紙を書き、切手を貼った封筒を同封して市役所の担当者に郵送する。先方で手紙を読んで、問題ないと判断すれば、下迫さん宛てに郵送してもらうようにしてはと助言した。

片倉君は、最愛の肉親が、お国のために命を捧げ、その残された家族の心境をお分かりでしょうかと切々と訴えた担当者宛ての手紙に、筆者の助言に従って、下迫さん宛ての手紙と切手を貼った封筒を同封して、担当者に送った。先方も、今回は彼の気持ちを十分にくみ取ってくれたのであろう。彼の手紙は枕埼市の平和祈念展望台奉賛会事務局経由で下迫さんに届いた。

下迫美代子さんの父・瀬戸口裕助海軍機関兵曹長

そして一〇月上旬のある日の夕方、横浜に転居しておられる下迫さんから、思いもかけず、突然、片倉君に電話があったとのこと。同じ艦で運命を共にした者同士の遺族である、かなりの長電話になったというが、さもありなん。

「大立」で戦死されたのは父上の瀬戸口裕助海軍機関兵曹長で、一

下迫美代子さん（右）が鹿児島枕埼市の火の神公園平和祈念展望台奉賛会に寄贈された燈籠。左は弟の瀬戸口勇市氏

九四一年七月三一日（竣工当日）に「大立」乗組を発令されていることが分かった。おそらく、同艇の掌機関長だったのではないか。重油不足のため、前述のとおり「大立」は石炭専焼艦である。重油専焼艦と比べると、機関科はそれだけでも大変だったであろう。准士官なので、最後には先任将校を務めた武夫中尉とも接触は十分にあったと思われる。

また、「大立」の沈没地点は、北緯二九度三七分、東経一二八度三七分（靖国神社調べ。同神社の助言により、後日、片倉君が厚労省社会援護局業務課調査資料室に問い合わせて確認）であること、佐世保の東山海軍墓地にある「大立」の慰霊碑にも二〇一〇年と一二年に訪問し、二度目のときには周囲の慰霊碑に比べるとあまりにも汚れが酷かったので磨いてもらい、花生けを新調し、定期的な掃除も然るべくお願いされたそうである。

さらに碑銘から生存者の先任と思われる建立者の氏名も分かったが、この方はすでに他界しておられ、片倉君は、その方の夫人の電話番号を教えてもらったので電話をしたが、残念ながら通じなかったとのこと。一大進展である。

しかし、父上が戦死されたのは下迫さんが二歳のときとのことで、これを聞いたとき、乗組んでいたタンカーが米潜に撃沈され、生後間もなく父親が戦死したという知人の女性のことが筆者の脳裏をよぎった。ここにも父親の顔を知らない戦争犠牲者がいることを知って、胸が痛んだ。

早速、地図上にこの座標を入れて見ると、前述の指宿の二二六度一四二浬の地点(A)から西北西約一五浬の地点(C)になる。これで、沈没地点は悪石島のほぼ西五〇浬と確認できた。

最後に、もう一つ確認すべきことがあった。それは「大立」が沈んだのは佐世保出港後の船団護衛中、すなわち奄美大島方面に向かって南下中だったのか、それとも逆に奄美大島方面から佐世保に帰着するために北上中だったのかということである。複数の資料によると、まったく齟齬することが書かれている。相手が飛行機であったのか、潜水艦であったかのに始まり、沈没地点の不正確なこと、今度は行動に関する疑問である。

『水産講習所　海の防人』によると、武夫中尉は三月一五日佐世保鎮守府付に発令されている。佐世保出港後二七日に戦死したのであれば、発令後も引き続いて「大立」に乗艦していたことになる。後任者も発令されたはずである。艇長にしても、通常、他の部署に発令された者を引き続き乗艦させて出港したとは考えられない。

やはり、佐世保帰着後に退艦する予定だったと考えるのが妥当ではないだろうか。

当事者の手記を発見

一〇月下旬、筆者は防衛省防衛研究所戦史研究センター史料室長柴田武彦氏に片倉君を紹介した。片倉君が史料室に行くことになりそうだと考えたからである。柴田氏とは、ここ数年間連絡が途絶えていたが、紹介とお願いのメールを送ると、筆者のことを覚えておられて、片倉君の来訪をお待ちしますとの返信があった。

早速、この旨を片倉君に伝え、一二月上旬、彼が柴田氏と山田清史専門官にもお目にかかって、「大立」関連の資料を見せていただき、「大立」の沈没当時、同艇に便乗していた幸田賢司氏の手記『第二次世界大戦末期における民間渡航遭難記』のコピーを入手した。これで、「大立」の沈没について、初めて当事者の書いたものを読むことができた。しかし、残念ながら「大立」艇長の階級氏名は不詳で、乗組員の名簿も所蔵されていないことも分かった。

この遭難記は、『わが町の戦中戦後を語る―思い出の体験記録集』尾崎一(代表)第三編第一章に組み込まれている。著者は喜界島出身、一九四四年九月、東京薬専(現東京薬科大学)を繰上げ卒業して帰省。一九四五年の春になると民間の鹿児島行の船便が途絶していたので、役場から「海軍見習尉官受験のため」の証明書を貰って「大立」に便乗、佐世保に向かう途中で遭難したときの貴重な証言であるが、長いので要約する。

三月二六日の夜、「大立」は加計呂麻島《かけろまじま》の瀬相《せそう》を出港、佐世保に向かう。乗組員は定員の一〇九名を遥かに超過した一九八名、便乗者は幸田氏を含めて二名。

三月二七日九時頃、B－29が二機、高度約二〇〇〇メートルで上空を通過、投弾するも当たらず。しばらくして、グラマン数機が来襲、機銃掃射を加える。甲板の対空火器で応戦している砲手・機銃手が次々にやられるが、艦に影響はない。しかし、不運なことに、敵の機銃弾で艦尾に置いてあった対潜爆雷が誘爆、大爆発を起こし、機関の動力源である高温高圧蒸気が大量に漏れて視界は不良になり、艦は停止した。艦は次第に傾いてきたが、一〇度くらいになったときに傾斜が止まった。一〇時間くらいは沈まないとの艦内放送あり。指揮権が解かれ、各自は自由行動となる（注：この時点で、船底の缶室・機関室などにいた機関科員は、上甲板に上がって来たものと思われる）。

「大立」を撃沈したグラマンF6F戦闘機（同型機）

死出の門出を飾るのか、多数

の将兵が汚れた戦闘服を正装に着替え始めた。宵やみ迫る頃、「大立」は、艦首を持ち上げて徐々に波間にその姿を消して行った。

以上、入手できた情報を基に、二月から沈没に至るまでの「大立」の行動を再現してみよう。

「大立」最後の日々

二月一〇日：佐世保を出港、鹿児島を基地に南西諸島方面の船団護衛に当たる（海の防人）。

三月一五日：武夫中尉佐世保鎮守府付に発令（海の防人）。

注：人事発令は出港後なので、引き続き「大立」に乗艦、佐世保帰着後新部署に出頭することになる。

三月二六日：佐世保防備戦隊は、「大立」から二八日佐世保帰着を入電（厚労省社会援護局調べ）。この日夜、加計呂麻島の瀬相を出港、佐世保に向かう（民間渡航遭難記）。

注：二二〇〇時頃瀬相を出港し、大島海峡の狭水路を低速で抜け、外洋に出てから速度を一二ノットに上げれば、沈没地点までの距離は約九〇浬なので、北西の季節風などを考慮しても、翌朝〇八〇〇頃には、沈没海域に到着できる。

三月二七日：〇七四五（海の防人）、〇九〇〇頃（民間渡航遭難記）、一〇三〇（東山海軍墓地保存会）、敵艦載機の攻撃を受け、爆雷が誘爆。

一七五〇（海の防人）、宵やみ迫る頃（民間渡航遭難記）沈没。

沈没後の様子については、唯一の資料『民間渡航遭難記』を頼ることになる。生存者は二隻のモーター付通船に乗り奄美大島に向かおうとしたがエンジンがかからず分離漂流する。

三月三一日：エンジン始動係りの努力で、やっとエンジンがかかり、東へ東へと走り出したが、間もなく燃料切れでエンスト。再び漂流を始める。和船用の櫂と毛布で即席の帆を上げ、板切れの櫂を漕いで島の方向に向う途中、浮上した敵潜を発見、帆を倒し、全員が毛布の下に隠れて、敵潜の虎口を脱する。威嚇射撃を受けたが、被害なし。

四月一日：日出後、輸送艦「第一七号」の指揮する六隻編成の「大島輸送隊」に救助され、甲板に整列、「電纜敷設艇『大立』乗組員、計四二名、うち部外者二名」と」報告、とある。報告者は、東山海軍墓地の慰霊碑建立者であろうか。この日夜半、二六日に出港した加計呂麻島の瀬相に入港。

注：艇長、武夫中尉、下迫機関兵曹長たちの最期に関する記述は見当たらない。また、もう一隻の内火艇についても消息不明である。

話が若干横道にそれるが、今回、初めて補助艦艇について調査をして気付いたことは、前述のとおり、記録が不備で、その内容たるや記録ごとに差異があったことである。「大立」は補助艦艇とはいえ、軍艦旗を掲げた歴とした帝国海軍の艦である。

歴史に残るような海戦に参加することもなく、四六時中、敵潜・敵機の脅威に曝され、いつも死と対決し、心の安まるときのない船団護衛など、陽の当たらない任務に黙々と従事。

しかも小艦のため、居住性は劣悪。敵と戦う前に自然の猛威と闘い、時化ると艦首で切る波は艦橋を越え、甲板は波で洗われる。航海中は入浴・洗濯はままならず着たきり雀。入港するまでは顔も洗えない。飯を炊く水がチャブチャブとこぼれて、焦げ飯になる。横波を喰らえば、テーブル上の食器は吹っ飛び、やむを得ず飯櫃《めしびつ》は柱に括り付け、副食物はバケツに入れて天井から吊るし、立ったままで食事をする。

これは「大立」よりも若干小型艦のことであるが、「大立」にしても、その状況は大同小異であったと思われる。このようなご苦労をされた方々の艦の記録が、杜撰としかいいようがなかったことに、憤懣やるかたないものを感じた。

米側の資料

一九四五年三月二七日、「大立」の撃沈にかかわった第八三母艦航空群は、マーク・ミッチャー提督麾下の第五八・三任務群所属の空母「エセックス」を母艦として沖縄海域において作戦行動中であった。

〇五四五（日本標準時）、第八三戦闘機中隊のF6F-5戦闘機一〇機と第八三戦闘爆撃機中隊のF4U-1D戦闘爆撃機一〇機は、それぞれ機銃と五インチ高速ロケット弾四発で武装し、日本の船舶と艦隊を求めて「エセックス」から発進した。同艦の位置は沖縄本島の東六〇浬（北緯二六度二八分、東経一二九度〇四分）である。各中隊は二機で一区隊を編成、各区隊は母艦を基点として三三〇度から四〇度までの区域を一〇度単位に分割し、進出距離は三二五浬の扇形区域内を索敵攻撃した。そして一〇〇浬と二〇〇浬の地点には無線通信の中継基地として、それぞれ一個区隊が配置された。

〇七一七、三四〇度〜三五〇度の扇形区域を索敵中の区隊が、地点(D)（北緯二一九度三五分、東経一二八度〇五分）において針路三一〇度、速度二〇ノットで北上中の駆逐艦一隻（「大立」を誤認）を発見、ロケット弾の全弾八発を発射するとともに機銃掃射を加えた。ロケット弾二発が同艦後部に命中したのが視認されている。その結果艦尾に大爆発が起こり、続いて白灰色の爆雲が噴出、機雷か弾薬の誘爆によるものと思われた。当時、この海域の気象状態は全天一五〇〇フィートの層雲で覆われ、視程は三浬、部分的に雲で隠蔽されていた。

注：便乗者幸田氏の手記を含めた日本側の資料にはロケット弾による攻撃の記述がなく、機銃弾で爆雷が炸裂するのかと疑問視していたが、米側の資料からロケット弾によるものと判明した。

片倉武夫海軍中尉

片倉武夫海軍中尉は、一九一八（大正七）年、片倉家の三男として生まれた。すぐ上の次男が航空局の試験官だった幸夫氏、下の二人の弟さんの次が六男の片倉君である。

神奈川県逗子市の開成中学を卒業後、一九四一年一二月、水産講習所第四四回遠洋漁業科

に入学、直ちに海軍兵科予備生徒第六期生に任命。一九四三年一一月に二年の課程を終了という記録もあるが、実質的には海軍の指揮下にあったようで、開戦翌年の一九四二年、東京・神戸高等商船学校の予備生徒と共に、横須賀海軍砲術学校に入校、一九四三年三月、所定の訓練を終了したときの記念写真がある。服装は兵学校生徒と同じ蛇腹の短ジャケット、帽章と襟章の錨の中央に、予備生徒を示す銀色のコンパスが付いている。

その後乗艦実習を終えて一九四四年一月、海軍予備少尉に任官、重巡「最上」乗組。同艦は一九四三年一一月初旬、ブーゲンビル島支援のため、第二艦隊遊撃隊の一員としてラバウルに進出するが、同地到着直後の空襲により被弾、一一月下旬呉に回航し呉工廠にて修理。翌一九四四年二月中旬に修理完了。三月初旬、物資を搭載してシンガポールに向け出港した。武夫少尉が「最上」乗り組みを命じられたのは、同艦が呉工廠において修理中のときと思われる。

その後、「最上」はあ号作戦（マリアナ沖海戦）に、小沢機動艦隊乙部隊（城島高次少将麾下の第二航戦「隼鷹」「飛鷹」「龍鳳」、「長門」、「最上」、駆逐艦×八隻）の一員として参加している。

次に「最上」が参加した海戦は、一〇月下旬の捷一号作戦であるが、武夫中尉（九月一五日昇進）は、一〇月一日に佐世保防備隊付「大立」乗組を命じられ、「最上」を退艦しているので、彼が参加した作戦は、あ号作戦のみである。

高等商船や水産講習所出身の予備士官の配置先は、駆逐艦、海防艦、駆潜艇、掃海艇、哨戒艇といった二〇〇〇トン未満の小型艦艇や特設艦艇がほとんどで、船団護衛、輸送業務などの地味な縁の下の任務に従事した。予備士官は、これらの艦艇に航海長、航海士として乗り組んでいたが、一九四四年一二月以降の戦死者が急増している。武夫中尉も、この中の一人になった。

あ号作戦に向けフィリピン沖を航行中の航空巡洋艦「最上」

遠洋漁業科四四回のクラスメートによれば、武夫中尉は温和な人で怒った顔を見たことがない紳士であった。小柄ではあったが堂々として威圧感のある頼もしい存在であった。共に柔道部に所属し互いに投げたり、投げられたりの仲間であり、また飲友達の悪友でもあった、とある。

前出の航空局の試験官だった次男幸夫氏の子息が書かれた武夫叔父さん伝では、「タケは、一銭玉を小遣いに貰うと、何時までも握って使おうとしないのだ。緑青が湧いても握っていた」という件がある。幸夫氏は、そんな愚直な、すぐ下の弟が可愛かったようである。また、「タケが一番親孝行だった」とも話しておられる。生きていたときもそうだが、戦後の生活が大変だったときも遺族年金で両親を助けた、という意味も含まれていた気がする。「兄弟の中で、タケが一番マトモだった」公平な視線を持ち、癖のない思考をし、それを率直に行動に移していた、ということであろう。この子息は、見知らぬタケ叔父を、背が低く、がっちりしていて、鈍重だが、どこか人をホッとさせるような明るさのある人物を想像しておられる。

弟を気づかった兄からの手紙

武夫中尉から留守宅に届いた手紙を見せていただいた。すでに綺麗にタイプで打直されているので、その筆跡から人柄を偲ぶことはできない。また、日付がないので、内容から時期を推定するしかないが、片倉君宛ての手紙とハガキで、兵学校に行くようにと、強く勧めておられる。時期的に考えて、一九四四年の春、「最上」乗組になって間もない頃であろう。

筆者たちは、実施部隊のことは全く知らない。ホンチャンと呼ばれていた兵学校出身者と、スペアとか、コンパスと呼ばれていた予備士官との軋轢については、戦後、いろいろな本を読んで知った。武夫中尉は、自分が味わった予備士官の悲哀を弟の片倉君には味合わせたくないとの気持ちから、兵学校受験を強烈に勧められたと思われる。

次の手紙は、片倉君の兵学校の入試合格を心から祝い、ご自分の中尉昇進を知らせる手紙なので、九月下旬に書かれたものと推察できる。「兄弟そろって大いに皇国のため奮闘しようではないか。大君の醜《しこ》の御楯になろうではないか。さあ、やろう！」で結ばれている。

そして、最後の手紙は、「徹郎も、いよいよ入校近くなったね」とあるので、最後の航海の出港前、一九四五年二月上旬であろう。「体には充分注意して、父上母上のそばにいる間にできるだけの孝養を尽くして置きなさい」と兄らしい言葉も見られる。しかし、それまでの手紙と違って、「徹郎にはもう会えぬかもしれぬが、ともかく元気で立派なネービーになるよう祈っている。では、今夜も大分遅くなったからこの辺でやめる。終　武夫より」とある。さらに、ご両親あての手紙には勤務の都合で帰宅のできないことを詫び、「父上母上の御健勝を遠き洋上より祈り居ります。乱筆にて失礼致しましたが、近所の方々にもよしなに傳へ置き下されば幸いと存じます。（終）武夫」となっていて、遺書めいた感じを受ける。

下迫さんから片倉君宛てに来た手紙に、「生まれて間もない私を、寝ているのを起こして、これが最後かも知れないと、水杯で別れて行ったと、祖母から聞いています」とある。

一九四五年の二月上旬といえば、米軍は比島をほぼ奪回し、硫黄島に上陸する直前である。マリアナ諸島を基地とするB－29は、すでに東京、名古屋、横浜を数回も爆撃している。戦局の悪化を承知していた「大立」乗組の将兵にとっては、自分たちを待ち受ける運命が身に染みて分かっていたのではないだろうか。

武夫中尉の戦死公報が留守宅の父上の許に届いたのは、片倉君が兵学校に入校した直後のようである。父上は、そのことを片倉君には知らされなかったので、彼が武夫中尉の戦死を知ったのは、帰休（復員）後、戦死公報が仏壇にあるのを見たときで、令兄の死が信じられなかったという。敗戦後の混乱、物資不足、旧陸海軍軍人に対して風当たりの強かった時期なので、一年くらい経って、逗子の延命寺にある先祖代々の墓の隣に「海軍大尉片倉武夫之墓」と刻まれた墓碑を建て、僧侶を呼んで身内だけで簡単な葬儀を営まれたと聞いた。享年

二七。洋上慰霊の旅

それから六九年の歳月が流れた。しかし、片倉君にとっては、令兄武夫中尉のことを忘れた日は、一日たりともなかったことであろう。「大立」の沈没地点が沖縄海域ではなく、トカラ列島の沖と知ったとき、真っ先に彼が考えたことは、武夫中尉の洋上慰霊であったと思われる。

沈没地点が確認できた二〇一四年一〇月中旬、彼から慰霊の旅について相談があった。幸いにして、筆者が入社した東亜航空の本社は広島にあったが、鹿児島を起点として、種子島、屋久島、奄美大島などの離島路線も飛んでいた。運航管理者には最低一年一回の路線踏査が義務付けられている。筆者は広島勤務ではあったけれど、離島路線のことも知っていた方がよいとのことで、鹿児島に出張したとき、YS－11のジャンプ（Jump seat. 操縦室内の補助椅子は跳ね上げて折り畳むので、ジャンプといった）で、時折、離島に行ったことがある。また、一九六九年五月に沖永良部島の滑走路が一二〇〇メートルに延長されてYS－11の運用が可能になったとき、初便就航の数日前に奄美大島から瀬戸内（大島海峡を隔てた対岸が加計呂麻島の瀬相）経由沖永良部まで船便で行って、代理店の運航担当者を教育したこともあり、離島の様子は、おぼろげながら記憶がある。

片倉君に聞くと、佐世保東山海軍墓地にある「大立」の慰霊碑を訪ね、鹿児島〜奄美間の便船が「大立」沈没地点に一番近い海域を通過するとき、洋上慰霊をしたいという。この二つを頭に入れて、高齢者にとっても無理のないと思われる二泊三日の大まかな旅程を作った。次は実施時期であるが、あの海域の一〇月は台風銀座である。一一月上旬も余裕を見て、差し控えた方がよい。となると直ぐに一二月。年末を控えて何かと慌ただしくなる。翌年回しになるが、二〇一五年三月二五〜二七日にすれば、祥月命日に合わせて洋上慰霊ができる。筆者はこの案を強く勧めた。

というのは、数年前、開戦後間もなくして、比島バタアン半島南端のマリビレス山頂付近に激突、戦死した陸軍パイロットの遺骨を発見したので、遺族を六八年目の祥月命日に合わせて現場まで送り込んで慰霊祭を行ない、非常に感謝されたことを思い出したからである。片倉君も喜んでこの案に賛成してくれた。

佐世保東山海軍墓地にある「大立」の慰霊碑（片倉徹郎氏撮影）

年が明け、二〇一五年の二月になって、片倉君は吉祥寺にある知り合いの旅行代理店を訪ね、旅行の概要を説明して「旅行行程表」の作成を依頼した。担当者が、片倉君の希望通りの高齢者に無理のない旅程を組んでくれ、彼は無事スケジュール通りに洋上慰霊の旅を終えることができた。この旅が終わって暫くして、彼はクラスのメーリングリストで慰霊の旅の報告をした。その関連部分を読者に紹介したい。

三月二五日：一〇時〇五分羽田発、一二時一〇分長崎着（JAL便）。連絡バスで佐世保に移動。東山海軍墓地にある「大立」の慰霊碑を訪ねる。佐世保泊。

三月二六日：一一時四四分佐世保駅発、一三時〇六分新鳥栖駅着。一三時三四分新鳥栖駅発、一四時五四分鹿児島中央駅着。一七時三〇分鹿児島本港北埠頭発「フェリーきかい」。乗船後、沈没地点の一番近くを通過する時刻を船員に尋ねると二七日一時とのこと。洋上慰霊と知って、刻一刻と船の位置が分かるモニターのある船室にグレード・アップしてくれた。戦没した海の男の遺族に対する心遣いであろうか。

三月二七日：一時、三階の甲板に出て、真っ暗な海に向かって黙祷。お神酒を海に注ぎ、持参した花束を海中に投下、七〇年のご無沙汰を詫び、冥福を祈った。ふと、暗い波間に兄の笑顔が見えたような気がした。

七時奄美名瀬港着、タクシーで空港へ。九時二五分奄美発、一〇時二〇分鹿児島着（JAC便）、一〇時五〇分鹿児島発、一二時二五分羽田着（JAL便）。

この日の夕方PCを開くと、片倉君から洋上慰霊の旅が無事に終わり、筆者の半年にわたる協力・支援に感謝する旨のメールが入っていた。終わりよければ、すべてよし。筆者もホッとして、肩の荷が下りたように感じた。

かくして、片倉君の洋上慰霊の旅も、滞りなく終わった。彼は戦後もずーと、紙切れ一枚だけの戦死公報では令兄の死が信じられず、何時かひょっこりと帰宅するのではないかと待ち侘びていたそうである。これで片倉君も心の整理ができ、大げさないい方ではあるが、彼の長かった「戦後」に終止符が打てたのではと思う。文中に出てくる片倉君の洋上慰霊の旅の実現に向けて、ご協力いただいた方々に、片倉君と共に衷心より感謝の意を表したい。

米軍機の攻撃を受けて海面に
不時着、炎上する九七大艇

撃墜された九七大艇ヘルキャット夜戦との戦い

【高橋廣文海軍少尉】

レイテ沖海戦の直前、九七大艇に乗って比島東方海上で行方不明となった期友の兄の最期はどんな状況だったのか。「干し草の山の中で一本の針を探す」ような困難な調査で明らかになった夜間空中戦の詳細。

比島沖で戦死した長兄の最期は？

一九四五年四月一〇日、江田島本校において筆者たち七七期生の入校式が挙行されたことは、前章で述べたとおりである。式後、江田島に到着以来岩国分校組の宿舎であった養浩館に立ち寄り、それまで着ていた学生服、文房具などの私物をまとめ、雨着を着て、そぼ降る春雨に濡れながら、表桟橋から内火艇で岩国に移動した「本土流し組」三四一名の中に、この物語の主人公高橋廣文少尉の令弟、高橋良和君（イ二〇三分隊）や筆者がいた。

当時、すでにB‐29から投下された機雷で瀬戸内海の航路は封鎖され、あちこちで船舶の被害が発生していたが、掃海された水路を通ったのであろうか、何事もなく二時間足らずで岩国の水上隊に到着した。そして、そこから「鬼の住む」といわれた生徒館まで、車体の前に錨の付いたバスで移動した。生徒館では、それまでに体験したことのない新しい生活を送ることになる。

ここで岩国分校の組織を簡単に説明すると、筆者たちの生徒隊は一部と二部からなり、各部は一二個分隊で編成されていた。すなわち、一部は一〇一～一一二分隊、二部は二〇一～二一二分隊である。

兵学校の最小組織である分隊は、当時、一号生徒（七五期）、二号生徒（七六期）と筆者たち三号（七七期）各一五名ずつ、計四五名である（分隊により、若干の変動あり）。二人とも二部の所属ではあったが、高橋君は二〇三（ふたまるさん）の奇数分隊、筆者は二一二（ふたひとふた）の偶数分隊であり、また、課業や訓練を受けるときの教班は、彼が二〇三、二〇七、二一一分隊の三号約四五名で編成する二三教班（二部の第三教班）、筆者が二〇四、二〇八、二一二分隊の二四教班なので、一緒に行動したことはない。したがって、当時はお互いにまったく知らなかったといっても、過言ではない。「三号は、隊務、隊務でタイムなし」という江田島川柳があるが、来る日も来る日も、総員起こしから巡検まで、独楽鼠のように走り回っていたので、自分のことと分隊の隊務をこなすのが精一杯、他の分隊のことなど気にかける暇もなかった、というのが実情である。

高橋良和氏の兄・高橋廣文海軍少尉

　戦後、高橋君と筆者はともに航空業界で働いた。彼は日本航空の人事畑、筆者は東亜国内航空（当時）の運航・乗員訓練畑である。一九七一年の春、東京に転勤して間もなく彼と一度会ったことがある。当時はお互いに中間管理職であり、なにぶん日常の仕事に追われ、同じ羽田空港といっても、彼は空港側のオペセン（オペレーション・センター）、筆者は旧整備地区にあった乗員訓練所勤務だったこと、それと、思いがけず彼が本土復帰直前の沖縄に転勤になったため、物理的に会うことができなくなってしまった。地の利、人の利のない東京に来て、これからというときに彼がいなくなったことは、本当に残念、痛手であったが、お互いに宮仕えの身、どうにもならぬことであった。

航空業界は、恐らく他の業界よりも監督官庁の指導が広範囲にわたって行なわれていると思う。したがって、職種が例えば運航とか整備のような技術畑であれば、同業他社間の垣根を越えての交流もあるが、彼は総務畑であり、筆者は技術畑なので、仕事上でのお付き合いはまったくなかった。そのうちに筆者の勤める会社がパイロットの訓練を海外の大手航空会社に委託するようになったので、その関係で海外出張が多くなり、彼と会いたいなと思ったことも一度ならずあったが、残念ながら、その機会がないままで定年を迎えた。

定年退職後一〇年も経って一九九〇年代も終わりになると、それまでに勤めていた会社や、往時の先輩、同僚、後輩との関係は次第に薄れて行く。時間はあるし、まだ身体も動くので、クラスメートの兵学校七七期会での活動が盛んになっている。高橋君は積極的にテニス同好会を立ち上げたり、昔とった杵柄で、古希記念ヨーロッパ海軍歴史探訪ツアーや、アナポリスの米海軍兵学校見学ツアーを企画したりして、彼の名前は、期会会報「江田島」で頻繁に見られた。

筆者はといえば、不関旗を掲げて（ソッポを向くの意）いた訳ではないが、日本エアシステム（社名変更）から定年退職後も、同社の外人乗員や、規制緩和により新規参入したエアドゥ、スカイネットアジア航空（現ソラシドエア）の外人乗員に、パイロットの資格取得（日本の航空法の筆記試験）の教育をしたり、彼らのための英文マニュアルの作成を手伝ったりしていたので、居住する地区の三浦分隊会以外、積極的に期会活動に参加したことはない。そのような事情で、高橋君と接する機会はなく、いつしか歳月は過ぎ去った。そして二〇〇〇年代の初めに、航空界から足を洗って物書きの真似事を始め、月刊『丸』とのお付き合いへと発展して行った。

ところが、二〇一四年八月号の「丸」に掲載された「俺だけの海軍兵学校岩国分校物語」の中で、「空襲の激化が予測されたので、岩国から久賀（現山口県周防大島町）に疎開したある日、小学校の講堂にある大正末期にハワイ移民が寄贈したグランドピアノを生徒が弾くのを鑑賞した記憶はあるが、曲目は覚えていない」と書いたところ、高橋君から、「ピアノを弾いたのは二〇二分隊の三号朝広保男君で、曲目はトルコ行進曲だった。この曲を聞くたびに久賀の生活を思い出す」と、手紙で知らせてくれた。

そして、彼は筆者が特攻隊員の特定などをしていることも知っていて、できれば、長兄廣文少尉の最期を調べて欲しいとの依頼があった。詳細を尋ねると、廣文少尉は、一九四四年一〇月二三日の深夜、といえば、レイテ沖海戦の前々夜であるが、九七大艇に搭乗、マニラから比島東方洋上の索敵に発進し、未帰還となったという。あの渺茫たる太平洋で行方不明になった飛行艇、しかも七〇年も昔のことである。果たしてそれが分かるだろうか。「干草の山の中で一本の針を探す」という西洋の諺が、一瞬、筆者の脳裏をよぎった。

しかし、冷静に考えてみると、レイテ沖海戦前のことであれば、米軍はまだ比島には上陸していないので、米陸軍機は調査の対象から除外できる。次に被撃墜時刻が深夜ならば、調査の対象になる空母は、「エンタープライズ」などの夜間設備を持つ空母のみになる。同様に、飛行機も数機の夜間戦闘機に絞って考えればよさそうである。廣文少尉が搭乗した大艇を撃墜した相手を特定できる可能性は、かなり高いと思われた。

しかし、無責任な言い方ではあるが、このような調査は、やってみなければ分からないというのが実情で、予知し得なかった、どんな「想定外」の障害があるかは神のみぞ知る。そこで、高橋君には喜んで引き受けたい。特定できる可能性はかなり高いが、期待し過ぎないようにと念を押した。期待が大きければ、ダメだった場合の失望も大きいと懸念したからである。そして、廣文少尉に関する資料から、プライバシー侵害のおそれのあるものを除いた残りのすべてを、筆者あてに送るように依頼した。

調査の開始

先ず、九七式飛行艇とグラマンについて調べた。

九七式飛行艇は、四発、高翼単葉、二段水切り胴体、支柱で支えられた二枚垂直尾翼を持つ優雅な機体で、量産二三型の諸元は次のとおりである。

九七式飛行艇
製造者：川西航空機
名称：九七式飛行艇二三型（H6K5、通称「九七大艇」、連合軍コードネーム：メイヴィス）

大戦後半には旧式化していた川西の傑作飛行艇・九七大艇

全幅：四〇・〇メートル
全長：二五・六メートル
全高：六・二七メートル
翼面積：一七〇・〇平方メートル
全備重量：一七・五トン／過荷重：二三・〇トン
乗員：九名
発動機：三菱金星五三型、一三〇〇馬力×四基
速度：最高二〇八ノット、巡航一四〇ノット
航続距離：正規：二六七〇浬／偵察過荷重：三六六〇浬
武装：二〇ミリ旋回機銃×一、七・七ミリ旋回機銃×四、魚雷または爆弾一・六トン
　次は、F6F-5Nである。この機体は、F6F-5の右翼前縁下にレーダーを搭載した夜戦型で、電波高度計、敵味方識別装置も装備し、計器盤や着

陸灯の機能を向上させている。

F6F―5Nヘルキャット
製造者：グラマン社
全幅：一三・〇六メートル
全長：一〇・二三メートル
全高：四・九〇メートル
重量：五・九八三九トン
乗員：一名
発動機：R－2800－10W、二〇〇〇馬力×一基
最高速度：三一八ノット（高度七〇〇〇メートル）
兵装：二〇ミリ機銃×二、一二・七ミリ機銃×四（または一二・七ミリ機銃×六）

右翼前縁下にレーダーを装備したグラマンF6F-5N夜戦

当時の戦況

一九四四（昭和一九）年六月一九～二〇日、日本海軍はマリアナ沖海戦において惨敗、七月七日には「絶対防衛圏」の要衝であるサイパン島が陥落した。日本は、最後の決戦を次の

四区分にされたいずれかの地域に求めることを検討し、七月二一日に「陸海軍爾後の作戦指導大綱」を決定、七月二四日には裁可を得た。これが「捷号作戦」である。

捷一号：比島方面

捷二号：九州南部、南西諸島及び台湾方面

捷三号：本州、四国、九州方面（状況により小笠原諸島）

捷四号：北海道方面

一九四四年一〇月一二～一六日、比島攻略の前哨戦として台湾を空襲した米機動部隊と日本の基地航空隊との間に闘われた台湾沖航空戦で、日本は大戦果を挙げたと誤認。撃滅したはずの米軍は、一七日にはレイテ湾口のスルアン島に上陸した。

一八日、大本営は捷一号作戦を発動した。決戦地域は比島方面である。これを受けてリンガ泊地にあった第二艦隊（栗田艦隊「第一遊撃部隊」：第一、第二部隊。西村艦隊：第三部隊）は、二〇日、ブルネイ（ボルネオ島）に入港。二二日朝、栗田艦隊は同地を出港して北回りの航路でレイテ湾に向かう。途中、パラワン島沖で旗艦「愛宕」を含めた重巡三隻を米潜水艦の雷撃により損失したが、将旗を「大和」に移掲し、進撃を継続した。

二三日二三〇〇の各艦隊の位置は、次のとおりである。栗田艦隊は南シナ海をミンドロ島に向けて東進中。低速の西村艦隊もレイテ湾において栗田艦隊に合流すべく二二日午後ブルネイを出港、南回りの短航路で同湾を目指し、スールー海の中央部を東進中。

台湾沖航空戦で米機動部隊に壊滅的打撃を与えたと誤認し、その残敵掃討命令を受けて一五日に内海を出発した志摩艦隊（第二遊撃部隊）は、奄美、馬公を経由してコロン湾に仮泊中（二四日〇二〇〇出港。西村艦隊に追従しレイテ湾へ向かう）。

小沢艦隊は、米機動部隊のオトリになり敵を北に引き寄せて栗田艦隊のレイテ湾突入を容易にするため、日本内地を二〇日に出撃、豊後水道を抜けて比島北部海域を目指し南下中であった。

一方、米軍は比島攻略のため、比島東方海域にウィリアム・ハルゼー大将（旗艦「ニュージャージー」）、麾下の第三艦隊（第三八機動部隊（三八・一〜三八・四任務群）、トーマス・キンケード中将（旗艦「ワサッチ」）麾下の護衛空母部隊（タフィー〜三）と砲戦部隊が展開していた。

日本側の資料

「命令　六FGB（基地航空部隊）電令作一九号及其ノ訂正（一AF〈航空艦隊〉ヨリ電話）昭和一九年一〇月二三日」によると、二三日の深夜、マニラ郊外のキャビテ軍港から、三機の九七大艇が比島東方海域において行動する米艦隊の動向を探知するため、索敵に発進している。

断片的な資料から推測すると、彼らの所属は海上護衛総隊司令部隷下の九〇一空（第九〇一海軍航空隊。一九四三年一二月館山において開隊し、船団護衛を担当。一九四四年八月、本隊は台湾の東港に進出）で、捷一号作戦の発動に伴い、マニラに進出したものと思われる。

彼らに与えられた索敵線は、それぞれがマニラを基点として、北側索敵線Ｌ14：六五度、四五〇浬、右折九〇浬（機番号ＫＥＡ90、機長・本多行中尉）、中央索敵線Ｌ18：九〇度、四五〇浬、右折六〇浬（機番号ＫＥＡ50、機長・香田四郎飛曹長）、南側索敵線Ｌ21：一〇五度、四五〇浬、右折六〇浬（機番号ＫＥＡ75、機長・道口俊夫中尉）を飛行して帰投するようになっていた。

この南側索敵線Ｌ21を担当したのが、高橋少尉が搭乗した道口中尉（兵学校七一期）指揮のＫＥＡ75、搭乗員は一二名である。索敵線を航跡図に示す。経過概要によれば、「二三一三マニラ基地発進。二三四五以後連絡ナシ。未帰還」となっている。以上が日本側の資料のすべてである。

道口機の搭乗員編成

機　長：中尉道口俊夫（偵察）
電探員：上飛曹森田義寛
操縦員：上飛曹東島初、一飛曹川島勇、二飛曹宇賀定吉
偵察員：少尉高橋廣文、一飛曹山田一義、飛長太田清和
電信員：二飛曹西本外茂次
搭整員：一整曹岡田敏郎、飛長古村賢二、一整小池一助

米側の資料

発進基地、索敵経路、飛行の初期段階における状況は日本側の資料で分かるが、道口機の最期については、アメリカ側の資料に頼らざるを得ない。そこで、筆者の友人であるアメリカ人戦史作家アンソニー・タリー氏（"Battle of Surigao Strait" 著者）に、日本側の状況を詳しく説明し、関連するアメリカ側の資料の収集を依頼した。ほどなくして、彼から届いた資料によれば、道口機を撃墜後、更に中央索敵線を担当していた香田四郎飛曹長機も迎撃、撃墜したF6F－5Nは、軽空母「インディペンデンス」から発進したこと、同艦は、二三日二〇〇〇に北緯一三度四八分、東経一二七度一三分（航跡図、A点）にあり、第三八機動部隊、第三八・二任務群の一員としてサマール島に向けて航行していたことが分かった。

アメリカ海軍は、戦前から「空地分離方式」を採っていたので、空母に搭載された飛行機隊は、空母とは全く別の部隊である。道口機と香田機を撃墜したF6F－5Nは、第四一夜間航空群所属機であることが判明したが、同群の当日の「飛行機戦闘詳報」は、入手できなかったとのことであった。

待つこと約半年、幸いにして、タリー氏が道口、香田両機の迎撃、撃墜に関係したキューピッド5と6に関する記述を "USS Independence CVL-22: A War Diary of the Nation's First Dedicated Carrier" John G. Lambert, Lighting Source、三八七～三八八頁で見つ

けてくれた。「インディペンデンス」の War Diary の記述（太文字）は、残念ながらきわめて簡単なので、迎撃戦闘に関する部分は、この図書により補足した。

一九四四年一〇月二四日、サマール島に向かう途上。

航海を継続。本艦は燈火管制を実施し、速度一五ノットでジグザグ運動を行ないながら基準コース二四九度を維持していた。

注：同艦が敵味方不明機（道口機と推定）をレーダーで捕捉した〇一一三まで二四九度、一五ノットで航行したとすれば、五時間一三分（〇一一三〜二〇〇〇）後の推定位置はB点になる。

〇一一三：敵味方不明機を方位二八五度、九二浬に捕捉（B′点）、コース一〇〇度、高度三〇〇〇フィート。

注：道口機は一〇五度のコースを飛行しているので、「インディペンデンス」はちょうどその反方位（一八〇度違った逆方向）の線上にあったと考えられる。また、道口機は二時間（〇一一三〜〇三一三）で二一〇浬を飛行したことになるので、その対地速度は一〇五ノットである。捷号作戦の戦訓資料によると、老朽化した九七大艇の巡航速度は一一五ノットとある。一一五ノットとすれば、向風成分は一〇ノット、「インディペンデンス」は迎撃機発艦時に七〇度に変針していることから、飛行高度における風向七〇度、風速一二ノット程度と推定される。

〇一二八：「インディペンデンス」は、七〇度に変針、二五ノットに増速。護衛駆逐艦「ヤーナル」と「ストックハム」の二隻が、これに随伴する。

○一三二：航空要員配備のベルが鳴り渡る。迎撃のためF6F－5N二機が緊急発進。「インディペンデンス」は六〇度に変針、一五ノットに減速。キューピッド5（J・S・バークヘイマー少尉）とキューピッド6（H・E・ジョンソン少尉）は、月光のない暗夜、雲量一〇分の五、雲底一五〇〇フィート（五〇〇メートル）、驟雨を伴う大空に舞い上がった。キューピッド5は、目標に接近するにつれて大きく円弧を描くようになる飛行経路にレーダー誘導された。

注：「インディペンデンス」は、迎撃機の発進で風に立てるため艦隊のコースから離れているが、短時間なので、作図上では考慮しない。なお、日本側の基地における気象状況は、雲量四、雲高一〇〇〇メートル、視界一〇キロ、海上小波となっている。

○一四三：キューピッド5、目標を捕捉。

母艦からのレーダー誘導と、操縦席内のＡＩＡスコープを操作して、キューピッド5はスコープ上に目標を捕捉したが、それを見失った。そこで、彼は機体をあれこれと運動させ、遂にスコープ上二・五浬前方、高度一万五〇〇〇フィートに目標を再度捕捉した。キューピッド5はレーダーにより目標の四分の一浬まで接近、その後もレーダーに頼って、遂に目標の四基の発動機の大きな排気管から出る火焔を視認した。

注：道口機はB′点から対地速度一〇五ノットで三〇分（〇一四三～〇一一三）、五三浬飛行しているので、C点でキューピッド5に捕捉されたことになる。戦闘機搭載用のＡＩＡ

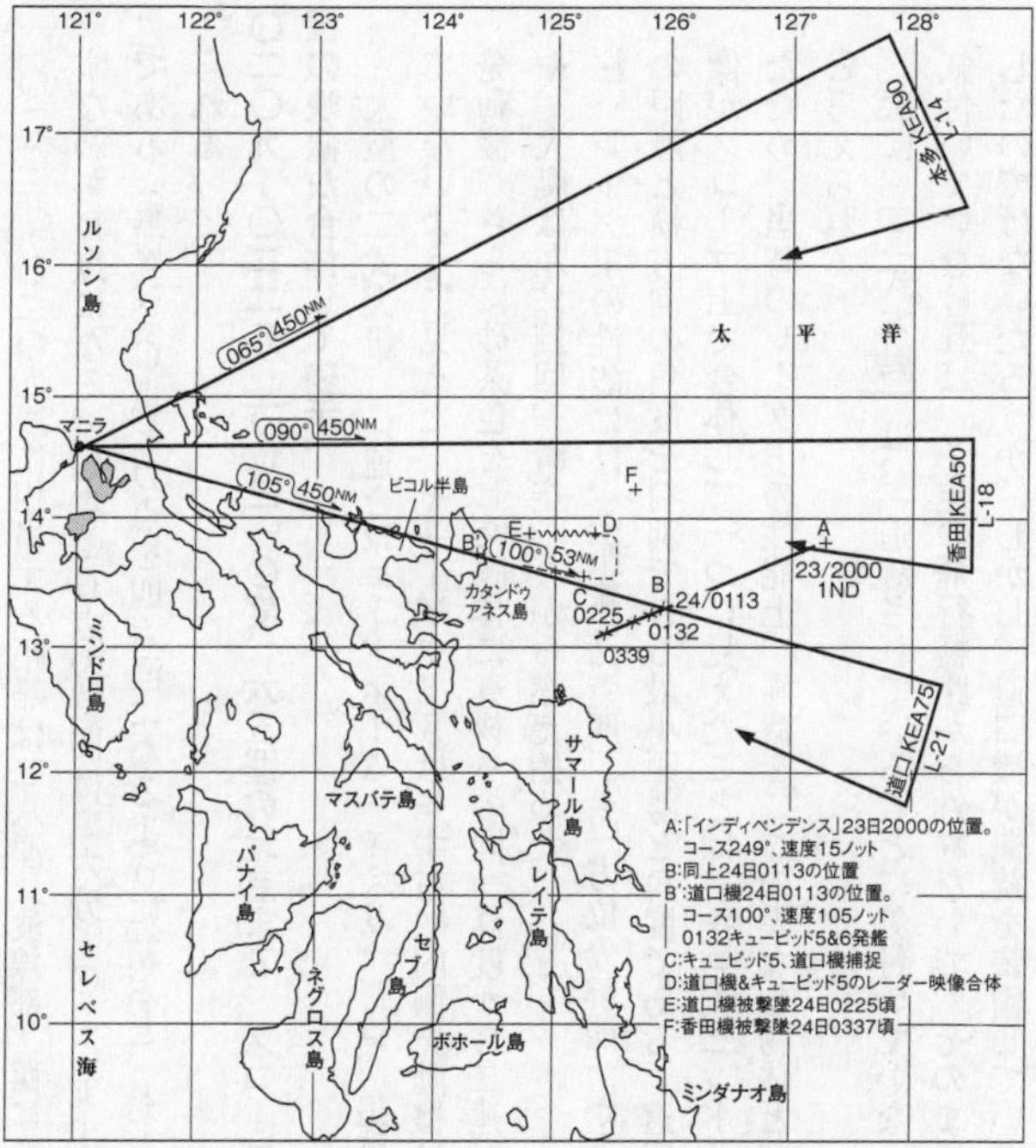

スコープの直径は二インチ、有効距離四・二六浬という資料がある。

時刻不詳：方位三〇〇度、三二浬まで接近。

注：目標（道口機）が、刻々と「インディペンデンス」に接近していることが分かる。

〇二〇九：目標は北に旋回、その後西に変針。

注：E点が母艦からの方位三一〇度、六五浬の道口機被撃墜地点である。ここから逆算して一六分

（〇二二五〜〇二〇九）に相当する距離は二八浬（波線部、西に変針後飛行した推定距離）、すなわちD点になる。C点とD点の時間は二六分（〇二〇九〜〇二四三）、距離は四六浬である（無風）。C点とD点を四六浬になるように結ぶと、おおむね航跡図の様な線が得られる。

〇二〇九〜〇二二五：方位三一〇度、六五浬の地点まで、スコープ上にキューピッド5と目標の映像が合体して表示。

大型の二式大艇ママ（連合軍コードネーム：エミリー）は、追跡されていることに気付いていないように見えた。キューピッド5は先ず右舷内側発動機に一連射、続いて左舷内側発動機、さらに砂茶色をした胴体に真後ろの同一高度から二連射、三連射を加えるやいなや、大艇は左に旋回、滑空しながら燃え始めた。

注：レーダーの性能には、「距離分解能」と「方位分解能」がある。二つの物体の縦方向の距離と横方向の角度を判別できる最小距離と角度である。道口機とキューピッド5の映像がスコープ上で合体して一つに見えたことは、キューピッド5が道口機に極めて接近したため、当時のレーダーの性能上、両機を二つの異なる物体と判別ができなくなったためと考えられる。

次に、「二式大艇」は、「追跡されていることに気付いていないように見えた」とあるが、気付いていなければ、予定の飛行経路から外れないで、そのまま一〇〇度のコースを維持したのではないだろうか。しかし、道口機が機銃を装備していたと思われるにもかかわらず、応射したというキューピッド5の記述がないこと、電信員も搭乗し、時間的余裕もあったと思われるのに、なぜ「ヒ連送」（「我敵機の追躡ヲ受ク」を意味するモールス信号の『ヒ』――・・――の連続送信）を発信しなかった（経過概要に受信した旨の記述がない）のかという疑問は、道口機のみならず、香田機の場合についても残る。

また、この日、日本側の記録では、二式大艇は索敵に参加していない。明らかに米側の機種誤認であるが、これは、とりわけ珍しいことではない。

〇二二五：二式大艇《ママ》を撃墜。

三連射の後、飛行艇の胴体から破片が飛散し始め、焔に包まれた機体が降下して七〇〇〇フィートを通過したときに空中分解を起こし、大きな火の塊となって海上に落下して行った。

作図から、道口機の被撃墜地点E点は、ルソン島の南東部ビコル半島の東、カタンドゥアネス島の東岸沖合約二〇浬（約三七キロ）付近、時刻は一〇月二四日〇二二五頃と推定される。

参考までに、他の二機の索敵機の動向は、経過概要によれば次のとおりである。

北側の索敵線上を飛行した本多機は、「二三〇〇マニラ基地発進。〇一〇〇以後索敵中、四発回転並ニ電探故障（直ル見込ナシ）ノ為、東港ニ向フ。一〇〇〇東港着、敵ヲ見ズ」とある。

中央の索敵線上を飛行した香田機は、「二三一三マニラ基地発進。〇〇五〇敵大部隊探知、爾後連絡ナシ。未帰還」となっている。同機が発見した敵大部隊とは、マーク・ミッチャー中将麾下の第三八・三任務群シャーマン隊と思われる。同機を迎撃するために「インディペンデンス」を発進したキューピッド6は、レーダー誘導により目標（香田機）に向かう途中、レーダーと通信機の故障により迎撃を断念して帰艦。そのため、道口機を撃墜したキューピッド5が目標の迎撃を引継ぎ、誘導が開始された。

しかし、この日本機のクルーは追跡されていることに気付いていたらしく、今回の追跡は、前回と比較して困難であった。キューピッド5が誘導に従ってレーダーを使用しながら接近したとき、敵機は、急激な旋回や高度変更を数回繰り返した。彼が発動機の排気焔を一瞬認めたとき、彼には敵機が急激な

米海軍の軽空母「インディペンデンス」（CVL-22）

右旋回をしたのが分かった。彼はスコープ上でも目視でも敵機を見失ったが、新しい進路に誘導されて、執拗に追跡を再開した。敵機のパイロットは、今や右に、左に旋回し、四五〇〇フィートの積雲の層の頂上を飛び越えた。何らかの理由で、彼は雲中に逃れること

は考えなかったのだろう。遂にキューピッド5はスコープ上に敵機を補足、確実に識別するため、黒く塗られた九七大艇《メービス》の下方一〇〇フィート以内まで上昇した。彼は敵機の二〇〇フィート後ろに後退し、ちょうど真後ろの同高度に占位するように上昇、主翼と左右の内側発動機目がけて射撃したところ、右舷の外側発動機が燃え始めた。〇三三七、九七大艇は海中に落下、燃上した。彼は機銃掃射の要領でその上を通過、ガンカメラで撮影した。

以上から、作図によると香田機の被撃墜地点Fは、母艦からの方位一五度、距離七〇浬（マニラの九八度、二八〇浬付近）、時刻は一〇月二四日〇三三七頃と推測される

高橋廣文海軍少尉

高橋廣文海軍少尉は、一九二三（大正一二）年三月、高橋家の長男として東京で生まれた。良和君によると、性格は鷹揚、多趣味であったという。冬はスキー、夏はボートを漕ぐ。バイオリンも弾き、映画鑑賞の趣味もあったらしい。ドイツ語、英語を勉強していたというから、映画も洋画を多く観たのではないだろうか。

地元の小学校、中学校を経て、一九四三年、東京高等工芸学校金属工芸科を繰り上げ卒業後、中島飛行機に就職したが、同年九月、一三期飛行専修予備学生（前期）として、土浦海軍航空隊に入隊した。次の任地は鈴鹿海軍航空隊となっているので、同年一一月から一九四四年四月下旬まで鈴鹿空において偵察員の訓練を受けたものと思われる。同年五月一五日任

海軍少尉、その後、在館山の九〇一空に配属されている。良和君によれば、土浦、鈴鹿、そして兵学校の試験の前、といえば一九四四年の初夏になるが、急遽、母堂が館山に廣文少尉を面会に行くといって、一緒に行った記憶があるという。

九〇一空の本隊は一九四四年八月、台湾の東港に進出しているので、その先遣隊として行くことが決まり、母堂に可及的速やかに面会に来て欲しいと連絡があったのではないだろうか。面会後の母堂の表情はスッキリとしていたという。これで今生の別れができたと安堵されたのではと憶測するが、今さらながら、明治の女性は気丈だったと思う。

海軍に入隊後、廣文少尉が帰省したのは一度だけであり、そのときの土産の砂糖が嬉しかったというので、一九四四年の夏か秋口、台湾の東港からの帰省ではないか。内地と台湾の間は、要務飛行や船団護衛などで、行き来する機会が多分にあったのであろう。

九月上旬、兵学校の入試合格が発表された。廣文少尉は、良和君の合格を非常に喜ばれたそうである。良和君は、兵学校出身の現役士官と、予備士官との軋轢が身に染みていたのではないかという。白鷗遺族会編『雲ながるる果てに』(河出書房新社)の特攻川柳に、「予備士官なる辛抱に悔し泣き」という一句があることからも、この軋轢は想像できる。

一九四四(昭和一九)年一〇月二四日早朝、比島東方洋上にて戦死、享年二一。没後任海軍中尉。二一歳といえば、現在では、まだ大学在学中である。戦死するために生まれてきたような余りにも短い人生、思い残すことも多々あったのではないだろうかと思うと、胸の痛みを感じるのは、筆者一人であろうか。

戦争が終わり、筆者たち生徒は、一時帰休という名目で早々に復員した。終戦後間もなく、杉並区役所から、廣文少尉の軍用行李が届いたから受け取りに来るようにとの通知があり、早速、受け取って開いてみると、軍装、軍刀、私的なメモ等がぎっしり詰まっていたそうである。戦死者の遺品は、通常、戦死公報が遺族に通知された後に届けられるものと思うが、廣文少尉の軍用行李は、東港から要務飛行などの便で館山に運ばれ、戦死公報が出るまで、基地内で保管する予定だった。しかし、敗戦で基地を占領軍に明け渡すことになったため、戦死公報に先立って、遺族の許に送られたのではないかと考えらえる。

敗戦という未曽有の出来事のため、価値観が一夜にして一八〇度変わり、物資は極端に不足し、誰もが生きることに精一杯だった戦後の混乱期のことである。戦死公報はいつ届いたのか、定かではないという。その内容も、「昭和何年何月何日、比島東方洋上にて戦死」くらいの簡単なものと思われる。母堂も他界された今となっては往事茫々、調べるすべもない。危険な飛行専修予備学生を志願したからには、家族の方もそれなりの覚悟はされていたと拝察するが、肉親を失った悲しみや、やり場のない憤懣は、時間と共に薄れはしても、決して消え去ることはなかったであろう。

母堂は、白鷗遺族会が主催する毎春の靖国神社での慰霊祭に参列することを生き甲斐としておられたとのことである。また、高橋君が送ってくれた資料の大半も、母堂が集められたと聞いた。その中には、九七大艇に搭載していたレーダーのAスコープに関する頁があり、無線工学に関する専門用語が羅列されていた。それを見たとき、母堂が何故その頁を集められたか不思議に思ったが、母堂としては、理解できるか否かは問題外。ちょっとでも廣文少尉に関係するものであれば、何でも集められたのであろう。そのお気持ちに、戦争で先立った我が子を思う親心を垣間見た気がして、目頭が熱くなるのを覚えた。

おわりに

一九七〇年春、良和君は夫人笙子さんと、義理の姉上永井ヨリ子さんの三人で、廣文少尉ゆかりの地、東港を訪れている。かつての海軍基地跡の一部分は公園になっていて、そこには、当時、飛行艇を海から上げ下ろしするために使われたコンクリートのランプ（傾斜台）もそのままだったという。南国の限りなく蒼い海。その向こうに渺茫と広がる南シナ海、そして東に向かえば廣文少尉の眠る太平洋である。三人は日本から持参したお神酒で献酒し、少尉の霊に長い黙禱を捧げられたことであろう。

今回の調査により、道口機の被撃墜地点と時刻が判明したので、良和君も心の整理ができ、彼の長かった戦後にも、終止符が打たれたことを切に願って止まない。

この調査を引き受けてから暫くして、高橋君は入・退院を繰り返すようになった。外出もままならぬというので彼の自宅の近くにあるレストランで会う計画も立てたが、そのうちにといっている間に、遂にその機会も逸してしまった。

原稿の最後のまとめの段階では、夫人の笙子さんを通じて、入院中の高橋君との連絡をお願いすることになった。今考えてみると、それでなくともご多忙中の夫人を煩わしたことで、誠に慙愧に堪えない。ありがとうございました。

掲載号（二〇一六年九月号）は、「丸」編集部のご厚意で、刷り上がった翌日には高橋君の手元に届き、夫人によると彼は無言で令兄の写真をじーと見つめていたそうである。何を考えていたのか、今となっては知る由もない。彼の存命中に発刊できたことが、筆者にとっては、せめてもの慰めである。

最後に、太平洋を越えて支援してくれたタリー氏に、改めて感謝の意を表して筆を擱く。

格納庫内で終戦を迎えた「彗星」夜戦〔写真提供・杉山弘一〕

B-29に体当たりした「彗星」夜戦

【久保田謙造海軍中尉／田中清一海軍少尉】

昭和二〇年五月二四日未明に東京を襲ったB-29の大編隊を厚木の三〇二空・夜戦隊が迎撃、1機の「彗星」夜戦が敵爆撃機に体当たりを敢行した。全軍に布告された殊勲の夜戦搭乗員の戦いを再現する。

叔父は戦死した海軍パイロット

最初から話が私事にわたり恐縮であるが、友人の山本眞文君と筆者は、かつて同じ会社の同じ課で数年間一緒に働いたことがある。彼は、この物語の主人公久保田謙造中尉（兵学校七三期、没後任海軍少佐）の甥御にあたる。その後、筆者たちは、それぞれ別の部署に配転され、間もなく筆者は定年退職、山本君も地方に栄転したので一時交友が途絶えたこともあったが、やがて久闊《きゅうかつ》を叙し、現在はメールによるやりとりや、ときには会って一緒に食事をすることもある。

昨年会ったとき、「無名戦士の最期を追いかけている。肉親に看取られることもなく、戦死、特攻死といった異形の死を遂げた人たちの霊魂はこの世に存在し、家族に自分の最期について知らせたいと、強いメッセージを発信しているのではないかと思うことがしばしばある」と話したところ、「実は……」といって、山本君が叔父謙造中尉について、関心を持つに至った経緯を話してくれた。

山本君は子供のとき、親戚に戦死した海軍のパイロットだった人がいたくらいのことは聞いていたが、見たこともない叔父さんについて、左程の関心があった訳でもない。東京で就職・結婚し、郷里の広島も次第に遠くなりにけりになったが、最近帰省したとき、ふと実家の書棚を見ると、一冊の分厚い本が書棚から落ちかかっている。不思議に思って取り上げて見ると、そのタイトルは『海ゆかば』（海軍兵学校第七三期編）とあり、同期生による戦没者への追悼文集である。なぜこの本が実家にあるのか不思議に思って父君に尋ねると、同書が発刊されたとき、謙造中尉の身内の方がすでに他界されていたので、親類筋に当たる山本君の実家で預かったとのこと。

早速、謙造中尉のところを探して読んだ。このとき、彼は初めて、叔父さんが兵学校出身、東京を空襲したB－29の一機に体当たりを敢行し、二階級特進したことを知ったという。そして、書棚の本が、あたかも彼に読んで欲しいと言わんばかりの注意を引いたことに、なにか因縁めいたものを感じ、叔父さんのことを調べてみたいと思ったが、勤めがあり、時間的な余裕もないので、筆者に調査を依頼したいという。戦後七〇年も経ち、正に「時間との競争」である。早速、調査に取りかかった。

久保田謙造中尉

海軍兵学校七三期生

一九四一（昭和一六）年一二月一日、久保田は憧れの海軍兵学校に入校した。後年、兵学校の歴史において最も獰猛《ねいもう》といわれた七三期生である。当時、国民は知らなかったが、この日の御前会議で、廟議は開戦と決定した。

多くの海軍士官を輩出した海軍兵学校。右が
赤レンガの東生徒館、左が白亜の西生徒館

空母六隻を基幹とする機動部隊は、すでに一一月二六日、ハワイを目指して単冠湾《ヒトカップ》を後にし、一路北太平洋を隠密裏に東進して、この日の早朝には日付変更線を通過していた。

入校式は、兵学校長・草鹿任一中将が久保田たち新入生に海軍兵学校生徒を命ずる旨を告達し、生徒代表がこれに応えて宣誓書を読み上げ、全員の「宣誓書」と「誓約書」を纏めて提出。校長が「軍人勅諭」を奉読後、入校に際する訓示を行なって終わった。

約一ヵ月の入校教育が一週間過ぎた一二月八日の朝、全校生徒が定時点検のため練兵場に整列したとき、彼らは教頭から本日未明、西太平洋上において米英と戦闘状態に入ったことを知らされた。しかし、兵学校当局は、生徒の本分は勉学することにあるとして、生徒館生活は、それまでと変わらなかったという。

久保田が何部の何分隊に所属したかは残念ながら不明である。当時の一個分隊は一号（七一期）一一名、二号（七二期）一二名、三号（七三期）一七名、計四〇名が標準的な人数構成であったと思われる。兵学校は全寮自治制、各分隊に自習室と寝室が割当てられ、伍長(一号の先任)を中心とした一号による日常の躾教育、生活指導が行なわれていた。そして分隊監事(兵科の大尉、少佐クラス)が、これを大所高所から指導した。

新入生の三号にとって、陸戦、カッター、通信、剣道、柔道、相撲、土曜日の大掃除や棒倒しなどの教育・訓練もさることながら、一番骨身にこたえるのは一号のしごきである。起床動作、服装、敬礼、階段の昇り降り、言葉遣い、食事の作法など、ちょっとした違反でも遠慮会釈なく叱声が飛び、しばしば修正と称して鉄拳制裁を伴う。また、隊務と称した生徒館や分隊の運営に必要な雑務も、すべて三号の仕事である。

一〇月初め、古武士然とした好々爺の草鹿校長は退任して第一線に赴任。一一月一〇日、第四〇代校長として前第四艦隊司令長官・井上成美中将が着任した。海軍部内では「またも負けたか四艦隊」と囁かれていたという同艦隊の前長官が、海軍兵科将校の養成機関である兵学校に着任したことは、とても生徒の士気を鼓舞激励したとは考え難い。井上大将の真価が分かるのは戦後のことであって、当時の井上校長の評判は、あまり芳しくなかったのではないか。

そして井上校長が着任して四日目の一一月一四日、七一期五八一名が三年間の教育を終えて卒業し、七二期が一号に、久保田たち七三期も兵学校生活で一番つらい三号を終えて二号に進級した。隊務は一二月一日に入校した七四期に申し送り、比較的ゆとりのある風当たりの弱い生徒生活を送ることになる。進級した時点での分隊の編成替えで、彼がどの分隊に所属したかはこれも不明である。

新一号の七二期と新二号の七三期に関する特記事項はといえば、「お嬢さんクラス」と「土方クラス」であるが、紙面の関係で割愛する。この七二期六二五名は、三年に短縮された教育期間をさらに二年九ヶ月に短縮して一九四三年九月一五日に卒業。久保田たちも、遂に待望の一号に進級した。分隊の編成替えが行なわれ、久保田は七〇八分隊（第七部第八分隊）に所属している。従来の四倍近くに増える七五期約三四〇〇名の一二月一日入校に先立って、一一月一九日、岩国海軍航空隊内に岩国分校が開校され、七三期と七四期約四〇〇名が岩国に移動しているが、久保田はこの中にはいない。

一二月一日、七五期の入校により、一個分隊当たりの概数は、一号八名、二号九名、三号二九～三一名の大所帯になった。これまでと違って、一号は一人で三～四名の三号を指導することになる。彼らは「土方クラス」の名に恥じない猛烈な鉄拳制裁で七五期を指導した。教育期間がさらに短縮されて二年四ヵ月になることが分かると、修正はさらに激しくなったという七五期の証言がある。わずか四ヵ月の間に三号を一人前の兵学校生徒に育てようとすれば、その指導も尋常ではなかったことがうかがわれる。また、三号の数が四倍近くに増えたので、修正する数もそれ相応に増え、殴る方の手が痛くなって、大変だったという。

一九四四年三月二二日、七三期九〇二名（艦船班四〇〇名、航空班五〇二名）の繰上げ卒業式が、陛下御名代の高松宮殿下臨場で挙行されたが、入校式同様、卒業式にも家族の参列は許されなかった。また、大講堂では総員を収容しきれないので、練兵場の千代田艦橋前で、

昭和19年3月22日、兵学校を卒業する73期生

屋外の卒業式となった。一〇名の恩賜組は、軍楽隊が「誉の曲」を奏でる中を一人一人壇上に上がって「恩賜の短剣」を拝領した。式後、卒業生たちは生徒館に戻り、直ちに候補生の服装に着替え、襟章は錨から金筋一本に、帽章も大きな抱茗荷《だきみようが》に変わった。

候補生たちは会食後、八方園神社に参拝。大講堂でご真影を奉拝後、生徒館に向かい下級生と決別した。しかし、卒業を祝う言葉が交わされることはなく、双方とも、もう二度と会えないかも知れないという思いがあり、感無量。ただ涙あるのみだったという。

この後、候補生たちは東生徒館前に整列、在校生が見送る中を表桟橋の機動艇に向かう。この途中で軍楽隊の演奏は、行進曲「軍艦」から「オールド・ラング・サイン」（蛍の光の元歌）に変わる。在校生の短艇クルーは、沖の「鹿島」「香椎」に向けてカッターを漕ぐ。残りの生徒は岸壁に走って帽振れで機動艇を見送る。やがて両艦が江田内の湾口を出て見えなくなると、兵学校は通常日課に戻った。（注：卒業式の日に「オールド・ラング・サイン」を演奏するのは海軍兵学校の長年の仕来りだったが、当時は敵性音楽を式典で演奏するのはふさわしくないとの意見もあった。しかし、井上校長は「名曲は名曲。時代や作者の国籍は関係がない」として、問題にしなかった。井上離任後、昭和二〇年三月の七四期の卒業式では「軍艦行進曲」だけが演奏された。〔なには会ニュース第九六号〕）

候補生たちは一晩だけの航海を終え、翌二三日早朝、大阪築港桟橋に横付けした「鹿島」「香椎」から退艦した。上本町から当時の参宮電車で宇治山田駅着、伊勢神宮に参拝の後、一週間の特別休暇で帰省した。

四月一日朝、候補生たちは真新しい第一種軍装に身を固め、海軍省に集合した。彼らは、最初は海軍大臣としての嶋田繁太郎大将に、次は金色の参謀肩章を吊った軍令部総長としての同大将に二度伺候した。同大将は両職を兼務していたとはいえ、後々まで、これはあまりにも野暮ったく杓子定規と批判されている。

海軍省を出た候補生たちは、芝の水交社で大臣主催の簡単な洋食コースの午餐会に出席した。この頃、ごく一部の関係者しか知らなかったが、パラオからダバオに空路移動中の古賀峯一GF長官機が遭難（海軍乙号事件）したらしいという連絡が、前線から入っていたのである。翌日、候補生たちは宮中において、海軍式軍装、胸には大勲位副章などを佩用した昭和天皇に拝謁した。天皇は、深々と一礼し、顔を上げた候補生たちを一渡りゆっくりと見渡すと、無言で次の間に去って行った。あっけない儀式が終わると、候補生たちは賢所に案内され、お神酒を振る舞われた。その土器と恩賜の煙草一箱が、天皇拝謁の唯一の記念品になった。

久保田たち第42期飛行学生は霞ヶ浦航空隊の門をくぐった

これで東京での行事はすべて終わり、翌々日、艦船班は実戦部隊に赴任するために東京を離れた。その後、彼らのうち二七名が六月中旬のマリアナ沖海戦、さらに八二名が一〇月下旬のレイテ沖海戦で戦死することになる。航空班は常磐線で霞ヶ浦海軍航空隊の最寄りの荒川沖駅に向かった。

霞ヶ浦海軍航空隊

荒川沖駅に降り立った久保田たちを、七三期が入校した二週間前に卒業して入れ違いになった七〇期の教官数名が出迎えた。その中には、後日比島において特攻が開始されたとき、その先陣を切って神風《しんぷう》特別攻撃隊・敷島隊の指揮官になった関行男中尉もいた。

霞空は、一九二二（大正一一）年一一月に開隊した練習航空隊である。当初は、横須賀にあった飛行船隊を移動して訓練したので、ツェッペリン格納庫が往時の名残をとどめていた。「若鷲の歌」にもあるように、一時は予科練の訓練も行なわれたが、一九四〇（昭和一五）年、彼らは土浦航空隊に移転し、その後は兵学校出身の飛行学生と、大学・高専出身の飛行専修予備学生の訓練が行なわれていた。

久保田たち第四二期飛行学生五〇二名は、ここで四つの隊に分けられた。第一、第二飛行隊と、第三飛行隊は学生数が多いので、さらに二つに分けて第七分隊と第八分隊とした。各飛行隊と分隊には指導官である飛行隊長、または分隊長が配置され、その下には指導官付と称し、隊長・分隊長の補佐役として、隊務一切を取り仕切る役目を持った飛行隊士がいた。いわば、艦船の甲板士官である。前出の関中尉も第二飛行隊の飛行隊士で、彼は、後々まで飛行学生の間で語り草となったといわれる名セリフ「上は中尉（七一期の学生）から下は候補生まで、貴様ら総員がなっとらん！　デレデレする奴は、俺が根性を鍛え直す」といって、鉄拳を振るったという。久保田が、どの飛行隊所属になったかは定かでない。

飛行学生は、その適性から操縦と偵察に分けられ、久保田は操縦に廻された。霞空の日課は、午前は座学、午後は飛行作業の繰り返しである。座学は一般航空工学（航空理論・発動機理論）から操縦、射撃、航法の実務と、飛行作業では実際に九三式陸上中間練習機（俗称「赤トンボ」）を使って訓練が行なわれた。

飛行場では、学生四～五名が一グループになり、それに教官、または教員（下士官インストラクター）が一名付いた。飛行作業は、学生が「赤トンボ」の前席、教官（教員）が後席に乗って、飛行場周辺一周の慣熟飛行から始まる。離陸上昇後、左旋回でクロス・ウインドに入り、高度二五〇メートルを維持して二度目の左旋回でダウン・ウインドに入り、左手下に滑走路を見ながら並行に飛行して通過。その後三度目の左旋回でベースに入り、高度を徐々に下げる。最終経路に旋回してからは一五〇メートルに降下し、そこから進入を開始、接地点目がけて降下する。それまでの間に「見張りを忘れとる！」「計器を見ろ、計器を！　なぜ見んのだ！」「高度が低い！」「この馬鹿野郎！　貴様、俺を殺す気か？　貴様の様な奴と心中するのは真っ平だ！」などと教官の怒号、叱声が飛び、その都度、頭を拳や棒でこっ酷く叩かれる。まさに難行苦行の連続である。高度七メートル、後は明鏡止水の心境。エンジンを絞り切って操縦桿をフワリと引くと、機体はスーと沈んで三点着陸ができる。しかし、最初からそう上手くできるものではない。接地点が延びたり、バウンドを繰り返したり。そして行き脚があるうちにエンジンを最高に吹

赤トンボで訓練中の学生。後席から叱責され棒で頭を叩かれる

かして、再度離陸する。いわゆる連続離着陸（タッチ・アンド・ゴー）である。これを四〜五回繰り返すと約三〇分の訓練になる。

離着陸同乗飛行を終わり、五月初めに単独飛行、七月には夜間飛行と、飛行作業は次第にその難易度を高めて行き、八月には単独特殊飛行で宙返り、横転、きりもみ等を訓練する。

夕暮れ前に全員の訓練が終わると、飛行隊長・分隊長の講評があり、隊長が引き上げると、各教官（教員）から当日の飛行作業について細かい注意がある。早朝から体操、飛行場までの駈足、飛行作業のため練習機の格納庫からの搬出・搬入など、学生たちにとっては、兵学校の三号に逆戻りしたような毎日であった。このような生活が続くと、育ち盛り、二〇歳前後の候補生たちにとって、唯一の楽しみは食事である。

ある夜、「学生総員集合！」の達示があった。何事かと集合した学生を前にして、教官の一人が、「貴様らの中にはどんぶりメシを、朝に三杯、昼に四杯、夜に五杯喰った奴がいる。それが海軍将校のすることか！」と蛮声を張り上げ、「只今から貴様らを修正する。総員、足を開け！」続いて、次々と教官たちの鉄拳が飛んだ。

候補生になると従兵がつき、お代わりの度毎に給仕をする。年恰好も同じ学生に、朝から一二回もどんぶりメシを運ばされた従兵が腹を立て、やがて彼らの不満が主計科士官の耳に入り、教官たちに抗議が来たのであろう。戦前や日本の旗色が未だよかった時代の航空隊であれば、「元気があってよろしい」と一笑に付される程度の話であるが、一九四四年も半ばになれば、海軍といえども食糧事情が逼迫し始め、主計科の顔を立てる必要があったのかも知れない。

かくして、紆余曲折はあったが、八月三一日、四二期飛行学生は所定の練習機教程を修了。実用機教程を習得するため、各基地に転属することになる。翌九月一日、七三期は任海軍少尉。久保田たち艦爆学生は、艦攻、偵察学生と一緒に、茨城県の百里海軍航空隊に移動した。

百里海軍航空隊

百里空における久保田たちの動向を知り得る情報は、残念ながら皆無に近い。一〇月中旬、航空燃料の枯渇により、やむを得ぬ処置とはいえ、飛行学生は飛行停止になっている。これでは、操縦員の養成はストップしたと同然である。そして一一月、飛行訓練が再開されると、上陸返上、七三期のド根性を発揮した猛訓練が続けられ、一九四五年二月二八日、教程の三分の一を残して飛行学生を修了。久保田たち百里グループ七名（艦爆操縦員五名：伊藤庄治、久保田謙造、板垣周一、池端俊雄、松崎英之、夜戦偵察員二名：村井正澄、岩戸良治）は、翌三月一日、神奈川県の厚木海軍航空隊に転属した。このときまでに、一〇名の飛行学生が殉職している。

厚木海軍航空隊

ここで、厚木空について、簡単にふれてみよう。厚木飛行場は、日本海軍が主として首都防衛の拠点とする目的で、一九三八年その建設工事に着工、一九四二年に完成した。神奈川県のほぼ中心部に位置し、西に富士の霊峰を仰ぎ、東京は北東約四〇キロ、横浜は東三〇キロ、そのほぼ延長線上に東京湾を隔てて木更津まで五〇キロ、横須賀は南東三五キロになる。戦局の悪化に伴い、一九四四年初頭、海軍の本土防空航空隊の嚆矢として、横須賀鎮守府が所有する戦闘機隊を発展させる形で厚木飛行場を拠点とした第三〇二海軍航空隊（三〇二空）が設置され、首都の防空を担当することになった。三〇二空は三月一日、横鎮直率、横須賀を原隊として追浜で開隊した。司令は、ラバウルの防空に斜銃を装備した夜間戦闘機「月光」によるボーイングB－17空の要塞迎撃戦で令名を馳せた勇将小園安名《こぞのやすな》大佐（兵学校五一期）である。第一飛行隊（「雷電」「零戦」）、第二飛行隊（「月光」「銀河」）、第三飛行隊（「彗星」「彩雲」）からなり、将兵五〇〇〇名を擁する大部隊であった。局地戦闘機の定数は四八機で追浜配備、夜間戦闘機の定数は二四機で木更津配備という資料がある。一ヵ月後の三月三〇日、三〇二空は厚木に移動し、訓練に従事した。

その後の戦局と厚木航空隊（一九四三年一一月～一九四五年五月）

久保田たちは、この約一年後三〇二空に赴任することになるが、そのとき、彼らが置かれることになる状況を理解するため、それまでの間に悪化した戦局、三〇二空が参加した戦闘や行動について、略述する。

久保田たちが一号に進級した数ヵ月後、米国の膨大な工業力を基盤とし、開戦直後からフル活動を始めた軍需産業により準備を整えた米軍は、新造の「エセックス」級正規空母を中心に、これも新造の高速戦艦やその他の艦艇で十重二十重に護衛した機動部隊の編成を終え、零戦を凌駕するグラマンF6Fヘルキャットを搭載し、総反撃の手始めとして、当時日本の委任統治領であったマーシャル諸島の南東約二七〇浬にある日本軍占領下のギルバート諸島から反攻を開始した。

一九四三年一一月二一～二五日：米軍、タラワ・マキン島に上陸。激戦の後、同島の守備隊は玉砕。

一九四四年二月二～五日：米軍、マーシャル諸島のクエゼリン、ルオット、ナムル島に上陸。同島の守備隊も善戦空しく玉砕。

二月七日：GFは米機動部隊の攻撃を察知、トラック島から主部隊を内地に、遊撃部隊はパラオに撤退。

二月一七～一八日：米機動部隊、トラック島大空襲。日本軍は航空機約三〇〇機（大半は地上撃破）、船舶二四万トンを損失、同島は前進根拠地としての機能を喪失。

三月三一日：パラオに退避したGF司令部は、敵輸送船団が同地に向かっているとの虚報に踊らされ、大艇二機で急遽ダバオに移動中大きな低気圧に遭遇、GF長官古賀峯一大将（兵学校三四期）は殉職。後任の豊田副武大将（兵学校三三期）が長官に親補。

六月一五日：米軍、サイパン島に上陸。GF「あ号」作戦を発動。

六月一六日：中国奥地の成都を発進したB－29四七機（来襲機数は、資料により若干の差異あり。以下同じ）が、北九州の八幡製鉄所を初空襲。三〇二空は大村空に夜間戦闘機「月光」を派遣。

六月一九～二〇日：軍令部が最後の望みを託した日米機動部隊によるマリアナ沖海戦が行なわれ、小沢治三郎中将（兵学校三七期）麾下の第一機動艦隊は、旗艦「大鳳」「翔鶴」「飛鷹」の三空母と航空機約四八〇機を損失して大敗。

七月七日：サイパン島の守備隊が玉砕。最後の防衛線「絶対国防圏」の一角が崩壊。

七月一八日：東条内閣が総辞職。

七月二一日：米軍、グアム島に上陸。八月二日、同島の守備隊が玉砕。

七月二二日：小磯・米内協力内閣が発足。

七月二四日：米軍、テニアン島に上陸。八月一一日、同島の守備隊が玉砕。

一〇月一〇日：米艦載機、南西諸島を大空襲。

一〇月一二～一六日：台湾沖航空戦。海軍基地航空隊が米機動部隊を猛攻したが、戦果を誤認。以後の作戦判断に多大な悪影響を及ぼす。

一〇月一七日：米軍、レイテ湾口のスルアン島に上陸。一八日、大本営「捷一号」作戦を発動。

一〇月二三～二六日：レイテ沖海戦。GFはレイテ湾内の米艦船撃滅を策したが、制空権を失った日本艦隊は、米海軍の猛反撃により事実上壊滅。

一〇月二五日：神風《しんぷう》特別攻撃隊、米護衛空母群に体当たりを敢行。以後、敗戦まで特攻が続く。

厚木基地302空の夜戦群。手前から「月光」「彗星」「彩雲」「銀河」と並ぶ

一一月一日：B－29（正確には写真偵察機型のF－13）単機飛来、関東を偵察。三〇二空は「雷電」「零戦」「月光」二八機を発進させたが迎撃に失敗。早期迎撃のため、八丈島に「月光」三機を派遣。

一一月二四日：B－29一一一機、中島飛行機武蔵野製作所を初空襲。高高度精密爆撃のため、被害は軽微。三〇二空は全力迎撃したが、戦果は撃破二機のみ。損失二機。

一二月一三日：B－29七一機、三菱重工業名古屋発動機製作所を初空襲。以後二月上旬まで六回にわたり、延べ三八四機が三菱重工業地区を主目標に選定して高高度精密爆撃を実施。一二月二五日、三〇二空は豊橋に分遣隊として「月光」三機を派遣。

日本の各都市を空襲するB-29爆撃機の編隊

一九四五年一月九日：米軍、リンガエン湾沿岸に上陸。
一月二七日：B－29七六機、中島飛行機武蔵野製作所を爆撃。五〇機で迎撃、九機撃墜。損失三機。
二月一〇日：B－29一二〇機、中島飛行機太田製作所を爆撃。一二機撃墜、損失なし。
二月一六日〜一七日：硫黄島上陸に先立ち、敵艦載機延べ約一四〇〇機が関東地区の軍事拠点を強襲。厚木は機銃掃射を受けたが、地上撃破機なし。一九機撃墜、損失七機。
二月一九日：米軍、硫黄島に上陸。
二月二五日：敵艦載機が再度来襲。B－29一七二機も東京を焼夷弾攻撃するが、迎撃不能。以後、「雷電」「零戦」が敵戦闘機、夜戦が爆撃機に対処するよう役割分担を図る。

三月一日：このように緊迫した戦局の下、久保田たち百里グループ七名は、一日も早く戦力となるべく決意を新たにして三〇二空に着任し、第三飛行隊に配属された。飛行学生同期の戦闘機操縦員一二名も同時に着任し、第一飛行隊に配属。この日、七三期は中尉に進級。

翌日から隊長・藤田秀忠大尉（兵学校六九期）の指導の下、訓練は使用機「彗星」の座学で開始。「彗星」は元来艦爆であったが、その頑丈な機体構造と機動性・高速性能を活かし、九九式二号四型二〇ミリ機銃を後部風防内に約三〇度斜め上向きに追加装備して敵爆撃機の迎撃を主目的に改造した夜間戦闘機の一二戊型（アツタ三二型液冷発動機装備）である。続いて、操縦員と偵察員に分かれて飛行訓練も開始。彼らは団結を固くし「一日も早く初陣」を合言葉に切磋琢磨、上陸も自粛して頑張り、訓練も順調に進捗した。

三月三日：米軍、マニラを完全占領。

三月一〇日：Ｂ－29三個航空団二七九機が、現在の墨田区、台東区、江東区、中央区を空襲。死者約一二万四七〇〇人、焼失家屋二六万八四〇〇戸、罹災者一〇〇万八〇〇〇人、下町一帯は焦土と化した。大火災の煙により視程不良、「雷電」「零戦」の投入不能、「月光」四機のみ発進。対空砲火や陸軍機も迎撃し、撃墜は一二機。

三月二五日：硫黄島守備隊玉砕。これ以降、同島に配備されたノースアメリカンＰ－51ムスタングが来襲すると、夜間戦闘機では対処できず、群馬方面に退避の繰り返しを余儀なくされ、戦力低下を来たした。

三月末：偵察員・岩戸と村井は、夜戦に参加できる練度に到達。

四月一日：米軍、沖縄に上陸。

四月五日：小磯・米内内閣が総辞職。

四月七日：鈴木貫太郎内閣が成立。Ｂ－29一〇七機が初めてＰ－51に護衛され、立川飛行機製作所を爆撃。撃墜三機、損失五機（うち四機が夜戦）。藤田大尉は、自ら「彗星」を駆って出撃したが、午前一〇〇〇頃、快晴の戸塚上空で他の「彗星」と攻撃直前、P-51に撃墜された。以後、夜戦の昼間迎撃取り止めが決定。

四月八日：「零戦」隊七機、鹿児島県笠原に進出。

四月一九日：P-51、関東地区の軍事拠点を強襲。厚木でも五機が地上撃破される。

四月二三日：「雷電」隊七機、鹿屋に進出。すでに進出していた三三二空、三五二空の「雷電」隊と「竜巻部隊」を結成、四月二七日に出撃。以後四日間で撃墜二機、損失一機。

四月末〜五月：伊藤、久保田、続いて体調不良の松崎を除き、板垣、池端が初陣を飾る。すでに戦力化していた偵察員二名と計六名が戦列に参加。

後席に20ミリ斜め機銃を積んだ「彗星」一二戊型夜戦（手前）

五月八日：ドイツ、無条件降伏。

五月一二日：阪神地区の防衛とP-51による攻撃からの退避を兼ね、夜戦二〇機を伊丹に派遣。

五月一七日：P－51、厚木を強襲。五機が地上撃破される。

運命の日（一九四五年五月二三～二四日）

通常、東京大空襲といえば、その甚大な被害から一九四五年三月一〇日の空襲を指すが、五月二三～二四日の空襲は、その規模においては、東京大空襲を上回っている。参加機数は第二一爆撃兵団の第五八、七三、三一三、三一四航空団に所属する五五八機（目標到達五二〇機）で、それは東京大空襲時の一・八倍、投弾量は約三六四五トンと二・二倍であった。現港区、品川区、大田区が目標である。

各航空団は時間差を設けて行動しているので、先ず、体当たりされた該当機を特定し、その所属航空団を明らかにする必要があった。久保田機が体当たりしたのは大森上空、久保田の遺体は品川で発見されている。とすれば、品川近辺に墜落したＢ－29が当該機である可能性が最も高いことになる。

当日の米側による損失は一七機で、その内訳は、マリアナ諸島に帰投する途上で四機が全員死亡、二機が数名死亡、一機が全員救助となっている。日本軍の対空砲火により撃墜されたか、または撃破されて硫黄島に緊急着陸したのは五機である。従って、洋上不時着水と対空砲火により損失した計一二機は、調査の対象から外してもよいと思われる。空戦で撃墜した五機は、千葉県の東京湾側に墜落二機、東京、羽田付近に二機、港区に一機となっている。

この最後の一機、機体番号44－69777、第七三航空団第四八九爆撃群所属が当該機と思われたが、その裏付けが必要になる。早速、ハワイにあるDefense POW/MIA Accounting Agency（捕虜/行方不明者調査機関）に問い合わせると、日本地区担当のテリー・ハンター氏から当該機は教導機（path finder：優秀な搭乗員でクルーを編成、梯団の前方を飛行し、一八〇発程度の焼夷弾を連続投下して約一〇〇〇メートルの火炎帯を作る。後続する梯団は、そこを目標に投弾する）の一機で、機長エヴァレット・ヅヴァイフェル大尉、副操縦士ジェラルド・ファイヴレ中尉、航空機関士ヴィクター・モリス中尉と通信士ヘンリー・フレンチ二等軍曹の四名が落下傘降下して捕虜になり、終戦後帰国している。戦後、彼らは陸軍航空隊司令部あてに当該機の行方不明者に関する報告書を提出していたことが分かり、ハンター氏は、そのコピーを送ってくれた。そして、その中の一人が「カミカゼに体当たりされた」と記述していることも分かった。以下、当該機を機長ヅヴァイフェル大尉の姓から、「ヅ」機と呼ぶことにする。

次に、「ヅ」機は、第七三航空団に所属したどの梯団を誘導していたのかを考察する。同航空団の空襲に参加した機数は一六八機である。この日、各航空団には一二機の教導機が配属された。従って、同航空団は一二梯団からなり、一梯団は一三機前後で構成されていたと推定できる。最後の梯団が目標上空を通過したのが〇三一〇（日本標準時。以下、同じ）である。投弾直後、「ヅ」機に一連の緊急事態が発生したのは、〇三一五頃であった。これらを勘案すると、「ヅ」機は、同航空団の最後の梯団を誘導していたと思われる。

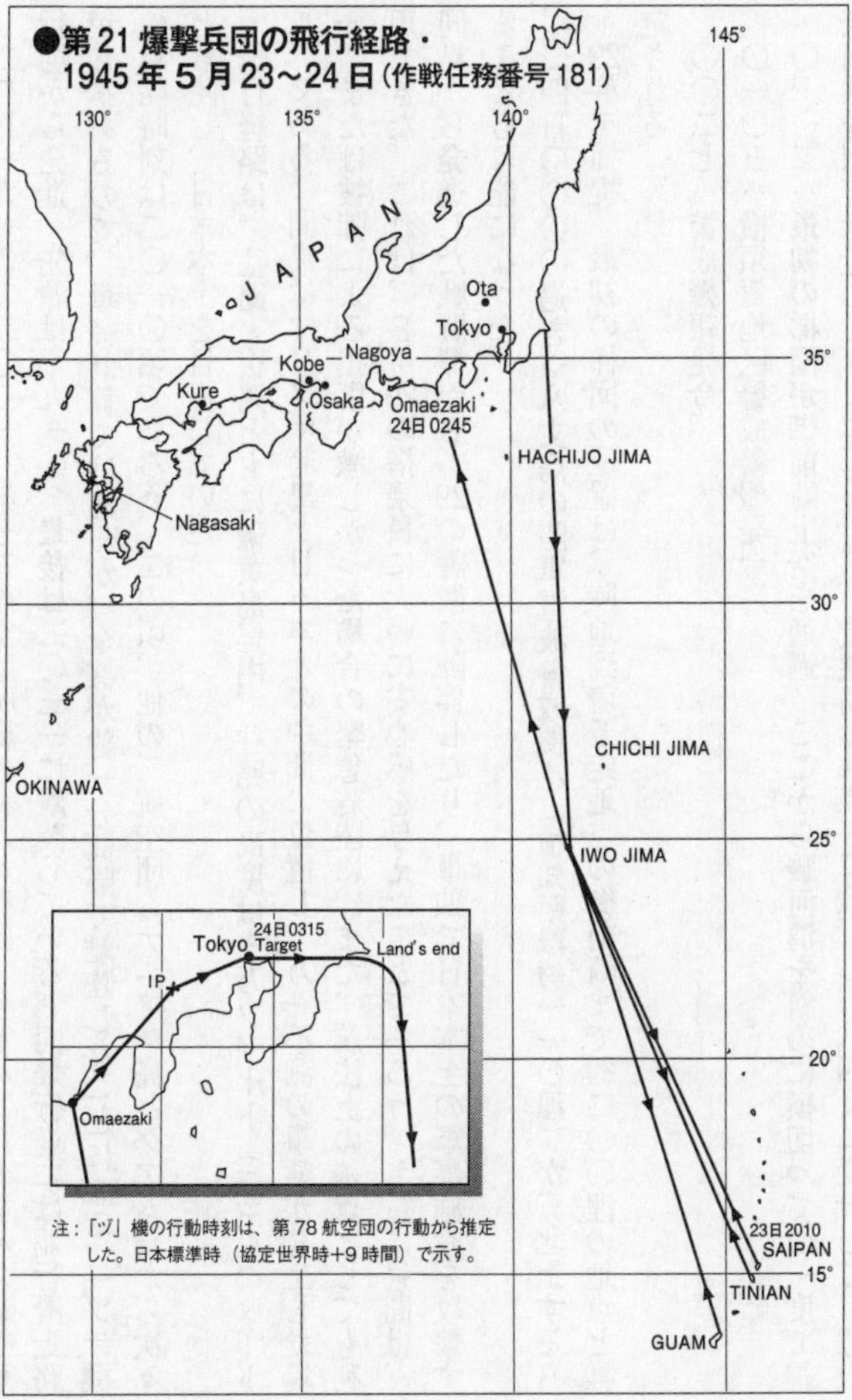

●第21爆撃兵団の飛行経路・1945年5月23～24日（作戦任務番号181）

注：「ツ」機の行動時刻は、第78航空団の行動から推定した。日本標準時（協定世界時+9時間）で示す。

一三日一九一〇～二〇三一：第七三航空団所属の一六八機は、サイパン島のアイズリー飛行場から発進。先頭は一九一〇、最後は二〇三一に離陸している。同飛行場には並行滑走路が二本あるので、単純計算ではあるが、全機が約一分間隔で離陸したことになる。「ゾ」機の離陸時刻は二〇一〇頃であろう。この頃、他の三航空団もテニアン島とグアム島から次々と離陸し、日本本土を目指していた。

飛行経路は、往路・復路ともに硫黄島経由、往路の高度は一万フィート（三三〇〇メートル）である。同島はマリアナ諸島と日本本土の中間に位置し、万一不測の事態が発生した場合、または被弾による損傷が激しかった場合の緊急着陸に、また、航法上の基点としても利用できた。これは、B－29の搭乗員に大いに安心感を与えたことであろう。さらに昼間は、同島から発進した戦闘機がB－29の護衛に随伴したり、単独で日本本土の軍事施設を攻撃することも可能になった。

二四日〇〇〇〇過ぎ：八丈島の陸軍電波警戒機乙（検知距離約一一〇浬）が、北上するB－29群を捕捉。最初の梯団の位置は、陸地到着予定地点の御前崎まで約二〇〇浬の地点と推定される。

〇〇二七：警戒警報発令。

〇一〇五：横須賀地区警戒警報発令。

〇一一二：最初の梯団が御前崎上空を通過。ここから駿河湾を斜めに横切って四一度で神奈川県愛川町付近のＩＰ（Initial Point：攻撃開始地点）に飛行し、八四度に変針して目標上空に向かう。爆撃終了後は、犬吠埼から離脱する経路が設定されていた。
○一二五：三〇二空の第一飛行隊「零夜戦」二機（東京）、第二飛行隊「月光」八機（東京湾口）、「銀河」二機（伊豆半島南端石廊埼）、第三飛行隊「彗星」七機（相模湾東部）が厚木を発進、それぞれの哨区（カッコ内）に展開した。
○一三六：横須賀地区空襲警報発令。
○一四〇：最初の梯団が東京上空に侵入、目標の市街地に爆弾と焼夷弾の投下を開始。爆撃は〇三三四まで約二時間続いた（第七三航空団は、〇二〇九に爆撃を開始し、〇三二〇に終了）。
○二四五頃：「ヅー」機が御前崎上空に接近すると、東京の方角が大火災で明るくなっているのを望見した。御前崎上空で、緩やかに右旋回してIPに向かうコースに乗る。月明りで左手に見える富士山と、八王子からの方位と距離でＩＰの座標を確認。目標上空まで、全天雲に覆われていることが分かる。

推定される久保田機の行動

久保田機に関する戦闘詳報や飛行機隊行動調書などの公式文書は、全く存在していない。入手できた米側の僅かな資料から、久保田機と「ヅー」機の行動を推定してみたい。
時刻不詳～〇三〇〇頃：いつ頃久保田機が哨区を離れ、炎上している東京上空に向かった

●「彗星」一二戊型夜戦

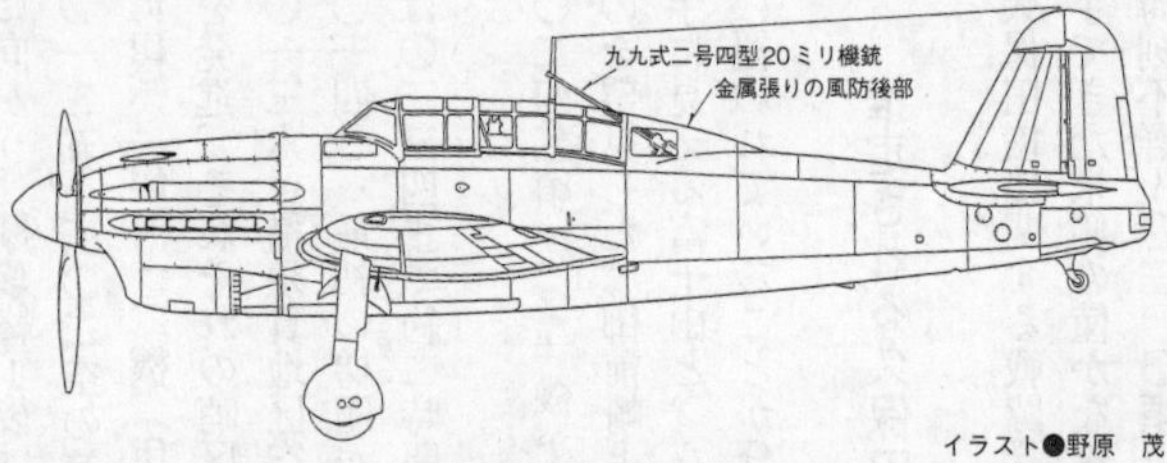

イラスト●野原　茂

か定かではない。久保田は、大火災の明かり、高角砲弾の炸裂、大火災の煙を背景にして交差する探照灯の光芒と、その中を飛び交う敵機を望見し、今夜こそ何としてでもB－29を一機は仕留めたいと思うと矢も楯もたまらず、周囲の状況から爆撃も終わりに近づいたことを察知し、東京上空に向かったのであろう。

やがて久保田たちは、前方下に単縦陣で飛行して来る梯団を視認した。この場合、最後尾の一機が最も攻撃しやすい。

久保田は「オイ、後席。あの一番後のヤツをやるぞ」と怒鳴り、後席の田中清一少尉も「指揮官、了解」と応えた。高度差約八〇〇メートル。久保田機は、大型機「後直上方攻撃」の要領で敵機の下方に占位するため、反航コースに乗り梯団に接近して行った。そして目標の敵機を前方下約四五度に見ながら反転して背面で垂直急降下し、その後をすり抜けて引き起こし、惰性を利用して上昇した。

そして、敵機の後方約二〇〇メートル、下方約一二〇メートルに占位して同航し、ここを先途と斜め機銃を撃ち上げたが、さすがは「超空の要塞」、そう簡単には墜ちない。エンジン、主翼付け根、胴体と次々と場所を変えて機銃弾を撃ち込むと、

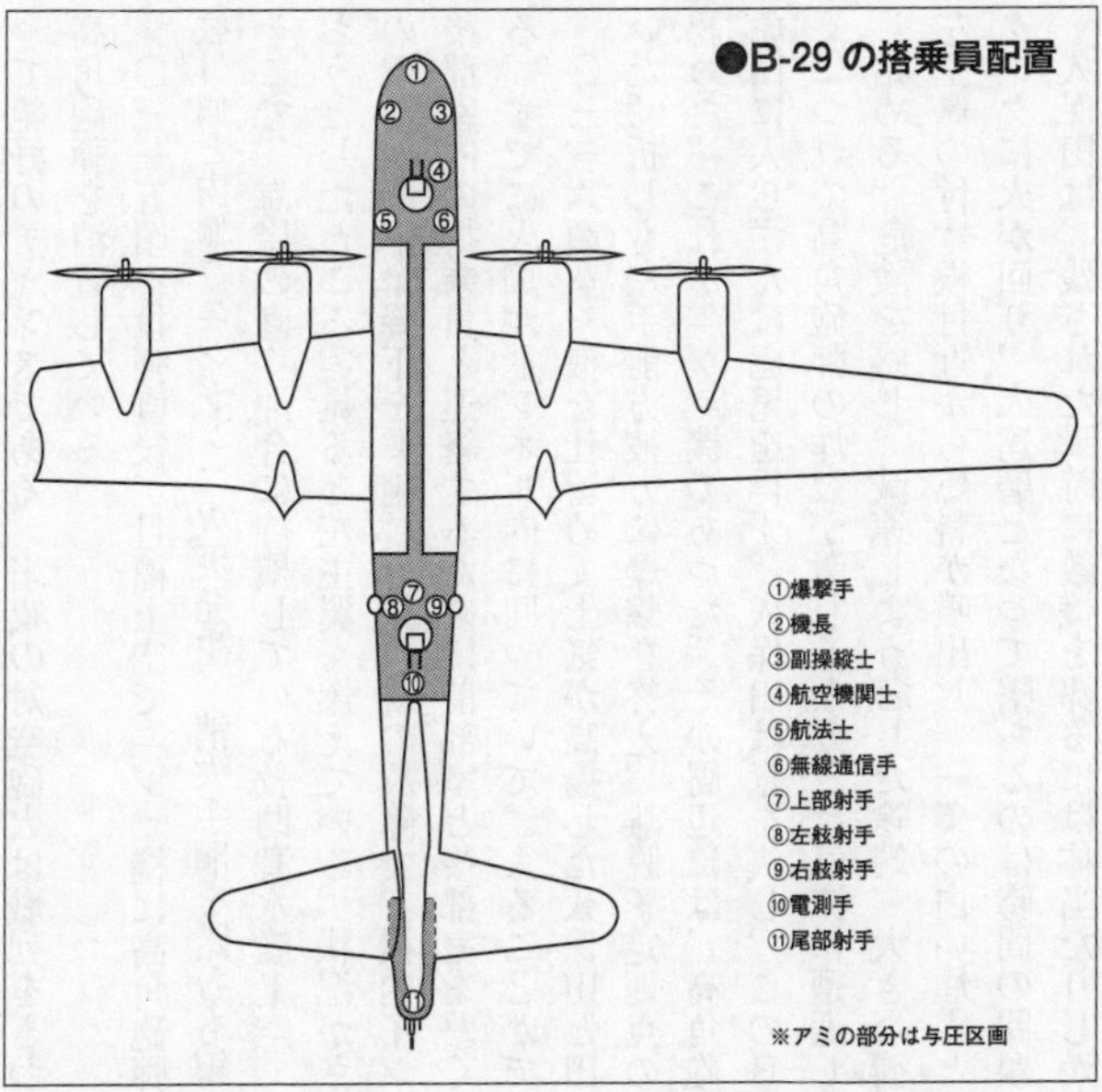

遂に手応えがあって火を噴き始め、ゆっくりと墜ちて行った。

このB－29は、千葉県の東京湾側に墜落した二機のうちの一機（機体番号42－24751、第七三航空団第四八九爆撃群所属）ではないかと思われる。

米側生存者の報告書によると、「ヅ」機は教導機として、誘導する梯団の約一〇分前を高度一万一〇〇〇フィート（三七〇〇メートル）で飛行していた。

〇三一三頃、「ヅ」機、爆弾投下。B－29は最終爆撃経路に乗ると、投弾までの最後の九〇秒は、命中精度を高めるために等速、直進水平飛行を余儀なくされる。これは、対空火器にとって絶好のチャンスである。当夜の対空砲火は熾烈をきわめ、日本側は約一万一〇〇〇発の高角砲弾を消費している。

〇三一五頃：投弾直後、目標上空で「ヅ」機に高角砲弾の炸裂片が命中、No.1とNo.2（左舷外側と内側）エンジンに火災発生。消火手順を踏むも鎮火せず。さらに数回、弾片が命中。そこで、海岸の直ぐ沖合に待機している救助潜水艦上空で落下傘降下を決意、海岸線に向かおうとしたところ、見ると左主翼も燃えている。状況がさらに悪化した場合に備え、脱出口の確保と落下傘降下を準備。電気系統の故障で、機内インターフォーンが不通になっている。後部室内の搭乗員と連絡するために前部室と後部室を繋ぐ交通トンネルに入ろうとしたところ、すでに火焔がトンネル内に回っていて、入ることができず。

〇三一六頃：一機を仕留めて士気が高揚した久保田と田中は、次の獲物を求めて遊弋していた。折しも左手前方彼方に爆撃を終え、離脱予定地点の犬吠埼上空に向かうB-29一機を認めた。これが「ヅ」機であった。その周辺には、高角砲弾があちこちに炸裂しているが、虎口に入らずんば虎児を得ず。久保田は意を決し、このB-29を攻撃することにした。近づくにつれて高角砲弾の炸裂が激しくなり、乱気流に遭遇したときのように機体が激しく動揺し始める。危険を感じ、減速しようとした途端、大きな衝撃を受けたので機外を見渡すと、左主翼の付け根付近から燃料が噴出し、一条の白い煙霧となって尾を引いている。今や燃料タンクに火が回り、火達磨となって墜ちるのは時間の問題である。

久保田は、残された瞬時に敵機を葬るには体当たりしかないと即断した。都市の無差別爆撃により、多くの非戦闘員である無辜の婦女子を殺傷し、彼らの住家を焼き払った憎きB－29。今ここで身を犠牲にしてでも一矢報いなければ、男が廃れる。体当たりを決断するには、些かの逡巡もなかった。

「オイ、後席、突っ込むぞ。後は俺に構わず直ちに脱出しろ」と指示し、田中も「了解、指揮官」と応じた。体当たりとは言え、この場合は爆装した「十死零生」の特攻と違い、決死ではあるが、必死ではない。生還のチャンスはある（一九四四年一二月三日、板垣政雄伍長は、千葉県印旛沼付近の上空において三式戦「飛燕」でB－29を体当たり撃墜したが、落下傘降下して生還）。

久保田機は「ヅ」機に対して、どのような体当たり攻撃を仕かけたのであろうか。正面からであれば、胴体前部室にいた四名の生還者は、おそらく殺傷されたであろう。左舷後方からの場合、すでに左舷側のエンジン二基と主翼には火災が発生していたので、攻撃を止めたことも考えられる。とすれば、右舷後方からの可能性が大になる。おそらく高度を上げ、降下して加速しながら、まっしぐらに「ヅ」機を目がけて突進したのではないか。しかし、具体的に「ヅ」機のどの部分に、久保田機のどちらの主翼、または胴体で体当たりをしたかということを解明することは、不可能である。

〇三一八頃：火災発生から約三分後、機体が急激に動揺、横向きに移動（報告者の通信士は、後日カミカゼの体当たりと聞く）。このとき、操縦系統（操縦輪で、舵などの動翼を操作する系統）が損傷したものと思われる。

生還した搭乗員四名のうち、体当たりについて記述しているのは通信士のみであるが、機長、副操と機関士は、協力して火災が発生した左舷二基のエンジンを停止し、プロペラをフェザーにして片肺になった機体を懸命に操縦中であり、その間に停止したエンジンのイグニションをオフに、燃料を遮断し、カウル・フラップを閉じて二酸化炭素消火剤を放出するといった一連の緊急操作に忙殺されていたときなので、緊急操作を担当していなかった通信士のように、機体の急激な動揺や横向き移動を十分に感じ取る余裕がなかったのではないか。

久保田機は、体当たりにより前進が阻止されたので主翼に生じる揚力が失われ、機体は落下し始めたと思われる。体当たりした場所、その方法にもよるが、早い段階で脱出できれば、無事、落下傘降下した可能性はあったのではないか。久保田は総員退去時の艦長同様、部下田中の脱出を確認してから、愛機を放棄したと思われる。

〇三二〇頃：火災発生から約五分後、操縦系統が不作動になり、「ヅ」機は落下し始め、スピンに入る。火焔も前部室内に入って来た。警報ベルを鳴らし、四名は燃え盛る機体から前脚の出口を通って脱出し、落下傘降下。この直後、左主翼は燃え上がって吹っ飛ぶ。

〇三二〇：第七三航空団最後の梯団が爆撃を終了し、東京湾から房総半島上空を横断して脱出できなかった七名（含前部室内の二名）は、東京都小石川の陸軍墓地に埋葬されたという資料がある。

〇三二〇過ぎ：この梯団の乗組員は、東京湾上空において、一機のB－29が七時の方向

帰途につく。

（斜め左後）で、燃えながら墜ちて行き、落下傘四個が降下するのを目撃している。

資料によれば、「ヅ」機の落下地点は、現港区白銀台四−六−一となっている。久保田機については「被墜戦死。大森付近に自爆」という記述がある。彼の遺体は、品川の木造二階建ての民家の屋根を貫き、天井を破って半開きの落下傘で宙吊りになっていたという。開傘高度は最低二〇〇メートルである。それ未満の高度で機体から跳び出したとは、まず考えられないので、落下傘の整備不良か、何らかの理由で開傘しなかったと考えるのが妥当であろう。

当日の日米双方の戦果と損失・被害

◇戦果

海軍：撃墜九機（月光×六、彗星×三。うち久保田機×二）、撃破六機（月光×四、彗星×二）、
　命中弾三機（月光）

陸軍：撃墜二七機、撃破約三〇機

米側記録：損失一七機、損傷六九機、不時着（硫黄島）四九機

◇被害：

「月光」二機（不時着時大破）

「彗星」二機（損失×一、被弾により火災不時着×一）

搭乗員戦傷死三名（前記「彗星」の久保田謙造中尉、田中清一少尉戦死。村井正澄中尉重傷）

地上の被害：
死傷者四九九二名
罹災者二二万四六〇一名
被害家屋六万四四八七戸

久保田謙造中尉

この夜、出撃直前、久保田は一緒に出撃した伊藤に「毎回B－29と空しく鬼ごっこばかりしていてはどうにもならない。今夜こそは体当たりしてでも、必ず落として見せる」と静かに語ったといわれている（『海ゆかば』海軍兵学校第七三期編）。偵察員だった岩戸氏は、久保田の寡黙で控え目な人柄は一見取り付きにくい感じであったが、深く付き合ってみると短身痩躯に似合わず、豪胆沈着精悍で、勇気に満ち、信頼と敬服に値する人物であったと評しておられる。山本君は身内の方から、謙造中尉はとても明晰な頭脳の持主だったと聞き及んでいる。彼は、〔〕体当たりするにしても、その場の成り行きに任せた行動ではなく、予め効果的な方法を研究していたのではないか、と推察する。

久保田たちの体当たりにより、「彗星」夜戦隊の士気はいやがうえにも上がり、「久保田に続け」の気運が隊内に醸成されたため、隊長から「本土決戦まではB－29との一対一の減耗は避けねばならない」との注意があった程である。（前掲書）

翌二五日、松崎を指揮官として、遺体の収容が品川の住宅街で行なわれた。その日夜通夜、二六日保土ヶ谷において荼毘に付し、数日後、葬儀の儀仗隊指揮官は戦闘機隊の菊田長吉中尉が務め、厳粛な海軍葬が執り行なわれた。二人とも五月二七日付の連合艦隊告示第二三七号でその殊勲を全軍に布告され、二階級特進の栄誉に浴している。

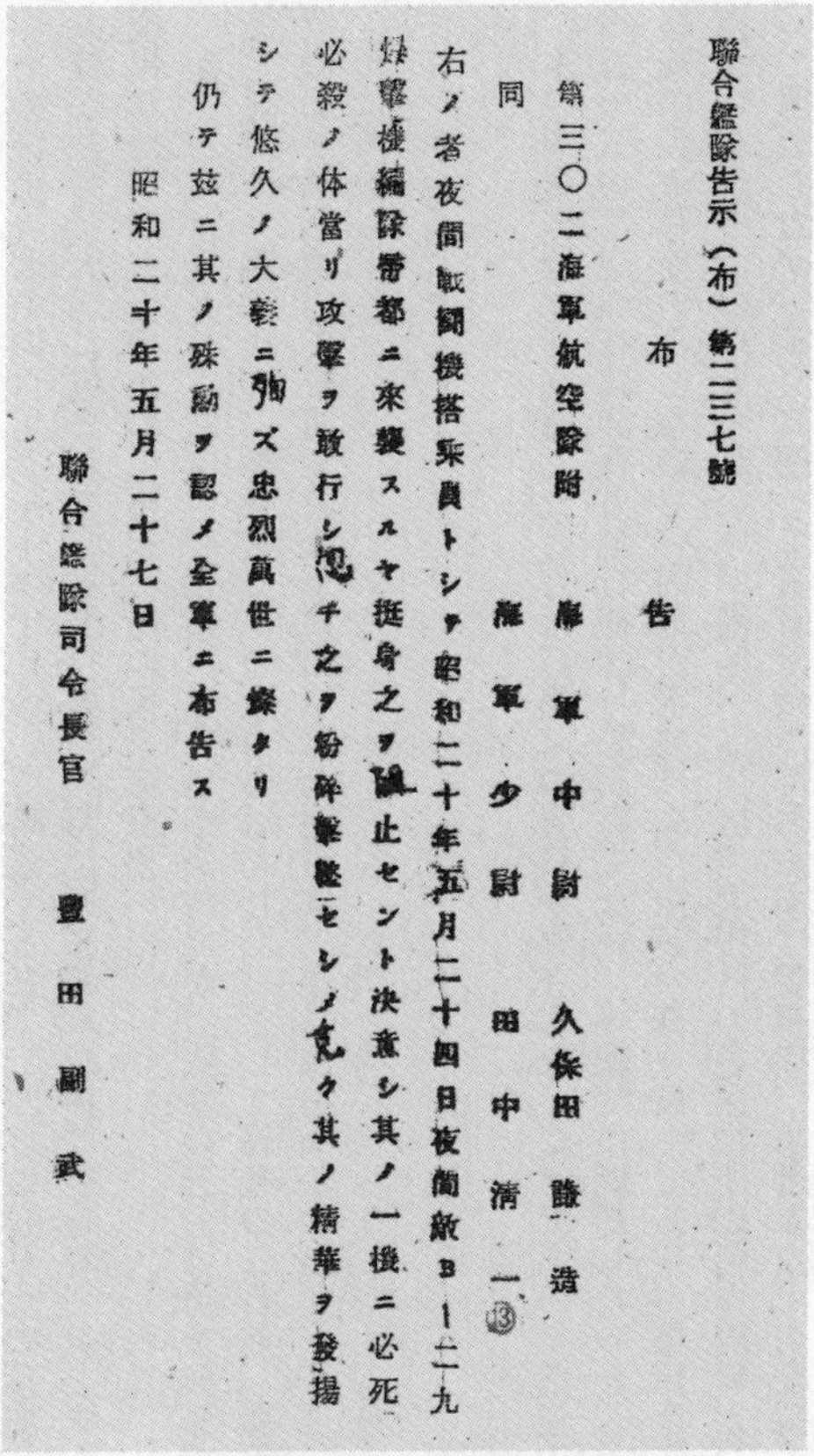

聯合艦隊告示（布）第二三七號

布　告

第三〇二海軍航空隊附　海軍中尉　久保田賾造

同　海軍少尉　田中清一⑬

右ノ者夜間戰鬪機搭乘員トシテ昭和二十年五月二十四日夜間敵B－二九爆撃機編隊帝都ニ來襲スルヤ挺身之ヲ阻止セント決意シ其ノ一機ニ必死必殺ノ体當リ攻撃ヲ敢行シ之ヲ粉碎撃墜セシメ克ク其ノ精華ヲ發揚シテ悠久ノ大義ニ殉ズ忠烈萬世ニ燦タリ

仍テ茲ニ其ノ殊勳ヲ認メ全軍ニ布告ス

昭和二十年五月二十七日

聯合艦隊司令長官　豊田副武

久保田中尉と田中少尉の殊勲を全軍に布告する連合艦隊告示第237号

その後の「七名の百里グループ」について略述すると、二四日の迎撃戦に参加した村井は、乗機が被弾し火焔に包まれて厚木飛行場の隊門付近にある松林に不時着、炎上する機体から脱出したが、火傷のために再起不能の後遺症を招いた。

かくして百里グループは、一夜にして二名を失ったが、残りの五名は勇を鼓して、連日連夜、訓練に、迎撃戦に、終戦までその全力を尽くした。そして終戦の二日前、悪天候を冒し、敵機動部隊を求めて夜間索敵攻撃に出撃した池淵は、遂に還らなかった。

おわりに

本稿を書きながら痛感したことは、当時の資料が存在しないことである。前述のとおり、当日の三〇二空の戦闘詳報も飛行機隊行動調書もない。終戦時に焼却したのか、それとも、終戦の数ヵ月前のことなので、内地が空襲に次ぐ空襲の真っ最中であり、書類を作成する余裕すらなかったのかもしれない。港区、品川区、大田区の各区役所に何か資料がないかと思って照会したが、戦災に遭って資料は残っておらず、警視庁、東部軍などの記録も調べていただいたが、満足のいく回答は得られなかった。さらに、知人を介して当時の新聞のコピーも入手して調べたが、これという記事は見当たらなかった。

田中少尉については、数年前、予備学生関係者による東京白鷗遺族会が解散している。公的機関は「個人情報」を理由に縁者以外には情報を提供しないので、手掛かりが摑めていない。さらに、戦後七〇年が過ぎ去った現在、当時の関係者の大半が他界され、せっかく探し当てた存命の方も高齢のため取材を遠慮して欲しいとの家族の意向で、諦めざるを得なかったこともある。そのような事情で、現段階では、これが筆者としては調査できた最大限であることを付記し、読者のご理解を得たい。

最後になったが、本稿を書くに当たってお世話になった靖國偕行文庫室長・葛原和三氏、海軍兵学校第七三期会代表幹事・中島又雄氏、『日本の都市を焼き尽くせ』著者・工藤洋三氏、空襲を記録する会会員・手塚尚氏、ＤＰＡＡ職員・テリー・ハンター氏のご厚情と、山本眞文君の協力に深く謝意を表して、筆を擱く。

1945年4月11日1501、米空母「エンタープライズ」の右舷艦首付近の海面に激突した「彗星」特攻機

「エンタープライズ」に残された特攻機の主翼の謎

【本田實海軍大尉／塩見季彦海軍少尉】

菊水一号作戦発動中の1945年4月11日、空母「エンタープライズ」に至近弾となって損害をあたえた特攻機の主翼がワシントンに現存するが、その機種は何だったのか、そして搭乗員は誰だったのか？　日米の資料をもとに解明する。

回収された特攻機の主翼

もう十数年も昔のことである。米空母「エンタープライズ」について書かれた記事を読んでいたとき、同艦は、太平洋戦争中に同艦を攻撃した日本機の主翼の断片を三個回収していることを知った。一九四二年二月一日、マーシャル群島に対する初空襲を終えて真珠湾に帰投中、タロア島を発進した中井一夫大尉機（九六陸攻）が同艦に体当たりを試みた。そのとき、中井機の右主翼が上部構造物（アイランド）の前に駐機してあったSBDドーントレス偵察爆撃機の後部胴体を切断した後、飛行甲板に当たって主翼の付根から千切れ、横転して主翼内のタンクにあった燃料が付近の飛行甲板をずぶ濡れにしたことは、米側の記録からすでに知っていた。これが三個のうちの一個であろう。

別の資料で、ヴァージニア州ウイリアムズバーグにある博物館の倉庫に日本機の主翼が保管されているということも分かったが、それは一九八二年に書かれた記事だったので、その当時、中井機のことで頻繁に連絡を取り合っていた「エンタープライズ」戦友会のウェブ・サイト管理者ジョエル・シェパード氏にこの主翼について追跡調査を依頼したのが二〇〇三年の秋であった。

すると、翌二〇〇四年の春、シェパード氏から待望のメールが来た。それによると、ウイ

ワシントンの海軍歴史センターに展示されている空母「エンタープライズ」から回収された彗星特攻機の主翼。〔Courtesy of National History Heritage Command〕

リアムズバーグの博物館の倉庫で保管されていた、一九四五年四月一一日「エンタープライズ」の右舷艦首付近の海中に突入、分解した特攻機の主翼は、今は首都ワシントンの海軍工廠の敷地内にある海軍歴史センターで展示されているので、筆者から同センターの係官フランク・トムソン氏に直接連絡するようにと言って、トムソン氏のメールアドレスが書かれていた。

早速、シェパード氏からの助言に従い、トムソン氏に展示されているその主翼について分かっていることを教えて欲しいと連絡したところ、一九四五年四月、「エンタープライズ」がそれを回収したということ以外、何も記録がない。大きさは縦五四インチ、横九五インチ、日の丸の直径は四八インチである。できれば日本側の情報が欲しいとあり、数枚の写真も添付されていた。写真を見ると、前縁を下にしてワイヤーで吊り下げられた左主翼の上面が写っている。翼端近くにピトー管が下向きに突出し、翼端の外側には丸みを帯びた先端翼があった筈であるが、この部分は海面に激突して飛散したのか、または回収後取り外したのか不明であるが、欠損して見当たらない。後縁にあった筈のフラップやエルロンが見当たらないのは、恐らく海面に激突したときに飛散したものと思われる。ほぼ前縁から後縁にかけて描かれた日の丸は、半世紀以上の歳月が流れた当時、すでに紅色の塗料も色褪せ、あちこちが剥げ落ちている。翼面の塗装は完全に剥げ落ちて、ジュラルミンの地肌が見える。

一九四五年三月から四月にかけての「エンタープライズ」の行動を調べてみると、三月二〇日夜、日本海域を離れてウルシー環礁に向かい、二四日帰着。一八日〜二〇日の間に九州各地の飛行場、呉軍港、広島の軍事施設や神戸の造船所を攻撃したときに受けた損傷を四月四日まで費やして修理した後、四月五日にウルシーを出撃して沖縄海域に向かい、七日戦列に復帰。四月一一日沖縄攻略の支援時、特攻機二機が至近弾となっている。時恰も悪天候のために中断していた菊水一号作戦が、天候の回復とともに再開された日である。このために損傷した「エンタープライズ」は、一三日に沖縄海域を去ってウルシーに向かい、一五日帰着。損傷の修理を終えて沖縄海域に復帰したのが五月三日となっている。従って、この主翼が、四月一一日、同艦に至近弾となった特攻機二機のうちの一機のものと考えて、まず間違いないとの結論に達した。

調査をする場合、闇雲に動いても「労多くして功少なし」の諺どおりになる。当該機の搭乗員を特定するためには、先ず、主翼から機種を特定して物的証拠を、次に日米双方の資料に基づく戦闘概況から状況証拠をそれぞれ固めることである。そして、この二者から結論が導き出せると考えた。

機種の特定

まず、主翼について何らかの手がかりを得ようと、前述の写真を元零戦搭乗員会会長岩下邦雄氏（兵学校六九期）に送ったところ、「零戦とは違うように思う」との返事をいただいた。また、第二五二航空隊の元彗星搭乗員で『大空の墓標』（大日本絵画）の著者、松永栄氏（兵学校七三期）にも連絡し、ご意見を伺った。同氏からは貴重な助言のみならず、数々の彗星関連の資料もいただき、機種の特定作業を進める上で、それらが大きな手助けになった。

例えば、日の丸の直径である。海軍歴史センターに展示してある主翼の日の丸の実測値は四八インチ、すなわち一二二センチである。これは有力な物証といえる。靖国神社の遊就館に展示されている彗星のそれの実測値は一二〇センチ、松永氏からいただいた彗星の図面集による計算値は一二四センチとなり、日の丸の直径は一二二プラスマイナス二センチであることが分かった。これも遊就館に展示されている零戦の日の丸の実測値は一一三センチなので、明らかにそれとは違う。松永氏によると、次の理由から、プラスマイナス二センチの誤差があるのは、別に不思議ではないとのことである。すなわち、戦争初期には日の丸に白色で縁取りがしてあったが、これは目立ち過ぎて機影を敵に発見されやすいということで、各飛行隊や航空廠において、手作業で塗り潰した。このとき、白色の縁取りを機体の色に合わせて塗潰した場合と、日の丸を拡大した場合とがあり、プラスマイナス二センチの誤差が生じた。しかし、日の丸の直径を規制した資料は、見当たらないとのことであった。筆者も、最新の『図解軍用機シリーズ』（月刊「丸」編集部）などを調べたが、確かに、機体の寸法は明示されているが、日の丸のそれは見当たらなかった。

外板の張り方やリベットの打ち線は、その機体が受けると予測されるGを基準にしているので、人間の指紋のように機種によって違いがある。これも有力な物証になるとのご意見もいただいたが、写真からは決定的なところまで確認するには至らなかった。しかし、全般的に見て、ひとまず彗星の主翼と考えても問題はないとの結論に達した。

沖縄の攻防戦

次に、状況証拠を固めるため、一九四五年四月当時の沖縄攻防戦の概略について述べてみたい。同年三月下旬、B－29の基地マリアナ諸島と日本本土の中間にある要衝硫黄島を奪取した米軍は、早くも数日後にはその矛先を沖縄に向け、慶良間《けらま》列島に橋頭保を築き、四月一日には沖縄本島に上陸を開始した。この日、大本営陸海軍部の間では、「昭和二〇年度前期陸海軍戦備ニ関スル申合」が行なわれ「陸海軍全機特攻化」が決定された。これは、戦争指導部が正規の作戦を最終的に放棄し、作戦の名に値しない特攻、すなわち「外道の統率」が、公然と採用されたこと以外の何物でもないことを意味した。

また、天一号作戦の一環、そして一億特攻の先駆けとして、「光輝アル帝国海軍海上部隊ノ伝統ヲ発揮スルト共ニ其ノ光栄ヲ後昆ニ伝エントスル」という美辞麗句の下、四月六日、戦艦「大和」以下第二艦隊の艦艇一〇隻が山口県徳山の沖合から出撃したが、翌七日一四〇〇頃までに、四隻の駆逐艦を除く六隻が、北緯三〇度四三分、東経一二八度〇四分（徳之島北西二〇〇浬）付近の海域において海の藻屑と化し、司令長官・伊藤整一中将以下、あたら三七二一名の将兵が、この無謀な作戦で散華した。

沖縄を守備する陸軍第三二軍司令官・牛島満中将は水際撃滅戦を実施せず沖縄の地形を最大限に活用し、強固な防御線を構築して米軍の上陸部隊を迎え撃った。それ故、上陸部隊はほとんど無抵抗で揚陸し、内陸に進撃して行ったが、日本軍の抵抗は日増しに増加して、四月一一日には遂に一歩も前進できなくなり、戦線は完全な膠着状態に陥っていた。

航空特攻は、先述の「陸海軍全機特攻化」を受けて発動されたのが海軍の「菊水一号作戦」と、それに呼応する陸軍の「第一次航空総攻撃」であり、沖縄海域に蝟集する連合軍艦艇に対し、四月六日を手始めとして開始された。この日、海軍は三九一機の作戦機（特攻機二一五機）を投入したが、未帰還機は一七八機、消耗率約四六％という甚大な被害を被った。陸軍も、作戦機一三三機（特攻機八二機）を投入し、未帰還機は五〇機に達している。しかし、特攻隊の挙げた戦果には目覚ましいものがあり、戦艦「ノース・カロライナ」、軽空母「サン・ジャシント」、軽巡「パサディナ」を始めとする三四隻が損傷している。

翌四月七日、海軍は作戦機一五六機（特攻機五三機）を投入、四〇機が未帰還となった。陸軍は重爆一〇機、特攻機七六機を投入したが、未帰還は二四機であった。戦艦「メリーランド」、空母「ハンコック」のほか、駆逐艦、護衛駆逐艦数隻が被害を受けている。四月八日から一〇日までの三日間は雨のために索敵が思うに任せず、敵機動部隊の動静も把握できなかったが、同作戦は天候の回復を待って一一日に再開された。そして六月二二日の菊水一〇号作戦（陸軍は第一一次航空総攻撃）まで、陸続と実施されることになったのである。

一方、連合軍は太平洋戦争中最大の兵力といわれる一八万二〇〇〇名の軍隊を動員し、中部太平洋艦隊の全力一三〇〇隻の艦船で沖縄周辺海域を取り巻いた。この中には、沖縄攻略戦を支援するマーク・ミッチャー中将麾下の第五八機動部隊が四任務群、すなわち五八・一、五八・二、五八・三と五八・四任務群に分かれて作戦行動をしていた。各任務群は正規・軽空母三〜四隻とこれらを護衛する数隻の戦艦・巡洋艦、その周辺を取り囲む約一五隻の駆逐艦、合わせて二五隻前後の艦艇で構成されていた。ちなみに、当時の第五八・三任務群の編成は、次のとおりであった。

空母：「エセックス」「バンカーヒル」「エンタープライズ」、軽空母「キャボット」
戦艦：「ニュージャージー」「サウス・ダコタ」
重巡：「インディアナポリス」、軽巡：「パサディナ」「オークランド」「ウィルクスバリ」

駆逐艦…一七隻

そして第五八機動部隊は、五八・一と五八・二任務群の二群が沖縄本島の攻略作戦を直接支援し、残りの五八・三と五八・四任務群の二群は日本本土からの来援兵力を遮断するため、喜界島、奄美大島、徳之島付近の洋上に展開していた。

1410、第五建武隊の爆戦が左舷後部に至近弾となった瞬間

本章の一方の主人公である「エンタープライズ」は、四月一一日、沖縄北東方海域を並列して北上する二群の任務群のうち、西側の第五八・三任務群の空母の先頭に位置していたためか、一四一〇、彗星（実際は零戦を誤認）一機が同艦の艦尾方向から緩降下しながら接近、至近距離で被弾してスピンに入り、操縦不能となって左舷後部の喫水線付近の海面に激突し、爆弾が海面下で炸裂。このため船体は激しく揺れ、被害甚大。更に一五〇一、他の彗星が右舷艦首付近の海面に突入、片翼の大部分を含む残骸が飛行甲板上に落下し、回収されたこ

とが分かった。そして、この残骸が、現在ワシントンの海軍歴史センターに展示されている主翼であると思われた。

至近弾となった特攻隊の特定

記録によると、この日、特攻隊は鹿屋、第一国分（現陸上自衛隊国分駐屯地。現鹿児島空港は第二国分）、宮崎の三基地から、爆戦三六機、彗星九機、銀河五機の五〇機が出撃し、三二機が未帰還になっている。回収された主翼が彗星のものであれば、この九機についてのみ調査すれば事足りるとも考えたが、彗星と零戦とでは、全幅、全長ともに僅か一メートル程度の差であり、戦争末期には、当初彗星に搭載されていた液冷エンジン「アツタ三二型」は、その量産の遅れと整備の難易度から空冷エンジン「金星六二型」に換装していたので、外見的には前者が中翼単葉、後者が低翼単葉の違いはあるが、その識別は、特に熾烈な戦闘中においては困難と思われ、誤認が散見する。このようなこともあり、念には念を入れるため、若干横道に逸れるが、出撃したすべての特攻隊について、調査を進めた。

㈠第五建武隊

爆戦一六機が、一一二五～一一二四に鹿屋基地を発進。目標は奄美大島一五五度六五浬の空母五、戦艦二を基幹とする敵機動部隊である。「太平洋コース」（鹿屋から南南西にコースを取り、屋久島の西端上空を掠めて喜界島に直行。島伝いなので航法は容易であるが、敵戦闘哨戒機の待ち伏せを受ける可能性は大）を経由して目標海域に向かい、一三三〇、喜界島上空通過を打電している。その後、一〇度間隔、八本の索敵線を形成して南下し、五八・三任務群を攻撃したものと思われる。この隊最初の突入が打電されたのは一三五三、最後の通報「敵艦隊発見」が打電されたのは一四三九である。二機目の彗星が「エンタープライズ」の右舷艦首付近の海面に突入し、片翼の大部分を含む残骸が飛行甲板上に落下して回収されたのは一五〇一なので、この隊の全機が該当しないことになる。しかし、一三機のうちの一機が一四〇五、他の一機が一四一〇に「我空母ニ突入ス」と、それぞれ打電している。時間的に見て、この二機のいずれかが、一四一〇に「エンタープライズ」の左舷後部の喫水線付近の海面に激突し、彗星と誤認された零戦であったと考えられる。未帰還一三機。二機はエンジン不調のため帰投、一機は諏訪之瀬島南方海面に不時着水。

余談であるが、読者は米艦に突入寸前の爆戦の決定的瞬間を捉えた写真をご覧になったことがあると思う。この爆戦は最後の「敵艦隊発見」を打電した爆戦またはその僚機で、現在、記念艦として真珠湾に係留されている戦艦「ミズーリ」の右舷後方の舷側に、往時の痕跡を残している。

㈡第二一〇部隊零戦隊

爆戦四機が一二四五～一二五〇に第一国分を発進。目標は奄美大島南方の敵機動部隊、索敵攻撃である。この隊が飛行したと思われる「東シナ海コース」は、離陸後、上昇しながら野間岬→横当島→奄美大島南端上空を経由して目標海域に向かうコースで、距離は約三二〇浬、従って平均対地速度一五〇ノットで飛行すれば、所要時間は約二時間一〇分となり、同隊は一四五五頃には目標海域に到達したと考えられるが、徳之島以降は単機で索敵攻撃したこと以外、不明である。

米側の資料によれば、一四五五に戦艦「ウイスコンシン」のレーダーが捕捉した特攻機を、空母「ヨークタウン」の戦闘哨戒機が零戦と確認し、一五一四に撃墜している。その他、一五〇七、駆逐艦「キッド」付近で一機撃墜を「エンタープライズ」が記録。一五〇八、爆弾投下後の爆戦を同艦が撃墜、一五一四、同艦の左舷で一機が撃墜されている。時間的に見て、この部隊の爆戦ではないだろうか（同じ特攻機がダブって報告されているようにも思われる）。

未帰還三機、指揮官機は喜界島に不時着。

㈢第三御楯隊第六〇一部隊（零戦）

爆戦七機が一二三五に第一国分を発進。目標は第二一〇部隊零戦隊と同じく奄美大島南方の敵機動部隊、索敵攻撃である。コースは、太平洋コース経由か東シナ海経由か、不明である。未帰還機は二機となっていて、五機が帰還したものと思われる。残念ながら、この隊については、これ以上の記録はなかった。

㈣第三御楯隊第二五二部隊零戦隊

爆戦九機が一二三〇～一二四五に第一国分を発進、一機は離陸に失敗。この部隊の目標も、奄美大島南方の敵機動部隊、索敵攻撃である。太平洋コースを南下したとすれば、目標海域までの距離は約二八〇浬、平均対地速度一五〇ノットとして所要時間は一時間五〇分なので、一四二〇頃には目標海域に到達していたことになる。東シナ海コースを経由すれば、目標海域到達時刻は一四四〇頃となるが、どちらのコース経由か不明である。一二三〇に発進した三機は敵を見ず、喜界島に着陸。一二三五発進の五機のうち三機が引き返し、二機が未帰還機となっている。米側の資料によれば、一四三二に空母「イントレピット」の戦闘哨戒機が、四機撃墜を報じている。六〇一部隊とこの部隊の未帰還機ではないだろうか。

㈤第五銀河隊

銀河五機が一五三〇〜一五五四に宮崎から発進。目標は沖縄東方海面、索敵攻撃である。飛行コースは不明。全機未帰還となっている。銀河は双発陸上爆撃機であり、彗星と誤認することは考えらえない。また時間的にもこの隊は該当しない。

㈥第二一〇部隊彗星隊

機種は彗星（三三型）であるが、一三五〇に第一国分を先に発進した二機が、区間距離の短い太平洋コースを経由して奄美大島南方の敵機動部隊を索敵攻撃したとしても、目標海域に到達するのは一五四〇頃になるので、該当する隊ではない。一機は未帰還、一機は喜界島に不時着。一五〇〇に発進した二機のうちの一機が「空母突入」を打電しているが、これも時間的に該当しない。残りの一機は喜界島に不時着。

㈦第三御楯隊第二五二部隊彗星隊

この隊には二つの目標（後述）が与えられ、第一陣の彗星三機が一二三〇、二陣の二機が一四一五に第一国分をそれぞれ発進、東シナ海コースを経て目標海域に進出。第一陣は一四五六「我敵空母二体当リス」、続いて一四五八「突入中」と打電している。「エンタープライズ」が至近弾を報告している時刻は一五〇一なので、機種と時刻から勘案すれば、この隊が該当する特攻隊になる。第二陣も一四一五に東シナ海コース経由で進出したが、すでに敵機動部隊は当該海域から去っていたのであろうか、目標を発見していない。帰路、喜界島に不時着直前、上空で待ち受けていた敵戦闘哨戒機六機と交戦、衆寡敵せず、二機とも撃墜されて未帰還。

第三御楯隊第二五二部隊彗星隊

では、該当する特攻隊、第三御楯隊第二五二部隊彗星隊について述べてみたい。硫黄島が陥落し、米軍の沖縄上陸が時間の問題となっていた一九四五年三月下旬、千葉県香取基地に在った第二五二航空隊攻撃第三飛行隊にも南九州に進出が下令され、三月三〇日、第一次出撃の一一機が指揮官本田實大尉に率いられて宮崎県富高基地に向かった。格納庫前の列線に総員が整列して「帽振れ」の熱烈な離別を告げる中を、日の丸の鉢巻きをキリリと締めた出撃隊員が挙手の答礼をし、一機また一機と滑走路に向かった。離陸後、一一機は整然とした編隊を組み、指揮所上空を通過したとき、本田機が数回バンクをして永遠の別れを告げ、南の空に消えて行った。

同飛行隊は、翌三一日の第二次出撃、指揮官山田良彦中尉の率いる三機に引き続き、逐次、

本田實大尉・塩見季彦少尉のペア搭乗機と同型の彗星三三型

香取を後にして富高に進出した。松永氏は、当時の隊員の気持ちを、その著書『大空の墓標』の中で、次のように述べておられる。「情報管理の徹底していた筈の海軍部内であり、

この戦局・戦況は大局的情報の乏しい第一線将兵ながらもおぼろげに自覚していた。勝敗は自ずから決しており、一同の心理としては『生きて祖国の滅亡を見る』よりも、早く前線に赴き『敵に一矢』を報い、以て祖国防衛のために、自ら肉弾となる気概に満ち満ちていたのであった」当時の若者たちは、その配置によって程度の差こそあれ、おそらく誰しも、このように考えていたと思う。

香取から富高に進出して来た攻撃第三飛行隊は、四月二日、同基地において特攻隊を編成、神風特別攻撃隊第三御楯隊第二五二部隊と命名され、第一次の彗星三機と零戦四機が最後の出撃基地となる第一国分に進出。これに引き続き、残る全機も逐次第一国分に進出して行った。そして四月三日、天一号作戦に参加した彗星二機と爆戦二機、四月六日の菊水一号作戦において、彗星四機と爆戦四機が沖縄の空に散華した。

前掲書によれば、「通常、攻撃隊には直衛と前路哨戒の戦闘機隊が随伴して敵戦闘機から攻撃隊を護衛するのが航空戦の常道であるが、すでに比島戦以来そのような余裕はなく、（中略）爆戦・彗星のいずれも機銃には装弾せず、増槽燃料タンクなしで、爆弾を抱いただけの、帰投する燃料もない丸裸の片道攻撃であった」とある。皇国危急存亡の秋《とき》、このような状態で生命を賭して十死零生の特攻出撃をした当時の若者の心境を思い遣ると、悲憤の涙を禁じ得ないのは筆者だけであろうか。

運命の日――一九四五年四月一一日

三日降り続いた春の雨も上がり、鹿屋の天候は、〇六〇〇：曇、雲量一〇、雲高七〇〇〜一〇〇〇メートル、風向西、風速七メートル。一一〇〇：曇、雲高七〇〇〜一五〇〇メートルを記録、南九州では徐々に回復していることが分かる。

当時、特攻隊員は、どのような心境で、この三日間を過ごしたのであろうか。白鷗遺族会編『雲ながるる果てに』（河出書房新社）から特攻川柳を数句紹介する。

生きるのは良いものと気付く三日前
後三日、酔うて泣く者、笑う者
雨降って今日一日を生きのびる
明日の空、案じて夜の窓を閉め

○六三〇：第二五二空攻撃隊（彗星五機、爆戦九機）指揮官・本田實大尉以下、攻撃一時間待機に入る。
このときの本田隊（本田大尉直率）の編成は、次のとおりであった。
▽本田　實大尉、塩見季彦少尉（予学一三期・偵察）彗星三三型
▽黒谷　昇二飛曹（丙飛一五期）彗星四三型
▽平野正志二飛曹（丙飛一五期）同右
（注：彗星四三型は、後席、機銃三丁、通信機器等を取り卸し、八〇番《八〇〇キロ爆弾》を搭載可能にした特攻用単座機）
○九三〇：早朝発進した索敵機から敵情入電、二〇分待機に入る。
本田隊に与えられた目標は、布告一四七によると、奄美大島一五五度六五浬、空母五隻、戦艦二隻（五八・三任務群？）並びに喜界島一四〇度四五浬、空母二、特空母一（五八・四任務群？）を基幹とする敵機動部隊である。なお、敵機動部隊周辺の天候は、次のとおりであった。
通報艦：空母「エンタープライズ」、地点：北緯二七度、東経一三〇度（沖縄北端東方九〇浬）付近
雲底一五〇〇〜二〇〇〇フィートの点在する積雲あり。午後には五／八〜七／八の高層雲となる。海上の風北寄り一八〜二二ノット。雲高一〇〇〇フィート、視程八〜一二浬。煙霧

のため視程障害あり。

通報艦：空母「エセックス」、地点：沖縄北端東方一一五浬付近

雲量八／八、一〇〇〇フィートに乱層雲あり。小雨から並の雨、天候は回復に向かう。午後一時的に曇。二五〇〇フィートに点在する積雲あり。雨のため視程が二〜六浬であったが、午後には一二浬になる。海上の風三三〇〜〇度一八〜二六ノット。飛行の適否は「望ましくない」から「平均的」に好転。海面は穏やか、北西からの緩やかなうねりあり。

一二三〇：本田隊彗星三機発進。

飛行経路は、東シナ海コースである。第一国分を離陸後、前述のように二四〇度で野間岬に向かう。この間の区間距離は三八浬である。巡航高度における風向風速を〇六〇〇の観測、「エンタープライズ」と「エセックス」の戦闘詳報にある海上の風向風速から勘案して三三〇度四〇ノット、対気速度を一二五ノットとして計算すると、風は斜め右手前からの横風、その向風成分は八ノット、対地速度は一一七ノットになる。従って、この区間の飛行時間は一九分、これに上昇補正を三分とすれば、野間岬上空到達予定時刻は一二五二になる。このようにして飛行計画を作成すると、横当島上空到達予定時刻は一四〇〇、沖縄北端の九〇度八〇浬の地点上空到達予定時刻は一四四三になる。本田機は、一四四〇に「沖縄北端ヨリ方位九〇度八〇浬」と打電しているので（後述）、この飛行計画は誤差の範囲と考えても差支えない。

三二四浬の距離を飛行するために二時間一〇分を要したので、平均対地速度は約一五〇ノ

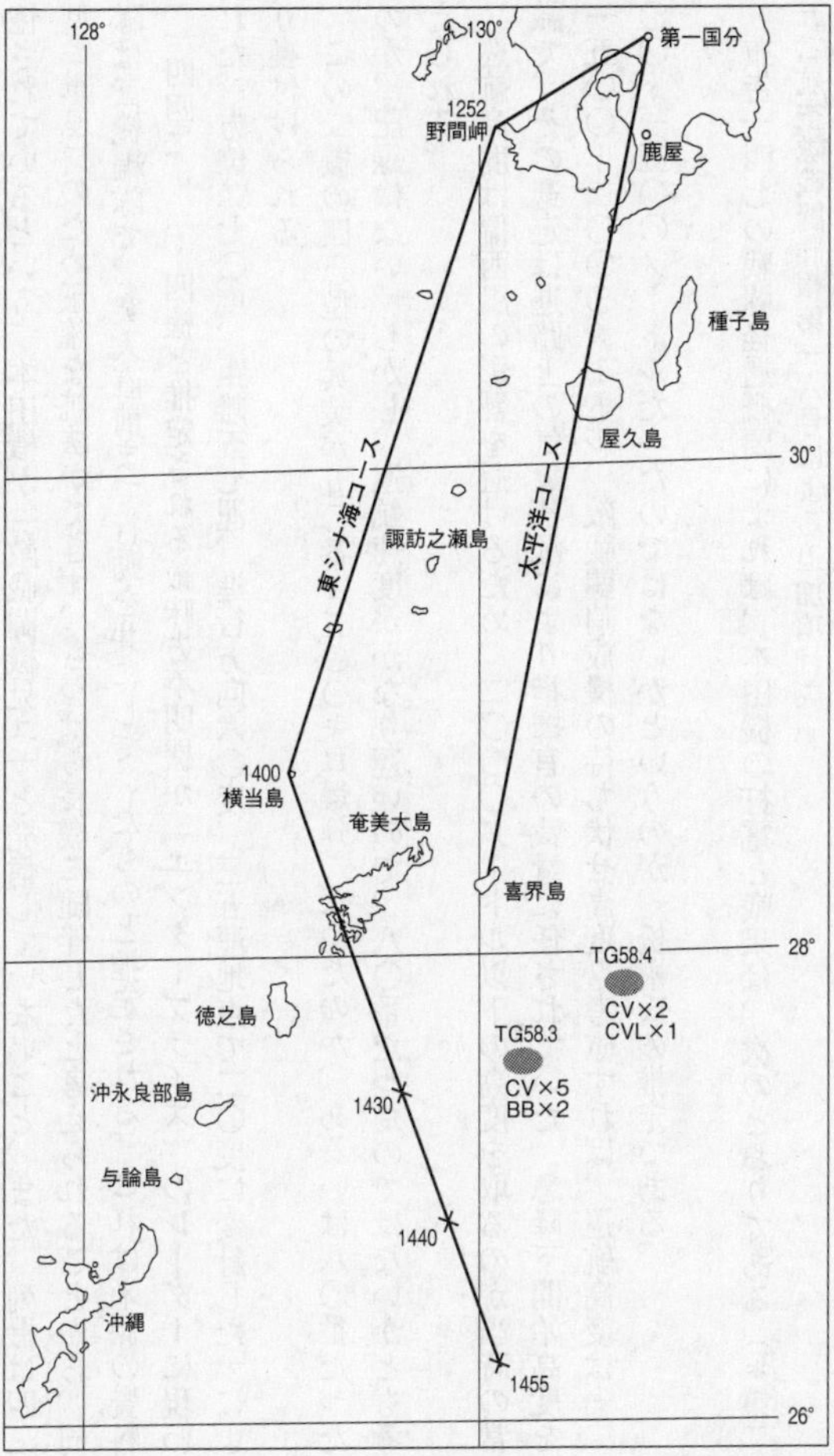
128°
130°
第一国分
1252
野間岬
鹿屋
種子島
屋久島
30°
東シナ海コース
太平洋コース
諏訪之瀬島
1400
横当島
奄美大島
喜界島
28°
TG58.4
CV×2
CVL×1
徳之島
TG58.3
CV×5
BB×2
沖永良部島
1430
与論島
1440
沖縄
1455
26°

ットである。松永氏は、彗星で編隊飛行をした場合の巡航速度は一四〇〜一五〇ノットと記憶されているという。本田機が「敵戦闘機見ユ」と発信していないこと、また、列機は四三型（単座）のため正確な航法ができず、もっぱら長機に随伴したと考えられることから、同隊は三機編隊で、突入直前まで行動を共にしていたものと推定される。これは米側の資料「一四四二：三〜四機と推定される敵味方不明機が『エンタープライズ』のレーダーに現われた。方位二七〇度、距離五七浬、進行方向六〇度、三五浬地点で二〇度に変針した」により裏付けられる。

この二機の四三型の兵装が五〇番（五〇〇キロ爆弾）だったのか、あるいは八〇番だったのか、記録はない。しかし、巡航速度がかなり遅いので、八〇番だったのではないかとも考えられる。

巡航高度は偏西風の影響を避けるため、二〇〇〇メートル以下の高度を取るのが当時の常識で、その選定は進路上の気象状況により指揮官の裁量に任されていた。急降下開始高度を一五〇〇〜二〇〇〇メートル、敵戦闘哨戒機の待ち伏せ高度も考慮すれば、巡航高度は一二〇〇〜一五〇〇メートルだったのではないかというのが、松永氏の推定である。

布告一四七の戦闘経過概要によれば、本田機の打電と戦果は、次のとおりである（＊第二五二航空隊戦闘詳報第一六号による追加項目）。

一四三〇：「敵艦船見ユ」（注：奄美大島南端の南南東約四〇浬の地点。ピケット駆逐艦と思われる)。

一四四〇:「沖縄北端ヨリ方位九〇度八〇浬」

一四五五:「敵空母一隻見ユ」

一四五六:「我空母ニ体当ス」

一四五八:「突入中」＊

消息ナシ。一隊三機共空母ニ突入成功セルコト確実ナリ　突入戦果不詳。

日本側の記録は、ここで終わっている。特攻機は、最後の段階で電鍵のキーを押したまま突進し、送信される長音符が途切れたときが突入の瞬間と聞いたことがある。これを読み、最期の瞬間に特攻隊員の脳裏をよぎったものは何であったろうかと思うと、胸が痛む。

この彗星に関する米側の資料は、次のとおりであり、その最期を克明に追って行くことができる。

◇戦艦「ニュージャージー」(五八・三任務群)の戦闘詳報より抜粋

同艦は輪形陣内において「エンタープライズ」の左舷後方を航行していたと推定される。

一五〇〇:SKY TWOがレーダーで右舷艦首方向に一機を探知し、目視により敵機と確認(星型エンジン装備の彗星と思われた)、射撃を開始した。当該機は射撃開始時において最大射程(注:一万六六〇〇メートル)にあり、射撃は連続して行なわれた。約一〇発射撃後、

「打チ方止メ」が下令された。敵機に命中弾があったとは思われない。

◇空母「エンタープライズ」（五八・三任務群）の戦闘詳報より抜粋

一五〇一：彗星が右舷艦首付近の海面に突入し、衝撃による若干の被害あり。右舷カタパルト上のＦ６Ｆ戦闘機が着火、炎上。片翼の大半からなる彗星の残骸が、飛行甲板上に落下す。

一五〇五：右舷カタパルト上で炎上中のＦ６Ｆ戦闘機を射出（注：海中に投棄）。

一五〇七：駆逐艦「キッド」付近で一機墜落。

一五〇八：敵機を右舷艦尾方向で撃墜。飛行甲板上の火災は鎮火。

エドワードＰ・スタッフォード著“The Big E”には、二機目の特攻機（本田機）が突入したときの模様を次のように伝えている（要約）。

「もう一機の彗星が、右舷真横上空の雲間から現われた。機敏な二〇ミリ機銃の射手が、最初にこれを見つけて射撃を開始し、他の射手に目標を示したので、彼らも直ちに射撃に加わった。この彗星は、先刻左舷後部の喫水線付近の海面に激突した彗星《ママ》とまったく同じように見えたが、若干引き起こして片翼を下げ、『エンタープライズ』目がけて六〇度の急角度で降下を開始した。五〇分前に受けた攻撃の再現である。最大戦速に増速して舷側の対空火器の一斉射撃で応戦し、懸命に振り切ろうとする同艦目がけて、この特攻機は降下。そして被弾したが、スピンには入らなかった。単に判断を誤ったか、または修正ができなかったのだろう。同機は、右舷艦首から約二五フィートの海面に矢のごとく突入し、その衝撃で機体が飛散した。煙、海水、ガソリンと機体の破片の入り混じった水柱が吹き上がった。「エンタープライズ」がその中を通過する間、それらは一時空中に停滞するかのように見えたが、その直後、同艦の甲板に落下した。爆弾は舷側近くで炸裂し、再び同艦を激しく打撃してがたつかせたが、前回ほどひどくはなかった。右舷カタパルトに主翼を折り畳んだままで乗せてあったF6Fヘルキャットが、機体の破片か十字砲火で炎上した」（後略）

艦首右舷側に至近弾となった同機の破片が散乱した「エンタープライズ」の飛行甲板

その位置と時間的に判断して、本田機の列機と思われる二機に関し、「ニュージャージー」の戦闘詳報に、次のような記述がある。

『一五〇五：一機が仰角六〇度、本艦上空を三〇〇〇フィートで横切り、右舷艦首前方の空母目がけて滑空するのが見えた。当該機は即座に彗星と識別され、機銃群が

1505、エンタープライズの後方海面に墜落する寸前の本田隊列機の彗星

銃火を浴びせた。SKY ONE が左舷で当該機を捕捉したが、直ぐに直上で見失った。SKY ONE が右舷に一八〇度指向するまでに空母がその方位に来たので、五インチ砲は射撃しなかった。空母が射撃を開始する前に、本艦の機銃弾が当該機に命中するのが見えた。当該機は、対空砲火が命中した後爆弾を投下、空母の艦首前方を旋回し、今や操縦不能になったらしく、空母の艦尾後方に墜落した。本艦は、当該機の撃墜に貢献したものと思われる。

この射撃中、他の一機が同じ空母に真正面から急降下したが、明らかに操縦不能に陥っていた。そして海面に墜落した。』

「エンタープライズ」の右舷艦首付近において火災が発生している状態で航行中の写真に、

同艦の艦尾の後方で、その進行方向とは逆方向に低空で飛行する機影が写っている。火災が鎮火したのは一五〇八なので、この機影は、前述の「ニュージャージー」の戦闘詳報一五〇五の彗星と思われる。

「エンタープライズ」は、一四一〇に左舷後部の喫水線付近の海面に激突した爆戦の爆弾と、本田機の攻撃による損傷――上部構造物の上方にあるSK捜索レーダーの支柱が折損し、レーダーは落下。右舷の桁端《こうたん》は激しくはためき先端から六フィートのところで切断してその張綱にぶら下がり、対艦レーダーのアンテナに絡まる。四基の推進器軸受台ベアリングに亀裂が発生。四基の発電機のうち二基の部品が破砕。中央部の主ジャイロコンパスから溢れた水銀が電気回路に跳ねかかり、回路にひどく負荷がかかる。燃料タンク八基が破裂。船体の裂け目から一五〇トンの海水が流入。固縛してなかった用具はいうに及ばず、固縛してあった用具も飛散し、下方にいた兵員の上に落下――にも拘わらず五八・三任務群と行動を共にしたが、三日後の四月一三日、修理のためウルシー環礁に向けて沖縄海域を後にした。そして五月二日まで、その姿は見られなかった。

以上から、状況証拠ではあるが、一四五八に「突入中」を打電した本田機の体当たり攻撃は、その三分後の一五〇一に「エンタープライズ」の右舷艦首付近に至近弾となり、機体は飛散、左主翼の大半が飛行甲板上に落下して回収された。そして、現在、海軍歴史センターに展示されている。

本田隊のように、三機が行動を共にして目標を発見した場合、帝国海軍の伝統である「指揮官先頭」に従い、本田機が真っ先に突入したと考えられるので、その後撃墜された二機の彗星は、黒谷機と平野機であろう。

海軍大尉本田實

本田實大尉は、本田家の一男一女の長男として、大正一一（一九二二）年二月、神奈川県横須賀市で生まれた。私立横須賀商業学校を卒業後、一九三九年一二月、海軍兵学校第七一期生として入校。

当時の小学生は、将来大学・高専に進学する者は中学校に、中等教育を受けた後実社会に出る者は商業・工業学校などに進学するのが普通であった。地方の県立進学中学でも、毎年一人か二人、陸士・海兵に合格できたかどうか、合格者数によって、その学校のランク付けがされていた時代である。調べたところ、七一期卒業生五八一名のうち商業学校等の出身者は五名、一％未満と分かった。同大尉は余程の努力家であったに違いない。

一九四二年一一月兵学校卒業、海軍少尉候補生。いわゆる「柱島艦隊」の一隻であった戦艦「扶桑」にて実務実習。一九四三年一月第三九期飛行学生として霞ヶ浦航空隊に入隊、同年六月任海軍少尉。一九四四年一月艦上爆撃機の操縦を専攻、同年三月任海軍中尉。同年一二月任海軍大尉。第五〇二航空隊を経て百里原航空隊、第二五二航空隊攻撃第三飛行隊分隊長となる。

一九四五年四月一一日第三御楯隊第二五二部隊指揮官として、第一国分から彗星二機を直率して特攻出撃、「エンタープライズ」の右舷艦首付近に至近弾となって戦死。行年二三。没後任海軍中佐。

海軍少尉塩見季彦

塩見少尉は一九二三年一〇月、京都府向鹿郡で生まれた（家族については不明）。大阪外事専門学校インドネシア語部第二〇回卒業。一九四三年九月第一三期予備学生として三重海軍航空隊に入隊。鈴鹿航空隊にて実用機課程の訓練を受け、一九四四年五月任海軍少尉。同年七月高知航空隊に教官として転任。一九四五年一月第二五二航空隊攻撃第三飛行隊に配属。

本田實大尉

塩見季彦少尉

同年四月一一日第三御楯隊第二五二部隊指揮官機の偵察員として後席に搭乗、第一国分から特攻出撃、「エンタープライズ」の右舷艦首付近に至近弾となって戦死。行年二一。没後任海軍大尉。

松永氏からいただいた手紙に、

「本田大尉の出撃時には、ご父君は海軍整備士官として鹿屋基地在勤でしたが、国分と鹿屋という近距離ながら、お別れの父子再会を果たせず散りました。たった一人の妹さんも、昭和六〇（一九八五）年四月国分、六二年九月東京での慰霊祭・隊友会でお会いしたのを最後に他界されました。諸行無常です」とある。士官といえども、出撃待機中は上陸禁止だったのか、それとも部下の手前、遠慮されたのだろうか、その辺りは不明である。

また、筆者の問い合わせの手紙をお読みになりながら、「読む程に、紙面から本田大尉のあの厳しい容姿の中に暖かい人間味あふれる笑顔が浮かび上がる思いを禁じ得ません。塩見少尉、平野二飛曹、黒谷二飛曹の在香取基地時代出撃を見送ったときの姿も思い出され、回顧しみじみです」とある。

塩見少尉のご母堂も一九八六年に他界されていることが分かった。ご遺族が健在であれば、本書を差し上げるのが特攻散華された方々へのご供養になると思われるが、それも叶わず、七〇有余年という歳月の重みをしみじみと感じる今日この頃である。

本稿の概要をトムソン氏に送ったところ、丁重な礼状が届いた。そして、あの主翼の断片は、末永く海軍歴史センターに保存する旨が書き添えられていた。最近、同氏に連絡したとき、展示されていることが確認できた。掲載する写真は、最近のものである。

最後に、本稿を書くに当たって、絶大はご指導とご支援をいただいた松永栄氏と、お世話になった方々に深甚なる謝意を表して筆を擱く。

昭和20年8月9日、空母「ヨークタウン」から発艦したF6Fのガンカメラがとらえた第七御楯隊第二次流星隊の「流星」一一型〔写真提供・織田祐輔〕

空母「ワスプ」に挑んだ「流星」特攻隊

【茨木松夫海軍中尉／田中喜芳海軍上飛曹】

終戦直前の昭和20年8月9日、宮城県金華山沖で米空母「ワスプ」に突入したとされる第七御楯隊の茨木中尉搭乗の「流星」。だが、調査を進めると、日米の資料に大きな時間的差異があることが判明した！

はじめに

茨木松夫中尉（兵学校七三期、没後任海軍少佐）の特攻について調査をしてから八年の歳月が流れた。当初、日本側の資料を見たとき、一九四五年八月九日、金華山沖において米空母「ワスプ」（CV－18）に突入したのは同中尉に間違いないと思い、後は米側の資料で突入時の詳細な状況を調べて裏付けを取ればよいと簡単に考えていた。しかし、実際に調査をしてみると、同中尉の突入電送信時刻と、米側の戦闘詳報などによる特攻機の攻撃を受けた時刻との間に約一時間二〇分の差があることが判明した。ご遺族は、日本側の資料から同中尉が突入したものと信じて疑っておられなかったところに、このような結果をお知らせすることとなり、筆者としては、それ以来、自責の念に駆られ、内心忸怩たる思いをしていた。そのような事情から、今回、初心に返って再調査を試みたのである。

海軍中尉茨木松夫

もう一昔以上も前の話である。財団法人特攻隊戦没者慰霊平和祈念協会（当時）の機関紙『会報・特攻』第六〇号（平成一六年八月号）に、戦前に就役し、太平洋戦争を生き抜いた唯一の武勲に輝く米空母「エンタープライズ」を戦列から叩きだして「トミ・ザイ」と呼ばれていた特攻隊員を、第六筑波隊長富安俊助中尉（一三期予学）と特定した経緯を書いて寄稿し、掲載号をいただいたことがある。

それを読んでいるうちに、茨木中尉の令弟茨木和典氏が「ある特攻将校の生涯」と題する一篇を寄稿されているのを知った。同中尉は、一九四五（昭和二〇）年八月九日、終戦から僅か六日前に特攻散華されている。氏の文中には「死者は蘇らず。遺族もまた悪夢は振り捨て、忘却したいと念じても、年々記憶は蘇り、彼らにとっても生きている限り、戦後は終わらないのである」と、ご遺族の心情を切々と訴えておられるのを見ると、胸が痛くなるほど、その悲しみや、やりどころのない辛いお気持ちが、ひしひしと伝わって来た。

一九四五年八月九日は、日本人にとって忘れることのできない日である。この日の午前零時を期して、日ソ中立条約を無視したソ連は、火事場泥棒よろしく、雪崩を打ってソ満国境を越えて満州に侵入した。一一〇二には二発目の原爆が長崎に投下された。そして二三五〇から皇居内の御文庫付属庫（地下防空壕）で開かれた御前会議において昭和天皇の聖断が下り（一〇日〇二〇〇頃）、日本は「ポツダム宣言」の受諾を決定し、終戦に向けて、趨勢は急速に動き始めていたのである。

茨木松夫中尉（遺族提供）

戦後の混乱期にこのことをご存じだったかどうかは分か

香取基地の攻撃第五飛行隊の「流星」一一型（吉野泰貴氏提供）

らないが、茨木中尉の母堂は、終戦後、鹿児島県出水市の自宅に届けられた遺髪と遺爪がポツンと収められた遺骨箱を抱いて、「松夫、松夫ッ」と慟哭され、その後、観音開きの墓を建て、祭壇に写真を飾って拝み続けられたと聞く。ご遺族は、もし戦争が六日早く終わっていたらと、何度思われたことであろうか。こう察するだけでも、胸が塞がる。

『会報・特攻』第六〇号には、特攻機が「ワスプ」の右舷艦首付近の海面に突入するときの写真も掲載されている。特攻機の機種、発進時刻、目標までの距離と所要時間、突入電の内容と通信途絶時刻などを総合的に勘案し、防衛庁戦史研究室（当時）では、まさしく茨木中尉機であると推定しているとのことであり、その写真のキャプションも「一三四三に木更津基地を発進した第七御楯隊第二次流星隊（注：攻撃第五飛行隊）の第一波と見なすのが妥当であろう」としている。攻撃を受けた米側の資料を追加すれば、さらに詳細が判明するのではないかと考えると、何とかして上げたいという気持ちに駆られたことを思い出す。

というのは私事にわたり恐縮であるが、筆者は航空自衛隊に在職中、木更津基地で管制塔のチーフをしたことがある。そして土地の人から、飛行場の様子は、当時も戦中とほとんど変わっていないと聞いていた。特攻機が格納庫の前のランプから地上滑走を開始し、ほぼ南北に設置されている一八〇〇メートル滑走路の北側（滑走路二〇）まで二キロ近くの長い誘導路を走行した後、南に向けて離陸滑走を開始して浮揚。その機影が上昇しながら富津岬の手前で東京湾の上空を大きく左旋回し、木更津の市街地上空を掠めて北東の空に消えたであろう様子が、彷彿として目の当たりに浮かんでくるからである。

いささかお節介がましいのではとも考えたが、筆者には前述の「トミ・ザイ」と呼ばれていた特攻隊員を富安俊助中尉と特定したとき、特攻死という異形の死を遂げた人たちは、自分の最期を家族に知らせて欲しいという気持ちが非常に強いのではないかと感じた超自然的な体験をしたこともあるので、二〇〇四年の夏も終わりかけた頃、思い切って茨木氏に連絡し、もしご希望があれば、「ワスプ」の戦闘詳報など、入手するよう努力してみましょうかとお尋ねしたところ、是非ともお願いしたいとの返事をいただいた。

資料入手の開始

カミカゼ攻撃を受ける直前のエセックス級空母「ワスプ」(CV-18)

そこで、伝手を頼って「ワスプ」戦友会の住所を探した。周知のとおり、太平洋戦争中には、「ワスプ」(似我蜂)の艦名を持つ二隻の空母が存在している。初代の(CV－7)は、一九四〇年四月に就役した基準排水量一万五七五二トンの中型空母で、ガダルカナル島の攻防が酣《たけなわ》だった一九四二年九月、サンクリストバル島の南東約一五〇浬の海域において伊一九潜に撃沈されている。本章に出てくる空母は、CV－7の艦名「ワスプ」を継承する一九四三年一一月に就役した基準排水量二万七一〇〇トンのエセックス級一〇番艦のCV－18である。

調査を進めるうちに、CV－18戦友会の宛先は、NY Orchard Park在住のリチャード・ヴァンオーバー会長と判った。そこで、同氏宛てに簡単な自己紹介に続いて、一九四五年八月九日、日本本土北部の東方洋上において、「ワスプ」の右舷艦首付近の海中に突入した特攻機の操縦員の家族から、その最期の様子について照会があるので、同艦の当日の戦闘詳報のコピーや、その他の関連情報が欲しい旨の手紙を書き、先方からの返事を待つことにした。しかし一向に返事がなく、約二年の月日が経ち、時間の経過とともに、この手紙のことは筆者の脳裏から殆ど消え去っていた。

アメリカから届いた資料

ところが二〇〇六年の三月下旬、見慣れない住所を書いた一通の外国郵便が届いた。誰からだろうと訝しんでよく見ると、「ワスプ」戦友会からの手紙である。記憶を辿るうちに、茨木中尉の最期について問い合わせたことを思い出した。はやる心を抑えながら、開封すると一字一句を貪るように読んだ。

手紙は、先ず二〇〇四年九月付の筆者の手紙に対する返事が遅れたことのお詫びで始まり、一九四五年八月九日の事件を記憶している元乗組員を探し始めたが、それは予期したよりもはるかに難しく、当初は数多くの回答が寄せられるものと期待していたが、回答はほとんどなかった。

そこで、年四回発行する同艦のニュース・レター“Waspirit”に“Still on the lookout”（今でも見張り中）と情報を求めている通知文を載せたところ、数件の回答が寄せられたので同封するといって、手紙が三通（うち一通には雑誌のスクラップが添付）入っていた。しかし、何故か肝心な同艦の当日の戦闘詳報のコピーは同封されていなかった。そして、あま

8月9日、F6Fの攻撃を受ける第七御楯隊の「流星」〔写真提供・織田祐輔〕

りにも情報が少なく、あの事件全体が、とても速く、かつ短時間に起こったので、あの特攻隊員の最期を詳細に説明するのは難しい。また、当時の乗組員の大半が他界した現在、これ以上の情報を収集することは不可能と思われるとあった。確かに六〇年以上の歳月が流れているので、これだけの情報が得られたことで、良しとすべきなのかも知れないと思った。手紙の概要は、次のとおりである。

ドン・ルーアン二等航空整備兵曹

一九四五年八月九日、機銃の発射音が聞こえたので、機付長の小部屋から跳び出した。上空を見上げると、本艦のF6Fヘルキャット戦闘機の一機が日本の「天山」《ママ》と思しき飛行機を攻撃していた。本艦の五インチ砲が射撃を開始し、その砲弾の一発が飛行甲板の上空で「天山」に命中して炸裂、そこら一面に破片が落下した。私は「天山」の航法図板の数片を記念に拾ったが、後日、「ホーネット」の艦上博物館に寄贈した。「天山」は本艦には命中せず、右舷艦首付近の海中に墜落した。

「天山」が本艦目がけて降下して来たとき、死ぬのではないかと、恐怖に駆られた。本艦の五インチ砲手の優れた手腕を神に感謝する。

注：空母「ホーネット」は、今日、サン・フランシスコにほど近いアラメダという小さな港町に係留され、海洋、航空、宇宙博物館になっている。ルアーン氏のいう航法図板が同博物館で展示されていないか、問い合わせた。破片に所有者を特定できる文字が書かれていないかと期待したからである。残念ながら、そのような破片は展示も、保管もされていないとの回答があった。

ジョン L・アルフォード（階級不詳）

当時、ハルゼー提督は旗艦「ニュージャージー」（注：同提督の旗艦は「ミズーリ」）に座乗していた《ママ》。特攻機が接近して来たとき、提督は「ワスプ」と数隻の駆逐艦を除いた残余の任務群に、「ニュージャージー」の付近に集結するように命じた。「ワスプ」はほとんど単艦で取り残され、特攻機の集中攻撃を受けた。本艦の戦闘哨戒機が特攻機を捕捉したが、高度約六〇〇〇フィートで追跡を中止、退避した。私の戦闘配置は、着艦信号士官所定位置前の二基の単装五インチ砲の前にある左舷後方四連装四〇ミリ機銃の弾運びだった。五インチ砲が射撃を開始したとき、弾運びに忙しく、敵機を見る暇がなかった。射撃は一〇秒くらい続いたと思う。

後日、私たちの対空火器区域が、あの敵機を撃墜した功績を認められたこと、そして、あの敵機が、この戦争で撃墜された最後の特攻機であったと聞いた。

E・C・アレン（階級不詳）

あの事件は、日本本土北部の飛行場を攻撃していた木曜日の午後、四時を少し廻ったときに起きたと思う。当時、私たちは連日激しい敵の攻撃下にあり、そのときは、飛行甲板で飛行機を列線に並べ替える手伝いをしていた。皆が空を見上げているのに気づいたので見上げたところ、本艦の一機が敵機と空戦をしているのが見えた。数秒のうちに敵機は煙を吐き出し、本艦に向かって降下して来た。すぐさま味方機が退避したので、本艦の全対空火器が敵機を目がけて射撃を開始、撃墜した。このとき、総員は遮蔽物の下に退避するように下令されたが、砲手たちは配置についたままだった。私は上部構造物の前にいたが、敵機は構造物にまともに命中するように見えた。そこで、右舷艦首を目がけて走り、キャットウォークの中に跳び込んだ。そのとき、敵機は頭上を掠めて飛び去り、艦首から五〇フィート離れた海面に墜落、爆発した。そして敵機の破片が飛行甲板上に降り注いだのを覚えている。乗組員の中には破片を拾った者もいたが、怖くてそれどころではなかった。その後数分間、まだ敵機がいるのではないかと思って空を見渡したが、最早敵機はいなかった。それから、飛行機を並べ替える作業に戻った。

雑誌のスクラップ

（前略）機動部隊は引き続き攻撃されていた。一六二二、「ワスプ」のパイロットは、「流星」が同艦目がけて七〇〇〇フィートから降下しているのを発見した。彼は敵機の片翼から煙を吐かせた後、同艦の砲手にこの戦争で最後の敵機を撃墜する機会を与えるために退避した。敵機は同艦の右舷艦首から一〇〇フィート未満の海中に墜落した。（後略）

早速、茨木氏に「ワスプ」戦友会から返信が来た旨を連絡し、上記の訳文も送った。茨木氏にしても、あまりにも待つ時間が長かったので、おそらく諦めておられたのではないだろうか。これで、あの特攻機の最期の様子は判明したが、問題は、その時刻が四時を少し廻ったとき、または海中墜落時刻が一六一二直後ということである。日本側の資料（布告一九五）によれば、突入時の長音途絶時刻が一四五二・四七となっている。すなわち、両者の間に約一時間二〇分の差がある。その理由は何か。正直なところ、これは全く予想さえもしていないことであった。

地球上では、経度一五度移動する度に一時間の時差を生ずる。それ故、太平洋戦争中、日本軍はどこに行っても日本標準時（UTC「協定世界時」プラス九時間。米軍は、これを"ITEM Time"と称す）、米軍は、原則として、現地時間を使っていたので、東北地方の東方洋上では日本標準時が使われていたに違いないと思ったが、戦闘概要の調査だけではなく、使用時間の確認にも戦闘詳報などの公式文書の入手が必要になって来た。

公式文書の入手

四月上旬、ヴァンオーバー会長あてに受け取った資料に対する礼状を書き、一九四五年八月九日当日の「ワスプ」の戦闘詳報の送付を再度依頼した。しかし、六月になっても何の音沙汰もなく、督促するのもどうか思案していたところ、サウス・カロライナ在住の戦史作家で知人のマイク・ウェンガー氏から来たメールに、彼が七月上旬、ワシントンの国立公文書館に資料収集に行くとあった。彼は日本海軍の真珠湾作戦に関心があり、同作戦に参加した搭乗員約七〇〇名総員の階級・氏名を一緒にチェックしたことがある。好機逸するべからず。早速、事情を話して「ワスプ」と、念のため、同日の午後、特攻機に突入された駆逐艦「ボリー」の戦闘詳報の入手を依頼したところ、二つ返事で引き受けてくれた。

また、茨木氏に連絡し、「ワスプ」の戦闘詳報を入手する手立てを講じたことを伝え、筆者個人としては、あの特攻機が令兄茨木中尉のものであることを願って止まないが、場合によっては、そうではなかったと判明することもあり得るので、どうしますかと茨木氏の意向をお尋ねしたところ、結果がどうであれ、事実を知りたいとの返事をいただいた。実は、それまでに、筆者は世の中には「知らなかった方が幸せだった」という知人の体験を聞いたことがあり、否定的な結果の場合を憂慮したのである。

公式資料等による再調査

●米側の資料

米・英機動部隊とその編成

前回は「ワスプ」が所属した三八・四任務群のみについて調査したが、今回は三八機動部隊まで、その調査範囲を広げた。当時、東北地方の太平洋側沖合で行動していたのは、ハルゼー提督麾下の三八機動部隊である。その隷下には三八・一、三八・三、三八・四の三任務群とサー・ベルナード・ローリングズ中将麾下の四隻の空母を基幹とする英機動部隊三七・二任務群がいた。各任務群の構成は、次のとおりである。

三八・一任務群：空母「*ベニントン」、「*レキシントン」、「*ハンコック」、軽空母：「ベローウッド」、「サン・ジャシント」、戦艦「サウス・ダコタ」、「インディアナ」、「マサチューセッツ」、巡洋艦・駆逐艦（省略）

三八・三任務群：空母「*ランドルフ」、「*タイコンデロガ」、軽空母：「モンタレー」、「バタアン」、戦艦：「ノース・カロライナ」、「アラバマ」、巡洋艦・駆逐艦（省略）

三八・四任務群：空母「*ヨークタウン」、「*シャングリラ」、「*ボノム・リシャール」、「*ワスプ」、軽空母：「インデペンデンス」、「カウペンス」、戦艦：「アイオワ」、「ウイスコンシン」、「ミズーリ」、巡洋艦・駆逐艦（省略）

（注：*は「エセックス」級空母を示す）

三七・二任務群：「インドミダブル」、「イラストリアス」、「インディファティカブル」、「ヴィクトリアス」、戦艦「キング・ジョージ五世」、巡洋艦・駆逐艦（省略）

「ワスプ」の戦闘詳報（要約）

待望の資料が入った大型封筒は、七月下旬航空便で届いた。それには、「ワスプ」と「ボリー」の戦闘詳報のみならずDeck Logも含まれていた。読みが深いウェンガー氏の好意には感謝感激。早速、使用された時間について調べたところ、時間帯はマイナス九となっている。これは現地時間マイナス九時間＝GMT（当時はUTCをGreenwich Mean Timeと称した）、すなわち、日本標準時である。従って、日米双方の時刻を、修正なしでそのまま使えることが分かった。

一九四五年八月九日と一〇日にわたって、三八・四任務群は本州北部を攻撃した。八月九日一六一〇のおける本任務群の位置は、釜石の東方約一一〇浬であった。当時の気象状況は、一万～一万二〇〇〇フィートにおいて雲量七、風向風速二二〇度一四ノット、視程約五浬（Deck Logは八浬）と報じられている。当該海域において、味方は多数の敵機を撃墜した。午後はレーダーに敵味方不明機が多数映り、味方の攻撃隊や戦闘哨戒機も在空していた。一六一一頃、本任務群は、「流星」と識別された（明らかに特攻を意図）一機の敵機から攻撃された。この敵機はレーダーに追尾されておらず、本任務群にとって奇襲であった。一連の事態は、次のとおりである。

⑴一六一一頃、駆逐艦「クッシング」が発射した五インチ砲弾が、本艦の右舷後方、方角（進行方向＝〇度、艦尾＝一八〇度、真右／左＝右／左九〇度）一六〇度、距離七〇〇〇ヤード、仰角三五度、七〇〇〇フィートで炸裂するのを目撃。直ちに右舷戦闘が下令された。

⑵戦闘下令の約五秒後、味方のＦ６Ｆ戦闘機から方位一六〇度で敵機を攻撃したという報告を５ＪＰ回線で受信した。射撃管制所と対空火器は、敵機を迎撃した。今や敵機の位置は

方角一七五度。仰角三五度であった。SKY TWO がこの方角で「打ち方始め」を指示したが、五七番砲台（五インチ砲）との通信回線不良のため、同砲台は射撃を開始しなかった。

(3)敵機は、右舷から左舷に通過した。敵機が方角一八五度、距離四〇〇〇ヤードに達したとき、四〇ミリ機銃が射撃を開始、これに二〇ミリ機銃と五インチ砲が続いて発砲した。方角一九〇度で敵機は低速滑空降下に移り、本艦の真後ろから接近して来た。

(4)SKY TWO の指示は、距離五〇〇〇ヤード、方角一七五度で奏功した。降下中の敵機の速度は一八〇ノットと測定された。

(5)本艦が射撃を開始すると、F6Fは敵機の追尾を止めて離脱した。このとき、弾着は敵機から逸れていたが、迅速に修正された。この攻撃を撮影したフィルムでは、敵機は進入中にF6Fの攻撃で左主翼に火災が発生していたが、降下開始後、消火したように見える。自動火器の銃弾が繰り返して敵機に命中、五インチ砲弾も一発か、おそらく二発が至近距離で炸裂しているのが分かる。

(6)本艦からの距離一五〇〇ヤードにおいて敵機の右主翼が炎上し、爆発のために機体は降下経路から逸脱した。操縦士は、修正して進入経路を維持しようとしたが、一一〇〇ヤードにおいて胴体下面に再度爆発が起こり、機体は本艦の上部構造物の真後で右舷側に吹き飛ばされ、右舷フレーム二〇の横一七五フィートの海中に墜落した。この間、機体は操縦不能だったと思われる。本艦の目撃者によると、操縦士は最後まで機体を立て直して、本艦に突入するように努力をしていたという。

なお、戦闘詳報に添付された「水上艦艇による対空射撃に関する報告書」では、この特攻機の攻撃は奇襲、敵機を発見した方法は肉眼による、発見したときの距離は五浬未満、発見した機数と機種は一機、「流星」となっている。

Deck Log 一六～一八時（要約）

航行中。一六〇〇ピケット上番中の「ボリー」が敵機一～二機撃墜を報告。一六〇一、コースを〇度に変更。一六一〇、五〇度に緊急回頭。一六一二、本艦に降下中の「流星」に射撃開始。撃墜した敵機は、本艦の右舷ビームから一五ヤードの海中に墜落。一六一三、〇度に緊急回頭。一六二六、「ボリー」と三八・一任務群から（それぞれ異なる海域と思われる）攻撃を受けている旨の連絡あり。「ボリー」一機撃墜。一六三三、本艦はコースを二二〇度に変更。一六三五、飛行作業開始。一六三八、飛行作業終了。「ボリー」から同艦の艦首に特攻機突入の報告あり（注：同艦の戦闘詳報では一四五九、マストと射撃管制所の中間の艦橋に被弾）。一六三九、四〇度に緊急回頭。一六四五、本任務群指揮官よりレーダー上には敵味方不明機なしとの連絡あり。

以上から、米側の公式文書による特攻機「流星」が、至近弾となって「ワスプ」の右舷艦首付近の海中に墜落した時刻は、一六一二～一三であることが確認できた。

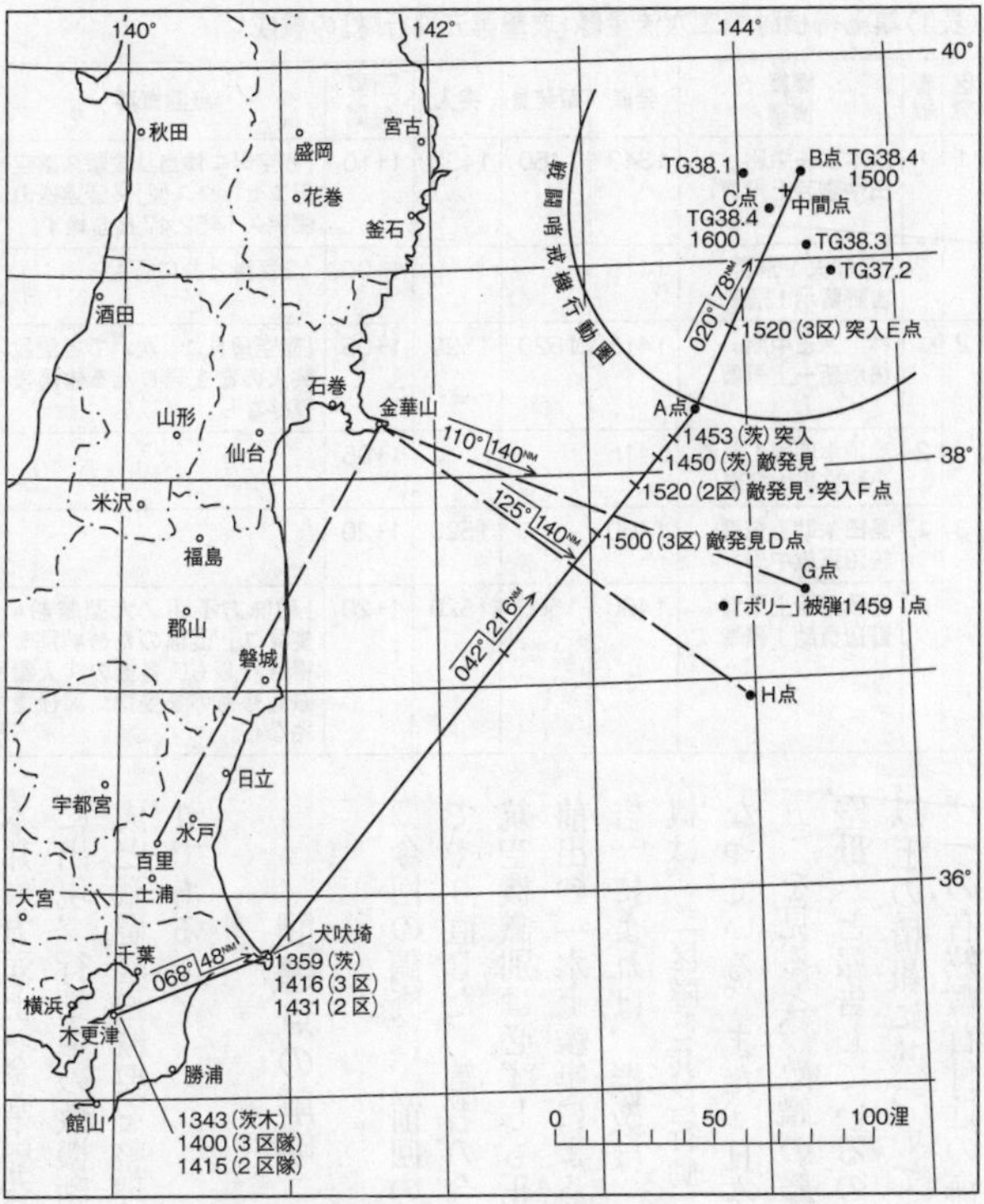

●日本側の資料

順序が逆になるが、布告一九五と一九四によれば、八月九日午後、木更津から第七御楯隊・第二次流星隊・攻撃第五飛行隊の「流星」六機と、百里から第四御楯隊・攻撃第一飛行隊の「彗星」七機が、それぞれ出撃している。

第二次流星隊・攻撃第五飛行隊に与えられた目標は、

〈表1〉第七御楯隊第二次流星隊（攻撃第五飛行隊）の編成

区隊	番機	操縦 偵察	発進	敵発見	突入	所要時間	戦闘概要
1	1	茨木松夫中尉 田中喜芳上飛曹	1343	1450	1453	1+10	「我空母ニ体当リ攻撃ス敵空母エセックス型」長音連送の儘突入1452.47長音絶す。
	2	椨《かこい》和夫1飛曹 吉野賢示1飛曹	1415			1+05	（2区隊と共に行動）
2	1	林　憲正中尉 横塚新一上飛曹	1415	1520	1520	1+05	「敵空母見ユ」次いで各機我突入の電を発したる儘爾後連絡なし。
	2	高須孝四郎1飛曹 小松文男1飛曹	1415			1+05	
3	1	島田栄助上飛曹 笹沼正雄中尉	1400		1520	1+20	
	2	曾我部譲上飛曹 野辺貞助1飛曹	1400	1500	1520	1+20	「敵味方不明ノ大型艦船4隻見ユ」混信のため判別し得ざりしも、各機の突入電らしきものを受信。爾後連絡なし。

本邦東方洋上（金華山九〇度、一〇〇浬付近）に出現、行動中の敵機動部隊。同飛行隊の編成と戦闘経過概要を整理すると、表1のとおりである。

問題点の解明

今回の調査は、前回のすべてをご破算にしてやり直した。筆者の今迄の経験上、米軍の航空機識別は必ずしも正確とはいえないが、前出の「水上艦艇による対空射撃に関する報告」によれば、機数は一機（茨木区隊の二番機は、二区隊と共に行動）、機種は「流星」となっている。また、日本側の資料（布告一九五）を見ると、敵艦の艦種を「エセックス型空母」と報告しているのは茨木機のみであり、以上の情報に基づいて考察すれば、「ワスプ」の右舷艦首付近の海面に突入した特攻機が茨木機であった可能性は、極めて高いといえる。では、茨木機の行動を再現してみよう。

出撃の命を受け、木更津を一三四三に離陸。東京湾上で旋回して針路六八度で犬吠埼に向かう。追風成分を二四ノット（海上一四ノットに上空では風が強くなるので一〇ノット加算）とすると、対地速度は二二四ノット。犬吠埼までの区間距離は四八浬、所要時間は一三分となる。これに上昇時の補正値三分を加えると、犬吠埼上空到達は一三五九。犬吠埼上空で四二度に変針、目標海域のA点に向かう。この日の朝、索敵機が敵機動部隊発見を報告してから数時間を経過しているので、刻々と針路、速度（一六～二〇ノットの範囲）、行動目的によっては編隊の隊形も変え、行きつ戻りつしながら遊弋している敵機動部隊の位置は、当然、A点からかけ離れているが、A点を基点として、索敵攻撃するのが常道である。犬吠埼からA点までの区間距離は二一六浬、所要時間は五八分、すなわち上空到達予定時刻は一四五七になる。布告によれば、茨木機は一四五〇に「敵発見」、一四五三に突入電が途絶している。これからすると、気速、風向風速に推定値を使った航法上の誤差を考慮しても、敵機動部隊は、A点付近の海域にいたことになる。

しかし、Deck Log による一五〇〇の「ワスプ」の位置は、A点から二五度七八浬のB点である。次の問題は、攻撃した日本側の資料（布告一九五）では、茨木機の突入時刻は一四五三となっているのに対し、攻撃を受けた米側の資料（戦闘詳報、Deck Log 等）のそれは一六一二で、その間に約一時間二〇分の差がある。

この距離と時間の差に関して納得の行く説明ができない限り、機種、発進時刻、目標まで

OMME RICHARD (CV-31)
JAP GRACE SHOT DOWN OFF STARBOARD BOW OF U.S.S.WASP (CV-18)
9 AUG. 1945. 1610 ITEM

「ワスプ」の右舷艦首付近の海面に墜落する第七御楯隊第二次流星隊の「流星」（原勝洋氏提供）。下写真の米側キャプションには＜1945年8月9日　16時10分日本標準時＞とある。三八・四任務群「ボノム・リシャール」（CV-31）より撮影

の距離と所要時間、突入電の内容の妥当性はさておき、日米双方の情報が一致すべき会合点とその時刻が一致しないことから、あの特攻機が茨木機であったとする今までの推定は、残念ながら崩れてしまうと考えざるを得ない。

また、今回の調査で、この特攻機の突入を撮影した上下一組の米側の写真について新しいことが見付かった。戦史研究室から茨木氏に送られてきた写真（コピー）では、このペー

ジに示す下の白字で書かれた"JAP GRACE SHOT DOWN OFF STARBOARD BOW OF U.S.S. WASP（CV-18）9 AUG. 1945 1610 ITEM（日本標準時）"の説明部分がない。この二枚の写真の下にもう一枚の「ボリー」の写真を入れるため、紙面の大きさの関係で、下の写真の下部（説明部分）がカットされたと考えられる。もし、この説明部分が茨木氏に送られてきた写真の原物にあったならば時間的誤差が分るので、戦史研究室の論評も違ったものになっていたのではないか。

話を戻して、とすれば、あの特攻機は茨木機を除く残り五機のうちの一機であったのではと推論できる。そこで、各区隊ともA点を通過後、ほぼ同じ針路で北上して敵機動部隊に向かったと仮定すると、木更津からB点とC点の中間点（三八・四任務群の一五三〇の位置）までの距離は、犬吠埼経由で三三四浬なので、平均対地速度二二四ノットで飛行すれば、所要時間は一時間三二分となり、木更津を一四〇〇に発進した第三区隊の場合は一五三二、一五分遅れて発進した第二区隊の場合は一五四七には、それぞれこの中間点に到達予定となる。これも今回の調査で判明したことであるが、「ワスプ」のDeck Logによると、一五二五、ピケット・ラインの西二〇浬において、戦闘哨戒機が「流星」二機を撃墜している。ピケットに就いていたのは「ボリー」「ウイークス」「ハンク」「ベナー」の四隻である。第三区隊二番機が一五〇〇に「敵味方不明の大型艦船四隻見ユ」と報告（D点）、続いて一五二〇に突入電らしきものを送信しているが（E点）、機種、機数、中間点到達予定時刻から勘案すれば、撃墜されたこの二機の「流星」は、第三区隊だったのではないだろうか。

また、資料によれば、第二区隊と第一区隊の二番機は一五二〇に突入電を送信している。しかし、もし三機が一斉に送信したとすれば、その電波はお互いに干渉しあって、どの機からの送信なのか、ハッキリと判別できたのであろうか。発信時の位置は、A点よりも約三〇浬手前のF点になり、これは敵機動部隊よりもはるかに手前である。

攻撃第一飛行隊の可能性は？

念のため、攻撃第一飛行隊の「彗星」七機の行動についても調査した。同飛行隊に与えられた目標は、金華山沖及犬吠埼東方海面の敵機動部隊であり、同飛行隊の編成と戦闘経過概要を整理すると、表2のとおりである。

一区隊三番機と三区隊二番機が突入したのは、それぞれ一六〇〇前後、金華山よりの方位は、一一〇と一二五度、距離は共に一四〇浬である（G点、H点）。二区隊三番機も、同時に発進した前述の二機とほぼ同時刻に突入しているので、突入地点もこの二機付近であったと推察できる。しかし、この海域は、一六〇〇の敵機動部隊の位置C点（釜石東方一一〇浬）付近の海域とは、一一〇～一四〇浬もかけ離れている。

ピケット艦の任務を遂行していた駆逐艦「ボリー」は、一四五九、北緯三七度二一分、東経一四三度四五分（I点）で特攻機ヴァル（九九艦爆の連合軍コード・ネーム）の攻撃を受けているが、その機種から、攻撃第五飛行隊、攻撃第一飛行隊とは無関係と思われる。固定

〈表2〉第四御楯隊（攻撃第一飛行隊）の編成

区隊	番機	操縦 偵察	発進	突入	所要時間	戦闘経過概要
3	1	田中幸二中尉 萬善東一1飛曹	1410	不明	不明	発進後連絡なく敵艦船に突入せるものと認む。
1	2	板橋泰夫上飛曹 北村久吉中尉	1421	不明	不明	同上
2	2	遠山　明上飛曹 渋谷文男2飛曹	1421	不明	不明	同上
1	3	榊原　靖中尉 岩部敬次郎1飛曹	1425	1550頃	1+25	1550「敵飛行機見ユ」金華山よりの方位305度《ママ》140浬打電後連絡なく敵艦船に突入せるものと認む。
2	3	原嶋久仁信上飛曹 原田敏夫1飛曹	1425	1602	1+37	1602「敵船見ユ我敵船ニ突入中」打電後連絡なく敵船に突入せるものと認む。
3	2	遠藤良三上飛曹 増岡輝彦1飛曹	1443	1608頃	1+25	1608「敵（艦船）見ユ」金華山よりの方位110度140浬打電後連絡なく敵艦船に突入せるものと認む。
2	4	廣島忠夫1飛曹 （搭乗せず）	1640	1815頃	1+35	1815頃C（carrier?）に突入せるものと認む。

注：1）1区隊3番機の打電した「金華山よりの方位305度140浬」は日本海になるので、反方位の125度140浬の誤りと思われる。
2）2区隊4番機は、特攻用に改造された単座の彗星43型であった可能性もある。

脚なので、陸軍機であろうか。この日、九九艦爆が特攻に出撃した記録は、見当たらない。機種誤認の可能性もあり得る。陸軍については、3名が陸中海岸沖に出撃したとの記録はあるが、その機種、機数、行動などについては不明。米側の戦闘詳報には「特攻機」とのみ記載されている。

二区隊四番機の発進時刻は一六四〇で、「ワスプ」が攻撃された時刻よりも後になり、考慮しなくてもよい。残りの三機については、情報不十分で如何ともしがたい。従って、攻撃第一飛行隊には「ワスプ」を攻撃した特攻機と特定する手懸りとなる十分な情報がなかったといえる。

航空戦の常道として、攻撃隊には前路哨戒と直掩の戦闘機隊が随伴して、攻撃隊を掩護する。比島戦の場合、最初の頃は、爆装三機、直掩（兼戦果確認）二機の計五機で一隊を構成している。戦闘も終焉に近づき機材が払底していた頃でも、一例ではあるが、一九四五年一月五日に出撃した第一八金剛隊の場合、爆戦一六機に直掩の零戦四機が随伴している。しかし、沖縄戦以降は、そのような機材的な余裕は全くなく、特攻機を直掩機なしで出撃させ、戦果を無線で報告させていたのが実情であった。

布告の戦闘経過概要を読みながら、筆者は、何かすっきりとしないモヤモヤしたものを感じていた。概要に示す突入時刻から飛行距離を推定して突入地点を求め、それを地図上に記入すると、米側の主張する機動部隊の位置とは可成りの誤差があることが判明した。また、布告の内容も、疑問視せざるを得ないものが多々ある。例えば、全機が突入となっていることである。布告一九四の表に示す最初の三機は、「発進後連絡なく敵艦船に突入せるものと認む」とあるが、全く連絡がないのに、何を根拠に突入したと認めるのかという素朴な疑問が生ずる。布告一九五では、茨木機を除く全機の行動時刻は、実際問題として考えられない五分単位である。布告の日付を探したが資料がなく、関連する特攻隊員を調べたところ、布告一九四は、一九四五年八月九日、一三日、一五日の三日間に出撃した第四御楯隊員三七名、布告一九五は、七月二五日、八月九日、八月一三日、八月一五日の四日間に出撃した第一次～第四次流星隊員三〇名を対象にしていることが判明した。とすれば、布告の日付は八月一五日正午の終戦以降、すなわち未曾有の敗戦で、日本国内が著しく混乱していた時期である。海軍としては、その状況下において、終戦間際に特攻出撃させて戦死した若者たちに報いるため、また、ご遺族に対しては、せめてもの罪滅ぼしの意を込めて、二階級特進の栄誉に浴することができるように、彼らの論功行賞にできる限りの配慮をした結果であろうと考えるに到った。戦果確認と、それを爾後の作戦計画に反映させる目的で作成された本来の経過概要とは異なるので、それを基にして、これ以上戦闘経過を詮索しても無意味との結論に達したのである。まさに、「木を見て森を見ず」とは、このことであった。

「ワスプ」以外の空母を攻撃した可能性は？

The United States Naval Chronology World War II によると、前述のとおり、この日、駆逐艦「ボリー」が特攻機の攻撃を受けている。また、駆逐艦「ウイークス」が味方の誤射により損傷しているが、「ワスプ」に関する記述はない。これは特攻機が至近弾となり、同艦は艦、人員共に損傷を免れたからであろう。それ故、特攻機から攻撃されたが損傷がなかった場合は、Chronology には記載されていないと考えられるが、念の為、三八・一、三八・三、三八・四任務群に所属していた九隻の「エセックス」級空母の戦歴を調査した。その結果、同日、特攻機の攻撃を受けたのは、「ワスプ」一艦のみであることが判明した。調査の範囲を広げ、軽空母六隻と三七・二任務群所属の四隻の英空母の戦歴も調査したが、期待する情報を得ることはできなかった。

日本側の資料からは、一六一二、「ワスプ」に突入を試みた「流星」が存在したことを確認することはできない。しかし、米側の公式文書や当時の乗組員の証言では、一機の「流星」が「ワスプ」に至近弾となったことは、確たる事実である。とはいえ、それが、攻撃第五飛行隊所属のどの「流星」であったかを特定することは、残念ながら、今回も筆者の能力の限界を超えることを認めざるを得ない結果となった。

おわりに

「ワスプ」戦友会を通じて先に入手した同艦元乗組員の証言やその他の資料から、突入時刻について疑問が生じ、その後入手した戦闘詳報などの公式文書による調査は、疑問の解決には繋がらず、むしろそれを確認する結果となった。再調査の結果も、残念ながら、何ら問題の解決には繋がらなかった。

先回の調査が終わった二〇〇六年五月、茨木氏には、こと志と異なり、令兄のご最期を確認できなかったのみならず、かえって永年信じて来られたことを否定する結果となり、慙愧に堪えず、誠に申し訳なく思うとお詫びした。同氏からの返信には、筆者の長年にわたる調査への尽力に対する感謝の言葉に次いで、「これ以上は、誰の特攻機か確定しなくてもいいのではないかと、今の私は考えるようになりました。いずれにせよ、一九四五年八月九日の午後に、その場所で起きた特攻機の最期の写真です。そして、その特攻機は勇敢に敵艦船に肉薄して、その乗員を死の恐怖におののかせた末に、桜の花のように潔く散って行ったという新事実が分かっただけで、十分です」と結ばれていた。当時、茨木氏は筆者の失意を慰めるために、このように仰ってくださったとばかり思っていたが、今、ふと考えると、同氏は筆者と違って、このときすでに「森」を見て、裏の事情を汲み取っておられたような気がしてならない。

敗色が覆うべくもなく濃くなっていた一九四五年八月九日、終戦の僅か六日前の日の午後、釜石東方一一〇浬付近の洋上において、殉国の精神に燃え、外道の統率に従った十死零生の特攻作戦で、米空母「ワスプ」に体当たり攻撃を仕かけた若者たちがいたという事実は、何人も否定し得ないことである。そして彼らのことは、現在、我々の心の中に生きるだけではなく、末永く後世に語り継がれるべきものと信じて止まない。

最後になったが、本戦闘において散華された勇士たちのご冥福を切に祈るとともに、本編を書くに当たってご協力いただいた茨木和典氏、「ワスプ」戦友会ヴァンオーバー会長、米側の資料収集に尽力してくれた友人の戦史作家ウェンガーとタリーの両氏に感謝の意を表して筆を擱く。

固定脚・中翼型式でズングリとした胴体が特徴の機上作業練習機「白菊」

知られざる練習機特攻 徳島白菊特攻隊の悲劇

野辺に咲く可憐な花の名をつけた海軍の機上作業練習機「白菊」。この鈍足・鈍重な練習機に250キロ爆弾2発を搭載して夜間、南九州から沖縄沖の米艦隊へ特攻攻撃を仕掛けた練習航空隊・徳島海軍航空隊の白菊特攻隊員56名の戦いの記録。

はじめに

白菊といえば、読者は何を連想されるだろうか。野辺に咲く可憐な白い菊の花を連想される方も多いのではないか。しかし、これからお話しする白菊は、太平洋戦争の末期、後数ヵ月で戦争が終わるという一九四五年の五月から六月にかけて、海軍の白菊と呼ばれた低速の機上作業練習機に二五番(二五〇キロ爆弾)を左右主翼の下面に取り付け、南九州から一路沖縄を目指して夜間出撃し、散華した五六名の徳島白菊特攻隊員の涙なくしては語られぬ物語である。

機上作業練習機「白菊」

では、機上作業練習機という耳慣れない機種、そして白菊とは一体どのような機体だったのだろうか。それは、爆撃機、攻撃機、偵察機などの多座機に、操縦員以外の搭乗員として配置される者に対し、航法、通信、射撃、爆撃、航空写真などの訓練を行なうための機体で、海軍ではこれらの任務を遂行する搭乗員を「操縦員」に対して「偵察員」と総称した。

それまでに海軍が使っていた九〇式機上作業練習機(一九三一年採用)は、太平洋戦争が勃発した一九四一年頃になると流石に時代遅れになっていたので、同年、その後継機の開発を渡辺鉄工所（後の九州飛行機）が命じられた。

設計は同年六月に始まり、試作一号機は翌一九四二年一一月に完成した。全金属製モノコック構造の胴体に、木製骨組合板張りの主翼を取り付けた固定脚の中翼単葉機である。若干幅広な胴体には操縦員一名の外、教官一名と練習生三名が搭乗し、訓練課目に従って座席の配置を変換できた。一九四三年、試製白菊（K11W1）として量産が開始されたが、その後、教官席を取り外して練習生の人数を増やした試製白菊改（K11W2）も試作され、一九四四年三月に制式採用、終戦までに総計七九八機が製造されている。諸元は次の通りで、筆者の調べた限りでは、連合軍のコードネームはない。

全幅：一四・九八メートル
全長：九・九八メートル
全高：三・一〇メートル
機体重量：二五六九キロ
発動機：日立天風二一型空冷九気筒五一五馬力×一基
最大速度：一二四ノット
航続距離：六三五浬
武装：七・七ミリ機銃×一
　　爆弾 六〇キロ×一（または三〇キロ×二）

搭乗員数：五（操縦員×一、教官×一、練習生×三）

ちなみに、白菊を邀撃した米海軍のF6F-5N夜間戦闘機の最大速度は三一八ノット（高度七〇〇〇メートル）。武装は一二・七ミリ機銃×六、または二〇ミリ機銃×二と一二・七ミリ機銃×四となっている。

徳島海軍航空隊の変遷

太平洋戦争勃発後、連戦連勝の日本軍、特に海軍は急速にその戦線を拡大し、それに伴って航空兵力の増大が焦眉の急となった。そこで一九四一年、徳島県板野郡松茂村に建設された飛行場を一九四二年四月、戦闘機（九六艦戦・零戦）の実用機練習航空隊として、徳島海軍航空隊（以下「徳島空」）が開隊した。

一九四四年一月、徳島空は機上作業練習機白菊による偵察練習航空隊となる。名称は海軍航空隊であるが、実質的には海軍の飛行学校である。

このとき、四三年九月海軍に入隊した第一三期飛行専修予備学生のうちの約三〇〇名が、基礎訓練を終えて徳島空に着任している。彼らが訓練機を白菊に機種変更してからの第一陣であるが、戦局の悪化に伴い、一年後には、次の第一四期を最後に、教育休止の運命に追い込まれることになる。そこで彼らの想い出を参考にしながら、当時の徳島空の様子を辿ってみよう。

徳島海軍航空隊配置図

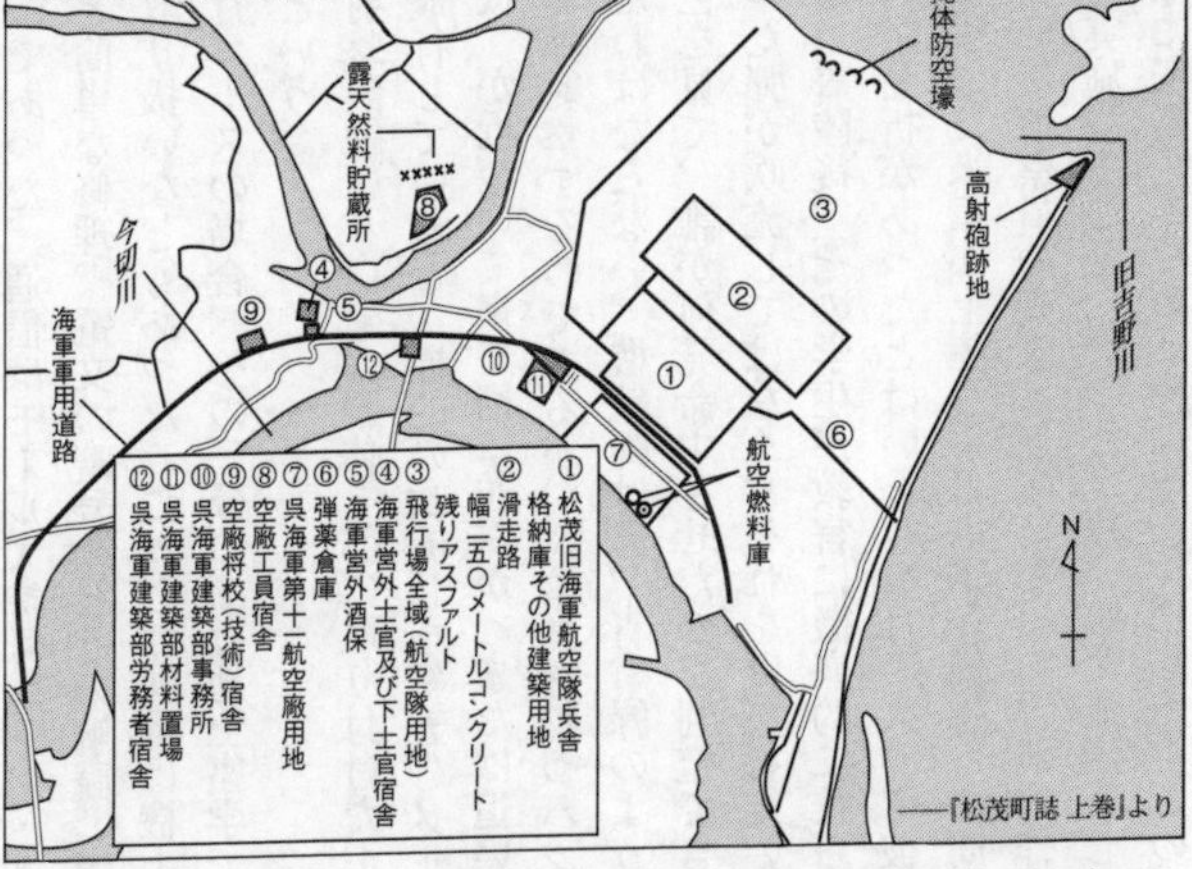

――『松茂町誌 上巻』より

すでにマキン・タラワ両島の守備隊は四三年一一月に玉砕していたが、内地は未だ戦禍を被っていない。日曜日になると、上陸した紺色第一種軍装の予備学生や七つボタンの練習生は、松茂のみならず、徳島や撫養《むや》にも出かけて行ったという。当時の国民は軍人に敬慕の念を抱いていたので、彼らはどこに行っても「海軍サン、海軍サン」と歓待されたことであろう。

隊内においては、学生や練習生の居住区、講堂、白菊の格納庫などが相次いで増築され、白菊の機数も増加して偵察員の養成が軌道に乗る。その内容を簡単に紹介すると、前述の通り、偵察員の訓練は航法、通信、射撃、爆撃、航空写真などからなっていた。航法には地文航法、推測航法、天文航法と無線航法があるが、海軍では地上物標のない洋上飛行が主体になるので、最も重要視されたのは推測航法であった。通信はモールス符号（トン・ツー）による電文の送・受信、電信機の取り扱いと簡単な修理、電文の暗号化とその解読。電信機の外に電探（レーダー）や無線帰投装置の取り扱いなどもあった。これらの課目は機上作業の前に地上でみっちり教え込まれた。六ヵ月コースの場合、その三分の二は地上座学で、憧れの白菊に乗れたのは五ヵ月目からだったという。

射撃訓練は、白菊の胴体上部に取り付けた七・七ミリ旋回機銃を使って行なわれた。海上を飛行していると、標的の吹流しを約五〇メートルのワイヤーで曳航している艦攻（艦上攻撃機）が近づいて来て横に並ぶか、または追い越して行く。このとき、曳航している吹流しを実弾射撃するのであるが、飛ぶ鳥を撃つハンターのように、若干リード（未来修正）して撃たねばならない。機銃弾は赤、青、緑のように色分けされていて、着陸後、吹流しの弾痕の色を見て、誰が何発命中させたかを判定できるようになっていた。あるとき、リードして撃った弾が吹流しではなく、それを曳航していた艦攻の胴体に命中したから、さあ一大事である。着陸後、その学生が教官に徹底的に絞られたことは、想像に難くない。

紆余曲折があったとはいえ、七月に入って彼ら一三期の訓練は終了した。当時、サイパンにはすでに米軍が上陸し、日本軍守備隊との間に熾烈な戦闘が行なわれていた。戦局の逼迫に伴い、偵察員の養成は速成になって、飛行作業は昼間のみで終わり、夜間飛行は実用機課程で実施することになった。短い賜暇《しか》で帰省した後、彼らは内地や外地の実施部隊や練習航空隊に転属するため、徳島空を後にした。この賜暇が家族との今生の別れになった学生も多数いるという。そして徳島空には約八〇名が教官として残留した。

かくして教官の陣容も整い、彼らは後輩の一四期や甲飛・乙飛練習生の分隊士として配属された。しかし戦局我に利あらず、サイパンの失陥、続いてテニアン、グアムも米軍の手に帰し、戦場が大きく内地に近づいて来た。東条内閣が総辞職して小磯・米内協力内閣が発足し、空襲に備えて学童集団疎開が始まり、上野動物園ではライオンなどの猛獣を薬殺したのもこのときである。

戦局の悪化に伴い、徳島空における訓練も緊張した毎日に変わった。座学をほぼ終了していた練習生は、直ちに飛行作業を開始して二ヵ月でそれを終了し、実施部隊に配属されている。

一〇月中旬の台湾沖航空戦では、米機動部隊から発進した艦載機約一四〇〇機は、台湾北部と南部を攻撃。ＧＦは捷一号作戦を発動して、基地航空部隊が猛反撃を加えた。大本営は戦果を拡大誤認して空母撃沈・大破一九隻、戦艦撃沈・大破四隻などと軍艦マーチの鳴り物入りで発表したが、実際は空母二隻と巡洋艦四隻に損害を与えたに過ぎず、その後の作戦指導に重大な影響を及ぼした。日本側の損失は航空機六五〇機に上っている。

台湾沖航空戦に引き続き米軍はレイテ島に上陸。そしてレイテ沖海戦で日本側は空母四隻、戦艦八隻、重巡九隻、駆逐艦三一隻が、四つの艦隊に分かれて同島に上陸した米軍を殲滅すべく出撃したが、空母全滅、戦艦三隻、重巡六隻、駆逐艦一五隻、航空機の大半を損失するという憂き目を見て、ＧＦは事実上壊滅した。このとき、当初は米空母の飛行甲板を一週間程度使用できなくするという緊急避難的な目的で、世界の戦史に比類のない組織的な体当たり攻撃隊、すなわち「神風《しんぷう》特別攻撃隊」が出現することになる。そして、それまでは「九死に一生を以て限度とする」といわれていた日本海軍の用兵思想は、遂に一線を越えて「十死零生」と変わり、この外道の統率に歯止めがかからなくなって翌一九四五年八月一五日、敗戦の日の朝まで続くのである。

一一月に入ると、マリアナ諸島に長大な滑走路を建設した米軍は、戦略爆撃機B－29による日本本土の偵察飛行を開始。そして同月二四日には東京を、続いて一二月一三日には名古屋を初空襲した。主目標は中島飛行機武蔵野製作所と三菱重工業名古屋発動機製作所である。銀色の機体をきらめかせ、高々度を白い飛行機雲を引きながら飛来するB－29の軍需工場に対する精密爆撃は、高々度における強烈な偏西風（ジェット気流）のため、予期した戦果を挙げ得なかった。そこで一九四五年一月中旬、第二一爆撃集団司令官の交代を契機として、夜間において中高度から、日本の木と紙でできた家屋の火災に対する脆弱性を衝いた市街地に対する焼夷弾の無差別爆撃に変わり、その戦禍は東京、横浜、名古屋、大阪、神戸などの大都市のみならず、多数の地方の中都市にも及んだのである。度重なるB－29の戦略爆撃により、日本本土は急速に焦土と化して行った。

徳島空における特攻隊の誕生

一方、一九四五年一月九日、米軍は遂にリンガエン湾に上陸した。ルソン島の奪回である。日本軍には大挙して押し寄せてくる米軍を迎え撃つ戦力はなく、手持ちの航空機による微弱な特攻作戦しか残されていなかった。比島の次に米軍の矛先が向くのは、日本本土侵攻の前哨戦となる台湾か沖縄の攻略である。

一月一九日、参謀総長、梅津美治郎大将と軍令部総長及川古志郎大将は「帝国陸海軍作戦計画大綱」を上奏した。これにより全軍特攻が決まったといわれている。特攻は一度出撃すれば帰還しないので機体の消耗率は極めて高く、零戦、彗星などの実用機が急速に枯渇して行ったことは想像に難くない。しかし、もともと低速な機体に爆装して更に低速かつ鈍重になる作業訓練機の白菊までを特攻に投入した根拠は那辺にあったのだろうか。

二月一日〜三日の大本営海軍部図上演習に続いて軍令部総長官邸において四日に行なわれた研究会の席上で、GF参謀寺崎隆治大佐が「白菊多数アリ之ガ戦力化ヲ要ス」と発言している（戦史叢書第九三巻二四一〜二四四頁）。これを受けて二月一六日、練習連合航空総隊司令長官松永貞市中将が出した特攻訓練についての命令（機密第１６２２３０番電）には、大井空、鈴鹿空、徳島空、高知空、青島《チンタオ》空の隊名が見える（戦史叢書第一七巻二〇五頁）。それによると、二月一八日以降に特攻訓練を実施し、その概成期を四月末とし、訓練参加機は、紫電、雷電（B－29邀撃用の局地戦闘機）を除く小型機全機。各隊の特攻訓練員数標準は九〇名、隊員の詮衡標準は各隊教官要員の二分の一乃至三分の一、予備学生偵察（操縦）は各隊最上級の者となっている。

二月中旬、米軍は日本本土とマリアナ諸島との中間地点にある戦略上の要衝硫黄島に上陸。数日後には同島防衛上の要地擂鉢山《すりばち》が占領され、戦局は練習航空隊の教育を休止するところまで追い詰められたのである。この機密電を受け、現場の徳島空ではどのように対処したのだろうか。関係者の証言を纏めながら、当時の状況を再現して見たい。

機体

特攻機への改修は、一説では四月初めの特攻隊編成直後といわれているが、どの時期に行なわれたかは定かではない。一九四四年八月、すでに機体の塗装は、練習機も上半面をおなじみのオレンジ色から暗緑色に塗り替えるように内令が改正されていて、高知空では一九四五年一月中旬に実施したとある。これはマリアナ諸島の失陥により日本本土の空襲が現実性を帯びて来たので、地上における被害減少の目的と思われる。垂直尾翼の菊水のマークが画かれたのは、特攻隊編成直後であろうか。

当初、爆装は床の上に板を置いて、それに二五番二個をワイヤーで固縛するものであったが、最終的には二五番各一個を両翼下面に懸吊し、操縦席の計器盤に爆弾の信管の安全装置を解除する風車止引上装置のレバーを取り付ける方法に改造された。爆弾は投下する必要がないので、羽根にあたる尾部は取り付けてなかったという証言もある。

搭載燃料四八〇リットルでは航続距離が約六〇〇浬なので、零戦用の二〇〇リットル増槽を胴体内後部に取り付けた。これにより燃料は約七〇〇リットルに、重量は一五〇キロ増加した。しかし、増槽に切り替えた際に燃圧が低下し、発動機不調による引き返しが多発している。

燃料と爆弾による重量増加は六五〇キロになる。特攻時の搭乗者は二名なので約一八〇キロは減少するが、それでも五〇〇キロ近い重量増加となり、最初の訓練は離陸中心であったという資料もある。多くの白菊が重量軽減のためか電信機まで取り下ろしているが、これは戦果確認ができなくなったデメリットの方が大きかったのではないだろうか。

白菊の運用制限事項では、降下角度四〇度以内、降下速度一八〇ノット以内となっているが、これは機体が通常の状態においての話である。機体重量が通常よりも五〇〇キロ超過している状態では、さらに厳しく制限しないと空中分解の恐れがあったと思われる。なお、巡航速度は一〇〇ノット程度という資料がある。したがって、爆装すればさらに鈍足の八五〜九〇ノットになったであろう。

白菊特攻機の尾翼に描かれた機番号（トク-705）と菊水マーク

特攻隊の編成

徳島空の場合、一三期予備学生の偵察員教官や卒業したばかりの一四期がいたので、偵察員の特攻隊員確保に問題はなかったと思われるが、操縦員はどうであったか。三月下旬、内地や外地の他の航空隊から、比較的経験豊かな操縦員約五〇名が相次いで徳島空に転属してきた。彼らの出身は戦闘機、艦爆、艦攻、または水上機といった種々雑多な単発機の下級士官や下士官兵の操縦員で、これまで徳島空にあった第一、第一一、第二一分隊とは別に第三一分隊を編成している。戦局の悪化に伴い、練習航空隊の教育はすでに休止されていたので、教官・教員配置ではない。一体何事が始まるのかと彼らが怪訝《けげん》に思っていたところ、四月上旬のある日、「搭乗員、総員練兵場に集合」が達せられた。ときすでに米軍は沖縄に上陸。天一号作戦が発動されて第二艦隊（戦艦「大和」と第二水雷戦隊九隻）は沖縄に向けて水上特攻に出撃し、「大和」以下六隻の艦艇の乗組員三七〇〇有余名が坊ノ岬沖において万斛の涙を呑んで没していた頃である。

高知空や大井空の場合、一応志願の形式を取っているが、徳島空では司令川元徳次郎大佐から「徳島白菊特攻隊員を命ずる」と宣告されたという三名の証言がある。あの国家存亡の危機に際し、総員整列の場で「特攻隊員を志願する者は手を挙げろ」といわれて、たとえ嫌だと思っても、手を挙げない勇気のある者がいただろうか。他の航空隊では、配られた紙に希望を書いて提出するようにいわれて、「命のまま」と書いて提出した者がいたと聞くが、これが精一杯、せめてもの抵抗だったのではないか。かくして、徳島白菊特攻隊は、約二五〇名の隊員を擁して誕生した。このとき、白菊は特攻機に改修されたという一説もあるが、前述の通り、定かではない。

徳島白菊特攻隊搭乗員の記念撮影

特攻訓練

訓練は直ちに開始された。転属者は総員が白菊の操縦は初めてである。形どおり、地上で機体・発動機の構造、性能、特性、取扱などの座学が行なわれ、それが終わると、ぶっつけ本番での離着陸訓練である。白菊は練習機だけあって操縦は易しく、安定性もよかったというが、同じ特攻をするのであれば、せめて零戦か彗星などの「実用機」でというのが大半の者の偽らざる気持ではなかったかと思われる。上陸して家族に電話をしたとき、「どんな飛行機なの？」と聞かれて、「ボロボロ」と答えたという予備学生出身の士官もいる。練習機まで特攻出撃させねばならぬほど帝国海軍も凋落していたのかと思うと、胸が痛くなる。

計器飛行訓練

次が昼間の計器飛行訓練である。鈍足・非武装の白菊が昼間に特攻を仕掛ければ、忽ちにして戦闘哨戒中や邀撃に舞い上がって来た敵戦闘機の餌食になることは、火を見るよりも明らかである。また、操縦員の練度からしても、攻撃は月明の夜間に限定せざるを得ない状況にあった。更に、すでに実用化された米軍のレーダーに捕捉されないよう、進撃高度は一〇〇メートル以下と決められた。しかしながら、一挙に夜間飛行訓練を開始するわけにもいかず、先ずは、昼間の計器飛行訓練から始まったのである。計器飛行とは、天候不良時や雲中などで、飛行機の姿勢、高度、位置、進路の測定を計器のみに依存して行なう飛行をいう。従って、機外が見えては訓練にならない。そこで、操縦員は彼らの飛行眼鏡に計器盤だけが見える程度、約三センチの小穴をあけた黒い紙を貼りつけて、計器飛行訓練を行なった。これまでは有視界飛行で羅針儀、高度計、速度計くらいしか見ず、もっぱら水平線を頼りに機体の傾きや横滑りを修正していたのが、今度は機外を見ることができず、計器だけに頼って飛行しなければならない。全く勝手が違うのである。最初は多くの者が戸惑ったが、間もなく一人前に計器飛行ができるまで上達した。

航法、通信、敵艦型識別訓練

また、飛行作業の合間には、米軍のレーダーに捕捉されることを避けて高度一〇〇メートル以下で進撃し、確実に沖縄に到達するため、南九州からの航路添いに点在する種子島、屋久島、奄美大島、喜界島、徳之島、与論島などの位置と島影を地図や影絵で、更に米海軍艦艇の艦型識別訓練は、写真やスライドを使って記憶することに専念した。

突入時の通信略号は、戦艦突入は「セタ」、空母は「ホタ」、輸送船は「ユタ」と決められていたが、機体重量軽減のためか、多くの機体から電信機が取り下ろされている。夜間攻撃であるから、敵艦を視認する前にレーダーによる追跡が開始され、対空砲火を浴びて初めて敵の存在が分るような状態が予測されたので電信機無用となったのかも知れない。しかし、せめて自分の最期を報せる手立てくらいは残していたらと思うのは、筆者のしがない感傷であろうか。

定着訓練

計器飛行にも大分慣熟してきたころ、午後には母艦着陸時の定着訓練が始まった。飛行場内に空母の甲板と同じ大きさの白布を敷き、進入側から見て左手前に赤、後方に白の誘導板を設置し、その指示する進入角度（四〜五度）に従って所定の接地点に着地する訓練である。赤板が上に見えれば機のパス（垂直面に対するコース）は低く、白版が上に見えればパスは高い。赤白の誘導板が横一線になるよう機位を加減すればよい。正しい角度で進入すれば白布の先端上空（母艦の艦尾に相当）で高度七メートルとなり、一気にパワーを絞って失速させれば、海軍でいうところの三点着陸（主輪と尾輪が同時に接地）ができる。

降爆訓練

この頃になると、昼間では編隊離陸ができるまでに練度が上がっていたので、編隊離陸後、

徳島市上空で民家の屋根をかすめて猛訓練にはげむ白菊特攻隊

吉野川河口付近の目標上空に向かい、長機のバンクを合図に列機は編隊を解散して単縦陣となって目標目がけて降下した。機体の強度上急降下はできず、緩降下角度は三〇度と決められた。若い搭乗員のペア（操縦員と偵察員の一組）には、所定の三〇度を超える角度で突っ込んでくる者もいたようで、地上では、今にも空中分解するのではないかとハラハラしながら見ていたとのことである。

夜間飛行訓練

五月に入って、午前中は計器飛行、午後は定着訓練、夕方は夜間飛行に先立って薄暮時（夕暮れ）の離着陸や低空飛行訓練が始まった。士官と雖も兵員同様、雨天以外は上陸を許可されず、将に血の出るような猛訓練である。

低空飛行訓練では、「眉山《びざん》ヨーソロー」で単機徳島市の上空を飛び（通常、市街地上空は飛行禁止）裏山の眉山を旋回するのであるが、その麓にある色街の秋田町では、派手な着物を着た若い女たちが物干台の上で盛んに手を振ってくれたという。

間もなく、本格的な夜間訓練を開始するため、昼と夜を逆にした生活が始まった。昼に寝て、夜に訓練をするのである。夜間飛行訓練は、離着陸訓練から始まった。昼間の定着訓練の白布に替えて廃油を燃したカンテラ（手提用石油ランプ）を並べて所定の場所を示し、空母に準じて赤白の着陸誘導板の代わりに赤青の誘導灯が設置され、定着訓練と同じ要領で訓練が行なわれた。この場合、操縦員の判断により着陸する昼間とは違って、今日の航空管制同様、指揮所から着陸許可を受けた後着陸するのである。この交信にはオルジス灯（モールス信号を送信する携帯ランプ。発明者の名から）が使われた。

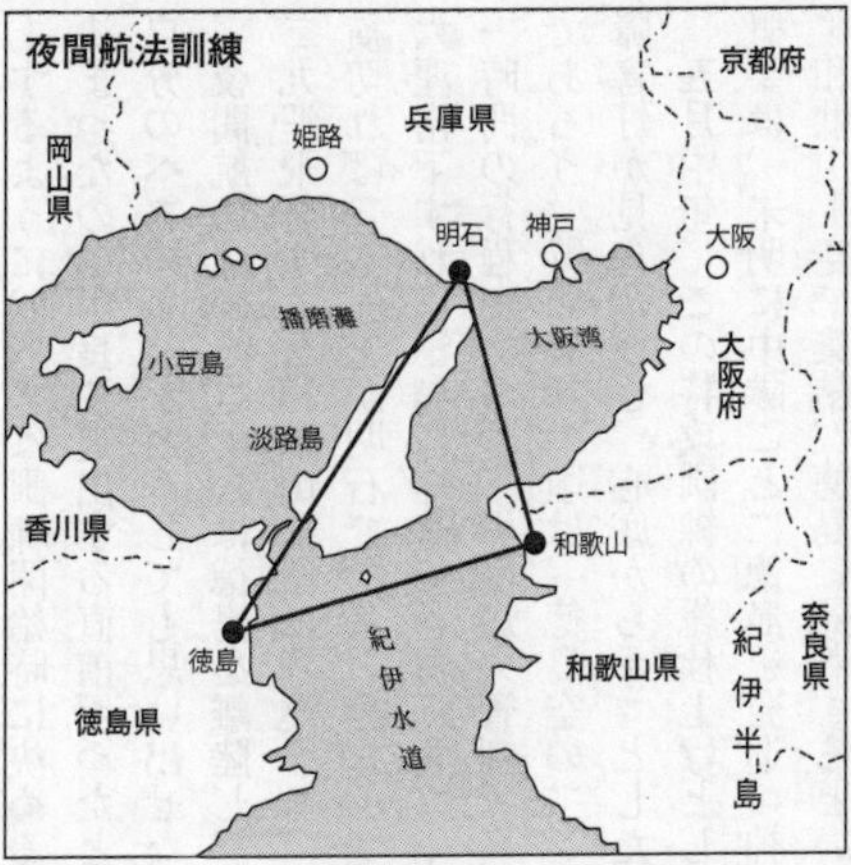

昼間の定着訓練においてはかなり練度を上げていたとはいえ、操縦員は外界が全く見えないので感覚が掴めず、ひたすら赤青の誘導灯に全神経を集中し、後席の偵察員が読み上げる高度を聴きながら、パワーを吹かしたり絞ったりして設定されたパスに乗るため、青灯と赤灯が横一線になるよう懸命に機位を加減する。前席の操縦員と後席の偵察員の阿吽《あうん》の呼吸が必要なことはいうまでもない。前席と後席間の連携が向

上するように、ペアは訓練開始時に決めるのが常道と思われるが、何故かペアは日替わりで、決まったのは串良に進出する直前だったという証言がある。別の元隊員も、生死を共にした自分のペアの名前がどうしても思い出せないと回顧しているのも、このためであろうか。

夜間航法訓練のコースは徳島を離陸し、淡路島の南岸沖合を東北東に紀伊水道を横切って二九浬飛行すると和歌山上空に到達する。ここで大きく左に変針して大阪湾上空を北北西に横切れば二八浬先が明石である。その上空で再び大きく左に変針し、淡路島の西岸沿いに三六浬南下すれば徳島に帰着できる三角コースである。低速機は風の影響を受けやすいが、約一時間の行程である。下界は灯火管制で真っ暗。その中を単機で飛行するので、心細い限りであろう。特に最初の頃は、徳島空のアンテナの鉄塔や煙突の上に取り付けられた赤い航空障害灯が見えたとき、心底からホッとしたという。

五月中旬、この特攻訓練の総仕上げとして、総員参加の総合戦技訓練が実施された。その概要は、未明に中隊ごとに徳島を発進、神戸港に在泊する艦船を敵に見立てて攻撃し、その後和歌山上空で集結、徳島に帰着するという想定である。低速・鈍重な練習機白菊ではあるが、一〇〇機もの白菊が爆音を轟かせて次々と編隊離陸する光景は、頼もしい限りであったという。初めての大編隊による、しかも三時間にわたる飛行のため、全機無事徳島に帰着したときはさすがに疲労困憊、その極みに達した。無事故の陰には、徹夜で機体の整備に当たった整備科総員の努力があったことを忘れてはならないと関係者は語っている。

時間的に若干前後するが、五月五日、徳島空は練習航空隊の指定を解かれ、第五航艦（司令長官宇垣纒中将）麾下の一二航戦（司令官城島高次少将）に編入されている。いよいよ実施部隊である。これで徳島空保有の白菊一二〇機（四個中隊、搭乗員二四〇名）全機が特攻に指定されたことになる。

かくして、五月下旬の月明の夜間を期して、第一次沖縄特攻が実施されることになった。死者の気持ちを忖度《そんたく》することは、死者に対する冒瀆であるとのお叱りを受けるかも知れないが、当時特攻に指名または志願した若者の気持ちはどうであったのか。予備学生出身の小隊長が二十歳そこそこ、列機の予科練出身者はハイティーン、現在の大学・高校生である。連日連夜にわたる猛訓練で、彼らの技量はメキメキと上達して行ったと思われる。しかし、それは反面、死への旅立ちが刻一刻と近づくことを意味した。救国の一念に燃えて海軍に身を投じたとはいえ、死を現実の問題として対処しなければならなくなった場合、これは別問題であろう。救国の一念と死の恐怖、生への執着。その狭間の中で彼らの若い魂は揺れ動いたのではないだろうか。筆者は生々しい証言を見つけることができた。それには、次のように書いてある。

誰もが、つまらぬことで腹を立てたり、ちょっとしたことで喜んだり、突然、無口になったりした。また、ことさらに喧嘩を吹きかける者もいて、荒れ方は激しかった。それでも一〇日も経つと、それぞれが何らかの結論を得て、心の整理はついたかのように見えた。けれども眼光は鋭くなり、人を射抜くような目つきで見るようになる。一度悟ったように思えたのが、出撃と決定した二、三日前になって、また悩みが頭を持ち上げて来るようだった。悟りとは、一体何だったのだろうか。死は易く、生は難しというが、死を拒む心がどうしようもなく沸き起こって来る。しかし、これも不思議と一日程で治ってしまう。一種の諦念が、ギリギリのところで腹を据えさせるのであろう。十死零生。特攻とは、真に冷酷非道なものである。

話を替えて、菊水七号作戦が発動され、第一次徳島白菊特攻隊が出撃した五月下旬の沖縄における戦況はどうであったか。四月一日に沖縄本島中部の読谷《よみたん》・北谷《ちゃたん》（西海岸）に上陸した米軍は、早くも四日には本島を南北に分断し、北部を攻撃した部隊は一三日には辺戸岬に到達、二〇日には本部半島を制圧、一六日から二一日にかけて伊江島を占領している。そして南部に進撃した部隊は、日本軍の司令部がある首里に近づくにつれ、峻険な国頭山岳地帯に立て籠もる日本軍との間に一進一退の激しい攻防戦に巻き込まれたが、日本軍は徐々に後退を余儀なくされ、五月三日夜、総攻撃に打って出たがこれに失敗し、その兵力の大半を失った。一一日、米軍は首里城の日本軍司令部に総攻撃を開始した。五月下旬、日本軍は首里の司令部を捨て、本島南部の摩文仁《まぶに》に向け撤退を始めていた。沖縄を死守する日本軍将兵の善戦にも拘わらず、その趨勢は、すでに誰の目にも明らかになっていたときである。

特攻出撃——串良に進出

五月二〇日：第一二航艦司令部は電令作第31号により「徳島空司令ハ明二一日白菊三〇機

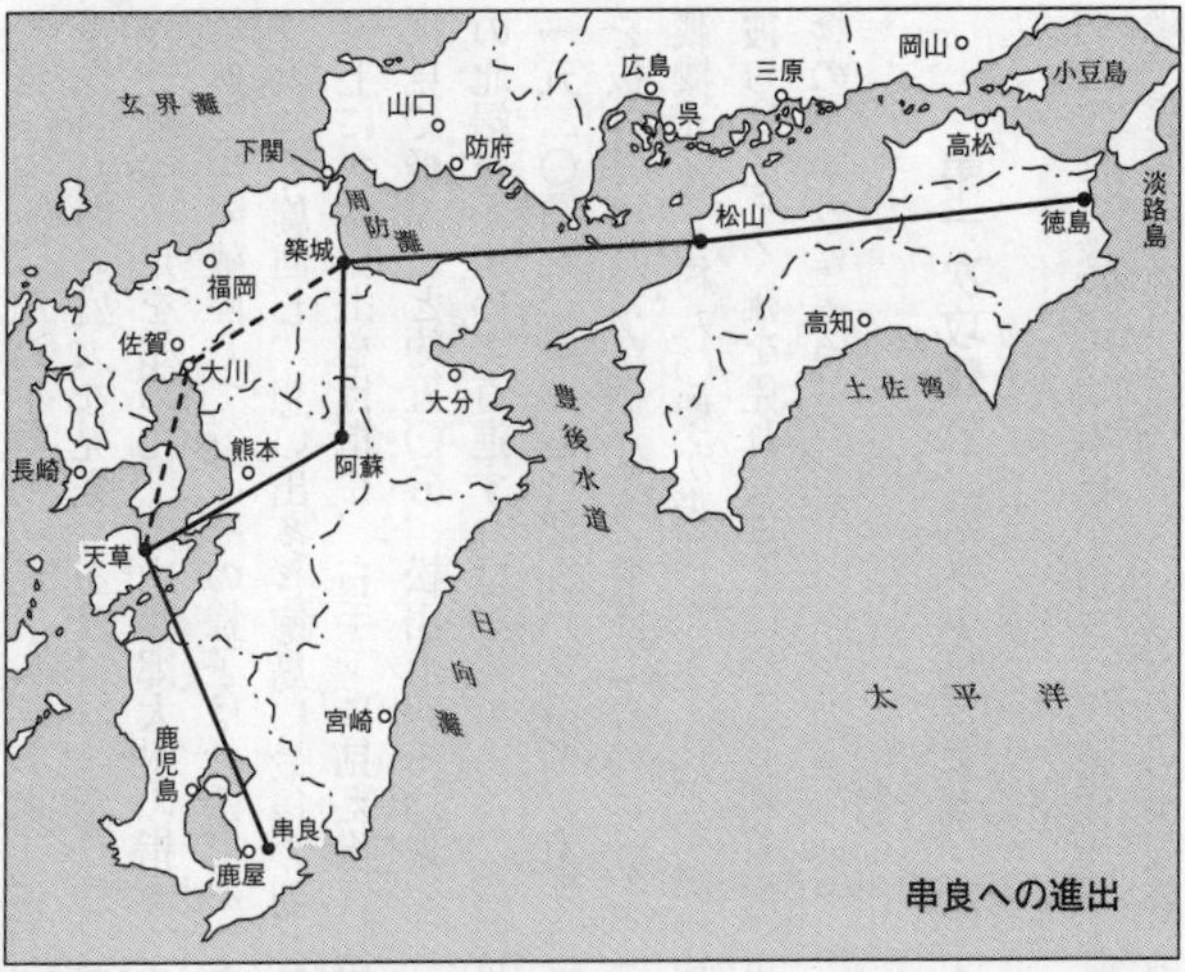

串良への進出

（昼間組一五、夜間組一五）ヲ率ヒ串良ニ進出スベシ」と前進基地への進出を命じた。その後、同32号をもって「進出期日ヲ二二日ニ改ム。各隊ハ同日一三〇〇迄ニ昼間組二〇機、夜間組一五機ノ進出準備ヲ完了スベシ」と徳島空、高知空司令宛てに発信している。

二一日：朝から雨。徳島空では進出準備に追われ、午後、入湯上陸（外泊）が許可される。夕食後、上陸員整列、各自が下宿の家人に託すべく実家に送り返す遺品などを抱えている。最後の夜だと下宿の家族と酒宴を張るが、特攻隊員の前途を思ってか気焔上がらず。

二二日：早朝、非常呼集があり、迎えのトラックで帰隊する。その後、搭乗員による壮行会とも送別会ともつかぬ飲み方が夜明けまで続く。この日、西日本一帯は雨。

二三日：天気は回復して晴れ。居残りの隊員や隣接する航空廠の工員、動員された女子挺身隊員たちの盛大な見送りを受け、一三〇〇、離陸開始の合図とともに爆音を轟かせて一番機が離陸滑走を始めた。大内藤郎大尉の指揮する第二中隊約三〇機である。練習機とはいえ、整然と編隊離陸して行くその様子は壮観であったに違いない。やがて編隊を組んで基地上空を大きく旋回し、想い出多き徳島に最後の別れを告げ、中継地の築城《ついき》（現築上町）に向かう途上にある松山を目指し、右手下に見える吉野川を遡って西進する。新居浜、西条を右手下に見て飛ぶこと約五〇分、松山上空を通過する。その後は瀬戸内海上空を飛行し、国東《くにさき》半島の北端をかすめて直進すれば築城である。着陸は一四四〇頃となる。ここで燃料補給の後、一五二〇頃再び離陸し、北九州を横断、有明海を南下、雲仙岳上空を通過、霧島と桜島の間を抜けて串良に全機無事に着陸したのは一七〇〇前後であった。この日、串良基地には米艦載機F6F約八〇機が来襲し、一五一〇から約三五分間飛行機掩体地区に投弾している。彼らは危うく難を免れたことになる。到着後、出撃員は最後の夜を過ごすため、借り上げ宿舎の小学校に入る。

第一次攻撃隊（菊水七号作戦五月二四～二五日）

二四日：遂に出撃の日が来た。作戦は先ず索敵から始まった。その結果、B法（敵機動部隊が鹿屋から三〇〇浬圏外にあったため小規模作戦で、参加部隊も少数）が発動された。

「徳島空機密第一八号」によれば、第一次攻撃隊に関する記録は、次の通りである。

敵情

○五三一：大島防備隊「古仁屋基地の偵察によれば、〇〇四五、駆逐艦八隻に護衛せられたる輸送船約五〇隻より成る船団伊江島北西一五浬を針路四〇度速度一五ノットにて北上中」

一二〇二：小禄飛行場「北中飛行場沖戦艦一、巡洋艦一、駆逐艦九、輸送船約二〇隻」（他に多数ある模様なるも視界不良の為全貌を明らかにし得ず）

一四二七：TFB敵情速報「一三四〇ユキ五ソ敵機動部隊」（三群空母七隻）

注：TFBとは、一九四五年五月一二日付で五航艦と三航艦を以て編成された「連合航空隊天航空部隊」の略号。

戦場天候等：喜界島　北北西の風、風速六メートル

南西諸島　概ね北北西の風　風速六メートル内外の見込

日没一九一四、月出一六四八、月没〇四三〇、日出〇五一五

任務：沖縄周辺敵艦船夜間特攻攻撃撃滅

搭乗員：一四組

指揮官・隊員：山田基三中尉外士官七名、下士官二〇名

作戦準備：白菊一四機（電信機搭載三機）各機共爆装（二五番二個宛）増槽取付

発進：二〇五二〜二三〇〇

戦場到達着予定：（五月二五日）〇一三〇〜〇四〇〇

予定進撃路：串良二一八度一一七浬臥蛇島《がじやしま》、二二三度一四四浬、一八八度一〇四浬：沖縄西北方より奇襲

戦闘経過：第三次の一員であったS二飛曹の手記を基に、当時の状況を再現したい。予定通り一七〇〇頃から、整備員が編隊発進を予想してか指揮所前方の発進点近くに指揮官機、続いて左に二番機、三番機……と一四機が一列に翼を並べ、弾火薬庫から引き出してきた爆弾を主翼下面に懸吊して爆装し、試運転にとりかかる。夕闇迫るころ、指揮所の前には白布で覆われたテーブルが並べられ、素焼きの盃が置かれている。やがて「出撃員整列」がかかり、第一次の出撃隊員・指揮官山田中尉外二七名は夫々の思いを心中に秘めて整列し、川元司令の訓示を待った。悲壮な面持ちの司令は簡潔に「只今より沖縄に向けて出撃する。各自、全技量を傾注して事に当たれ。一機一艦を目標とせよ。諸子の成功を祈る」と訓示したが、司令も人の子、目から一筋の涙が頬を伝わっていたという。

続いて、飛行隊長田中一郎大尉から敵情、天候、任務、予定進撃路などの最終打合せがあり、軍医官の指示に従って各自が腕をまくり、眠気防止のために覚醒剤（ヒロポン）の注射を受ける。それが終わると総員でテーブルを取り囲み、素焼きの盃に水が注がれた。司令の音頭で乾杯、出撃隊員はその杯を木っ端微塵になる様に地面に叩きつけ、再びこの地に還らずとの決意のほどを示した。

操縦員の一人が一つまみの枯葉で風向・風速を確かめた。南西の風約六メートルである。隊長の「かかれ」の号令で、出撃員はそれぞれの愛機に駆け上がった。月齢一二・三、ほぼ

〈表 1〉第一次攻撃隊（5 月 24 ～ 25 日）未帰還者（GF 告示第 200 号）

操縦員				偵察員			
階級	氏名	出身県	出身別	階級	氏名	出身県	出身別
上飛曹	藤原一男	大分	予備練 14	二飛曹	脇田七郎	岐阜	甲飛 13
少尉	須田　治	東京	予学 13 明大予科	少尉	根本喜一	福島	予学 13 専大
上飛曹	井上　博	兵庫	予備練 14	一飛曹	伊東勝義	岡山	乙飛 18
上飛曹	高野利雄	長野	甲飛 9	一飛曹	江田耕二	岩手	甲飛 12
一飛曹	栗木朝明	福岡	乙飛 18	少尉	真野敏弘	富山	予学 14 明大＊
二飛曹	岡島　勝	福井	特乙 1	一飛曹	浦上　博	長崎	乙飛 18
二飛曹	寺井政雄	福岡	特乙 1	一飛曹	平島　栄	宮崎	乙飛 18
二飛曹	成田松之助	千葉	特乙 1	少尉	渕元幸雄	兵庫	予学 14 神戸商大
二飛曹	中岡保美	熊本	特乙 1	一飛曹	三浦松義	大分	乙飛 18

注：＊は電信機搭載を示す。

満月が中天にかかって列線に並べられた白菊を煌々と照らし、低い雲がその月影をときどき遮っていた。離陸準備を終えた指揮官機は、指揮所から懐中電灯による発進よろしの合図を得て離陸滑走を開始した。ときに二〇五二。当初は編隊発進が計画されていたが、それが単機発進、単機攻撃に変更された。爆装して超過荷重になった白菊は、一機、また一機と高隅山を目がけ重そうに高度を上げながら、南西の空に消えて行った。

注：筆者は永年特攻隊について調査をしてきたが、出撃直前のヒロポン注射について知ったのはこれが初めてである。心情的にも納得できず、文献を漁っているうちに、第二徳島航空基地関連の占領軍への引渡物資・雑品目録医療品の中に「ヒロポン錠一〇〇〇錠」とあるのを見つけた。やはり覚醒剤として使われていたのであろう。

戦果：引返機を除き、電信機を搭載せしは只一機のみの処、これよりの通信連絡なき為戦果を確認し得ず。

未帰還：未帰還者は、表1の一八名である。

なお、出撃した一四機のうち引き返し三機：一機は発動機不調のため佐多岬南西二浬付近、他の二機は増槽切替時の燃圧低下による発動機不調のため鹿児島湾口付近と臥蛇島付近よりそれぞれ引き返す。不時着二機：あるペアは徳之島の西方約四〇浬にある孤島硫黄鳥島に不時着、生還。他のペアは、経緯不明であるが終戦後帰省しており、一人はその後病死、一人は住所不明という。彼らは粟国島の海岸に不時着。基地と連絡が取れず、未帰還の一八名とともにGF告示第二〇〇号により布告されたが、戦後の資料からは削除されている。戦死の手続きが彼らの生死を確認しないままで取られたため、生存していながら戦死者として取り扱われていた時期があったものと推測される。彼らの機体に電信機は装備されていなかった。

消耗：白菊一一機

功績：初より必死必中を期して出撃せるものにして其の功績抜群なりと認む。

翌五月二五日、飛行隊長田中大尉は「白菊到達と覚しき時刻、沖縄周辺洋上に十数本の火柱が認められた」と発表しているが、確認はできていない。この日、渡辺嘉香大尉指揮の下、第一中隊三五機が串良に進出。

米側の資料：出撃した白菊全機が電信機を装備していた訳でもなく、また装備していた全機が状況を報告した訳でもない。従って、白菊が挙げた戦果の調査は必然的に米側の資料に頼らざるを得なくなる。第一次攻撃隊は五月二四日二〇五〇～二三〇〇の間に発進しているので、沖縄到達は翌二五日の〇一〇〇～〇三〇〇頃になる。同日特攻機に突入された連合軍艦船のリストを基に、白菊の戦果を考察してみたい。

白菊とおぼしき特攻機の突入をうけた米駆逐艦「ストームズ」

①〇〇三〇、高速兵員輸送艦「バリイ」のレーダーは高度二〇〇フィートで緊密して飛来する二機を捕捉。〇〇三四、最初の一機（ヴァル・九九艦爆）は機銃掃射をしながら右舷前方艦橋付近に突入。船体は右舷側に傾斜し始め火災が発生したが、他の一機（ベティ・一式陸攻）は撃墜。〇一二五、弾火薬庫が危険に瀕したため総員退去。後刻、波具知沖から慶良間列島に向けて曳航、一四五〇、同列島の海岸に到着。

注：日本側の記録には、この日出撃した九九艦爆も一式陸攻もない。白菊は固定脚なので九九艦爆と誤認される可能性はあるが、機銃は取り降ろしていた。

②〇八〇五、伊江島において機雷敷設艦「スペクタクル」に一機突入。

③〇八三五頃、「スペクタクル」の生存者の救助活動中であった中型揚陸船ＬＳＭ「135」に一機突入。同艦は座礁炎上し、総員退去。

④〇九〇五頃、沖縄北西三五浬において駆逐艦「ストームズ」に一機突入。

注：この特攻機は、二五日早朝鹿屋から出撃した高知空の「昼間組」と思われる。詳細については後述。

⑤一一一五、高速兵員輸送艦「ベイツ」に九九艦爆二機、一機は爆弾投下後扇形艦尾の右舷側に、他の一機は操舵室にそれぞれが突入、操舵室は燃え盛るガソリンの焔に包まれた。電源が切断されて同艦は火災により破壊。一一四五、総員退去。伊江島に曳航されたが一九二三、転覆後沈没。

注：日本側の記録では、この日出撃した九九艦爆は第二国分から一機となっている。

⑥この日の夜、波具知沖において駆逐艦「ゲスト」のマストに一機が激突して右舷側に落下。損害軽微。

⑦時刻不詳。波具知泊地を警戒中の輸送駆逐艦「ローパー」に一機突入。

⑧時刻不詳。中城湾において駆逐艦「バトラー」に一機突入。爆弾は竜骨下方で炸裂し缶室が浸水。蒸気・電気の動力源はすべて切断。

幻の第二次攻撃隊（昼間組）

資料を見ていると、若干気になる記述に気付いた。「五月二六日《ママ》昼間組の特攻攻撃は中止となった。しかし記録は何もなく、「編成並びに状況等は不明である」と書かれている。幸い、昼間組に関するN二飛曹の手記もあるのでそれを要約する。

（五月二五日）〇二〇〇起床。指揮所前には昨夜同様、白布で覆われたテーブルや盃が準備されていた。司令の「成功を祈る」で締め括られた訓示を聞き、水杯を交わし、主計科員心づくしの弁当を受け取って、各自の愛機が待っている掩体へと急ぐ。すでに燃料・兵装ともに発進準備は整い、整備員による暖機運転も終わっていた。操縦席に乗り込んで最終点検を完了。掩体から地上滑走して離陸地点に着き、いざ離陸というときになって、整備員が息を切らして駆け付けてきた。「一体何事だ？」と思いきや「発進中止」の指示を伝達される。訝りながら地上滑走して掩体に引き返す。当時、南西諸島や沖縄はすでに梅雨期に入り、目的地の天候不良で目標を視認できない恐れがあるための出撃中止と聞かされた。更に不可解なことに、同日、昼間組は徳島に原隊復帰を命ぜられ、後ろ髪を引かれる思いで串良を出発、宮崎経由直行で想い出深き徳島に帰還した。

注：この日、艦爆特攻隊や制空戦闘機隊も天候悪化により引き返しているが、作戦指導の不手際により戦機を失したともいわれている。高知空の場合、〇二五〇に出撃準備を完了したところ、「敵機動部隊接近中との情報あり。各機直ちに爆装を解き、出撃員は別命あるまでその場待機」を命じられた。〇四〇〇過ぎ、「直ちに爆装し、〇五〇〇までに発進せよ」との下令あり。これは発進が〇五〇〇以降になれば、予定されている零戦隊の制空時間帯（〇六〇〇〜〇八〇〇）に間に合わず、その上、白昼攻撃を余儀なくされるからである。〇五〇五頃、ようやく三機が発進し終えたとき、出撃中止となる。天候悪化により二機は引き返し、一機は未帰還。

これを裏付ける公式記録はないかと探したところ、徳島空戦時日誌の作戦経過概要の中に「一一三第一一航戦信電令作第四号　高知、徳島空司令ハTFB信電令八〇号ニ依リ成ルベク速ニ特攻隊昼間組全部ヲ原隊ニ復帰待機セシムルト共ニ訓練ニ従事セシムベシ」と命令されていることが分った。日付は五月二五日である。そして五月二六日一一〇〇、白菊二一機（昼間組）は徳島に向けて出発。三機は宮崎に不時着し、一八機が一三〇〇〜一六四〇の間に徳島に帰着している。

以上から、公式な記録はなく、またその詳細も不明ではあるが、五月二五日の早朝串良を発進し、午前中の前半に沖縄に到達する昼間組による特攻が発動されたが、発進直前に中止が下令され、翌五月二六日、昼間組総員が徳島空に原隊復帰したことになる。この昼間組は、三月下旬、徳島空に転属して来た比較的経験豊富、第三一分隊所属の操縦員で編成されていたという。彼らは何故温存されたのか。その真相は関係者にとっても未だに不可解とのことである。

米側の資料：駆逐艦「ストームズ」（以下「本艦」）の戦闘詳報の要約は、次の通りである。〇九〇三：気象状況は徐々に悪化し、全天は雲高二〇〇〇フィートの低雲で覆われ、視程は驟雨を伴って五四〇〇メートルまで低下していた。特攻機は南西から接近。外周戦闘哨戒機は、この特攻機の邀撃に失敗した。ＣＩＣ（戦闘情報センター）のレーダースコープ上の表示は、邀撃中の味方機が送信する「敵味方識別装置」の信号で、明確なレーダー識別ができない程飽和状態になっていた。

〇九〇五：本艦の右舷艦尾、南側の煙霧の中から敵機が瞬時現われて艦尾を横切った。本艦は直ちに砲撃するため左旋回した。次に敵機は本艦の左舷真横に現われ、約一八〇〇メートルの距離でほぼ平行なコースを高度一五〇〇フィートで飛行した。敵機は、明らかに本艦の前方を航行する駆逐艦「アメン」の艦尾に向かって降下するように見えた。本艦が五インチ砲と自動対空火器で射撃を開始すると、敵機は本艦の左舷前方、真近で砲弾が炸裂する最中に半ループを演じ、本艦の頭上で六〇～七〇度ひねりこみ、背面で後部魚雷発射管台めがけてほぼ垂直に突入。機体は完全に粉砕し、発射管台とその直下にある主甲板の区画室でガソリンによる火災が発生した。投下した爆弾は、発射管台の直後にある上部構造物甲板に命中、主甲板と第一甲板を貫通して後部五インチ砲の弾火薬庫で炸裂した。爆風により居室、第三砲塔上部操作室上方の第一甲板、プロペラ軸の間の船底に大穴を開け、倉庫を除く第一甲板のフレーム一七〇～一七六の間が浸水した。火災が第三砲塔で発生し、その全体を破壊した。同砲塔内の電気回路の完全な損壊に加え、主甲板と居室の電気回路にも損害あり。二〇ノットを超える高速運転では極端な振動が発生し、プロペラ軸または船体の損害が憂慮された。この攻撃による人的被害は、戦死者二一名、負傷者一六名である。

ＣＴＧ51・5（直属上級司令部）に損害を報告。操艦可能、火災は哨戒隊形を「アメン」と交代している間に鎮火。一二〇〇、ＣＴＧ51・5の命令で、駆逐艦「スプロストン」が合流、本艦を基地まで護衛した。一二二〇、本艦の任務を駆逐艦「ドレックスラー」に移譲して基地に向う。一五一五、波具知着。

敵機の機種は不確実であるが、暫定的にトージョー（陸軍二式戦・鍾馗）と識別された。
敵機は単機で速度七〇～一〇〇ノットで飛行していた。この速度は現場にいた全艦艇が確認しているが、満足できる理由付けはできていない。

注：この日出撃した二式戦はない。二式戦の胴体も白菊同様にズングリしている。

前述の通り、白菊には連合軍のコードネームがないので、その機種識別にてこずったと想像できる。更に、二五日の早朝串良と鹿屋から出撃予定であった昼間組（後述の三機を除く）と夜間組の特攻は、天候不良のため中止されている。該当する高知空の戦時日報は存在しないが、同空の第二次白菊特攻隊（昼間組）の三機のみが出撃、二機が引き返していること、当該機の速度、沖縄までの所要時間、単機行動、暫定的な機種識別などの状況から、この米艦に肉薄する低速機こそ未帰還の白菊であると推定できる。同機の搭乗員の官等、氏名は、次の通りである。

（GF告示第一五六号）菊水部隊白菊隊
操縦員：二飛曹西　久道京都　特乙一　偵察員：一飛曹坂本俊美山口乙飛一八

余談であるが、第五航艦長官宇垣纏中将の陣中日記「戦藻録」五月二五日金曜日曇には「沖縄周辺艦船攻撃機また出撃せるが、中には練習機白菊混入す。敵は八五ノットか九〇ノットの日本機、駆逐艦を追うと電話しあり。幕僚の中には駆逐艦が八、九〇ノットの日本機を追いかけたりと笑う者あり」とある。帷幕《いばく》に参画する身でありながら、劣性能の特攻機を駆って与えられた任務に邁進する特攻隊員を冷笑するがごとき言動をしたこの幕僚や、それを咎め立てしたとは見えない長官に、限りなき憤りを覚えるのは筆者だけであろうか。

「ストームズ」の戦闘詳報の最終項目は「結論と勧告」であるが、そこに「敵操縦士は非常に優れた飛行士であった。（中略）彼は確実に突入するため、最後の五〇〇フィートを降下中に半ループを演じたのである」と称賛していることを読者に紹介するとともに、西久道二飛曹と坂本俊美一飛曹の霊に報告したい。

第二次攻撃隊（菊水八号作戦五月二八〜二九日）

五月二七日：一〇四九　TFB信電令作第九〇号　本日夜間攻撃部隊ハ全力沖縄方面攻撃ヲ決行スベシ　本攻撃ヲ菊水八号作戦ト呼称ス

「徳島空機密第一八号ノ四五」によれば、第二次攻撃隊に関する記録は、次の通りである。

敵情：慶良間　大型輸送船五〇、小型輸送船一〇〇
中城《なかぐすく》湾　大型輸送船二〇、小型輸送船三〇〜四〇、戦艦三、巡洋艦二、駆逐艦三
北中飛行場沖　戦艦四、巡洋艦七、駆逐艦九、輸送船約五〇（二八日一〇〇〇）
糸満沖　駆逐艦一、戦艦一南下中
湊川沖　駆逐艦二、輸送船一、その他一二
天候：喜界島一四〇〇　高層雲、下層雲量七〜八（層積雲）雲高一〇〇〇〜一五〇〇メートル、視界一〇〜二〇キロ　一六一〇　薄曇、視界四〇キロ

種子島一四〇〇　高層雲　雲量七～八　雲高一〇〇〇～一五〇〇メートル、視界一〇～二〇キロ
北西の風六メートル
沖縄島一五〇〇　雲量一〇、雲高七〇〇～一〇〇〇メートル、視界一〇キロ
串良一七三〇　晴、西～南西の風六メートル　日没一九一五、月出一九二三、月齢一五・三（十六夜）
攻撃目標：輸送船若しくは駆逐艦
発進時刻：二一三〇
戦場到達予定時刻：（五月二八日）〇〇三〇～〇一三〇
予定針路：（沖縄列島線西側）
ⅢⅤコース：串良二一八度一一七浬臥蛇島、二二三度二四四浬、一八八度二〇四浬
Ⅳコース：串良二四六度八〇浬、二〇四度二七〇浬、一五六度三〇浬
進撃高度：一〇〇〇メートル
行動：単機
作戦準備：白菊一六機（電信機搭載八機）各機共爆装（二五番二個宛）増槽取付
電探欺瞞紙七五センチ四八束、五〇センチ一二束
搭乗員：一六組
指揮官・隊員：大内大尉外準士官以上一六名、下士官一五名

〈表2〉 第2次攻撃隊未帰還者（GF告示第201号）

操縦員				偵察員			
階級	氏名	出身県	出身別	階級	氏名	出身県	出身別
中尉	田中正喜	東京	予学13中大	少尉	中野善弘	茨木	予学13中大＊
二飛曹	井尻登良一	京都	特乙1	一飛曹	岩崎正男	埼玉	乙飛18
二飛曹	中尾照雄	兵庫	特乙1	二飛曹	安達昭二	静岡	甲飛13
少尉	荒木圭亮	東京	予学13日大	少尉	井上健吉	福岡	予学13拓大＊
二飛曹	石井正行	広島	特乙1	一飛曹	稲子多喜男	鹿児島	乙飛18
二飛曹	帯川文男	長野	特乙1	少尉	能勢寛治	大阪	予学14関大＊
少尉	佐藤四朗	宮城	予学13日大	少尉	市野義春	愛知	予学13真宗専門＊[2]

注：＊は電信機搭載を示す。小数字は、出撃回数を示す。佐藤機のペアは、1次と2次攻撃に参加。

注：電探欺瞞紙とはレーダー電波を乱反射させて目標からの反射電波を妨害し、識別を困難にさせるための金属箔の細片。チャフともいう。レーダーが使用する電波の波長の半分の長さが有効である。白菊の胴体下面には「ボイコー」と呼ばれる九〇式爆弾照準器を機外に出す直径約二〇センチの穴があり、この穴から欺瞞紙を散布して敵レーダーの電波を攪乱したという。

未帰還：未帰還者は、表2の一四名である。

出撃した一六機のうち引き返し三機：二機は震動甚だしく上昇せず、同じく回転数低下。残り一機は敵夜戦の執拗な追撃を受け韜晦《とうかい》のため燃費過大となり、戦場到達不可能となったため。不時着三機：一機は筒温上昇震動甚だしく鹿屋に不時着。他の一機は途中発動機不調のため爆弾を海上に投棄、機体のみで敵艦船体当たりを決意、沖縄に到達したが視界不良のため敵影を見ず、喜界島に不時着。残り一機は奄美大島に不時着大破、搭乗員無事。

依命発進中止：三機。

注：十四番目に離陸しようとS二飛曹がエンジンを全開にし

かけたとき指揮所から「離陸中止」の合図があり、三機が発信を中止している。

消耗：白菊七機未帰還、一機大破

追記：五月二四日、第一次攻撃隊が串良基地から発進後間もなくして、同基地から九三一空の天山艦攻一〇機が沖縄に向けて発進した。そのうちの一機は沖縄に到達するも敵影を見ず。約三〇分捜索を続けた後、中城湾で大型輸送船を発見して雷撃、これを撃沈したが燃料不足のため喜界島に不時着した。上空には敵夜戦二機が獲物を求めて待機していたが、天山は地上整備員の支援よろしきを得て無事に着陸した。

翌日、彼らは敵戦闘機の再度来襲に備えて機体を飛行場の片隅に移動させ、切って来た草木を被せて偽装したが、来襲した敵戦闘機は一六機を数え、折角の偽装の甲斐もなく機体は銃撃で炎上し、喜界島滞在を余儀なくされることになった。

五月二七日の深夜、前述の白菊が喜界島に不時着した。その偵察員の図板（書類を留める金具付筆記用の板）にはチャート（航空図）はなく、白紙にただコースと沖縄本島だけが記載されていた。天山偵察員M一飛曹（『われ雷撃す　九三一航空隊戦記』著者）は、これを見て暗然としていうべき言葉もなかったという。

著者による戦後の調査によれば、串良にいた九三一空の要務士や気象士（ともに予備学生）が、用済みの天気図の裏に謄写版で地図を刷って出撃者に配布していたことが判明している。また、戦時日誌では、B－29の空襲による水路部（海軍省隷属）の焼失も影響したことが述べられている。

搭乗員にとって携行必須のチャートの支給もままならなかったことを知り、筆者も、日本海軍はここまで追い詰められていたのかと思うと、唖然とした。島伝いに近いコースとはいえ、串良から沖縄まで約三八〇浬、しかも夜間飛行である。この区間を初めて飛ぶのにまともなチャートも支給されなかったときの特攻隊員の心情は、察するに余りあると思うのは筆者だけであろうか。

この不時着機は、天山搭乗員三名を便乗させ、五月二九日一五五〇、串良基地帰着と第二次白菊特攻隊戦闘詳報に記載されている。

注：航法で方位を一度間違えると、六〇浬飛行すれば一浬（約一八五〇メートル）の誤差が出る。したがって、チャートは非常に高い精度を要求される。謄写版刷りの地図で、よくも夜間に初めて串良から沖縄に行き、引き返して喜界島に着陸できたと感心する。徳島空の戦時日誌には「南西諸島方面航空図ノ準備間ニ合ハズ大ニ不便ヲ感ジタリ。（中略）九三一空ヨリ一部譲渡ヲ受ケ不足分ハ天気図ノ裏ニ謄写使用スルノ止ムナキニ至リ為ニ精度不良小島ノ脱落等ニ困却セリ」とある。

米側の資料：第二次攻撃隊の串良発進は二七日夕刻であるが、沖縄海域到達時刻は翌二八日の早朝になる。また、第三次攻撃隊のそれは、同日の深夜である。したがって、米側資料については、第二次と第三次攻撃隊の関連事項を合体して記載した。

第三次攻撃隊（菊水八号作戦五月二八～二九日）

五月二八日：TFB信電命作第九七号各部隊ハ指揮官所定ニ依リ沖縄方面夜間攻撃ヲ続行スベシ

「徳島空第三次白菊特別攻撃戦闘詳報」による記録は、次の通りである。

敵情：省略（徳島空機密第一八号ノ四五に同じ）

天候：種子島一六〇〇 南々西の風二メートル、視界一〇～二〇キロ、全雲量一〇隙間なし。

高層雲、下層雲四、層積雲、雲高一〇〇〇～一五〇〇メートル

古仁屋一一〇〇 薄雲（雲量九）雲高一五〇〇メートル、視界四〇キロ、南の風五メートル

大島一四〇〇 晴、雲量七、雲高三〇〇〇メートル、南東の風四メートル、視界五〇キロ。

天候崩れ気味

串良 日没一九一五、月出一九二二、月齢一六・三（下弦の月、満月の二日後）

那覇 月没〇六二三 日出〇五三七

攻撃目標：輸送船若しくは駆逐艦

発進時刻：一九三〇

戦場到達予定時刻：（五月二九日）〇〇三〇～〇一三〇《ママ》

予定針路：（沖縄列島線西側）

IVコース：串良二四六度八〇浬、二〇四度二七〇浬、一五六度三〇浬
IIVコース：串良二一八度（以下不詳）
進撃高度：一〇〇メートル

徳島空の白菊。手前の624号機は第3次攻撃隊の北一飛曹、為廣二飛曹の出撃機

行動：単機
作戦準備：白菊一五機（電信機搭載七機）各機共爆装（二五番二個宛）増槽取付
電探欺瞞紙七五センチ四八束、五〇センチ一五〇束
搭乗員：一五組
指揮官・隊員：山田中尉外士官一五名、下士官一四名
戦闘経過：この日出撃したが、天候不良のために引き返して鹿屋に不時着した前出のS二飛曹の手記を基に、当時の状況を再現したい。定刻（一七三〇頃？）となって出撃員整列がかかる。前日通り司令の訓示、隊長の最終打合せが終わり注射。水杯を交わして敵艦に体当りをと念じながら盃を粉砕。「かかれ」の号令で一斉に掩

体の中で待機する愛機に駆け上がり発動機を始動し、離陸よろしの合図を待つ。この間に吸い納めの煙草に火をつけ、大きく深呼吸する。飛行服のポケットを弄《まさぐ》って出てきた硬貨の中から縁起を担いで五銭玉（四銭「死線」を越えて五銭）だけを三途の川の渡し賃にとポケットに戻し、残金は煙草と一緒にケースごと整備員に渡した。

指揮所からの離陸合図で発動機を全開にして滑走路上をひた走りに走る。ときに一九二二。帽子やマフラーを千切れんばかりに振って見送ってくれる残留者や整備員に手を挙げて別れを告げ、速度の付いたところで操縦桿を一杯に引き高度三〇〇メートルまで上昇する。

針路は二四六度、最初の進路変更点草垣群島までは八〇浬。約一〇ノットの向風なので、到達予定時刻は二〇二八である。操縦席から前方西の方角を見ると、すでに水平線の彼方に沈んだ太陽の残光が、暮れなずむ春の空を茜色に染めている。あの太陽も明日はもう見ることができない。太陽の残光を脳裏に焼き付け、ふと見ると、ペアのF二飛曹も今生の別れを告げているのか。期せずして二人とも大粒の涙が頬を伝わって、それを汗と油で汚れた手拭で何度も拭いた。

だんだんと夜の帳が下りてくる。鹿児島湾を横切り、薩摩半島上空で黒々と左手下にある佐多岬をアビームに見た頃には、夜の帳はすっかり下りていた。天空では大小さまざまな星が煌めき、満月を少し過ぎた月が、その青白い優しい面持ちで、二人の行く末を見守ってくれているように感じられた。二〇〇〇を少し廻っている。前方には月明かりの下で東シナ海が黒く渺茫《びょうぼう》と広がっている。すでに草垣群島までの中間地点は過ぎた。敵夜戦はいないかと

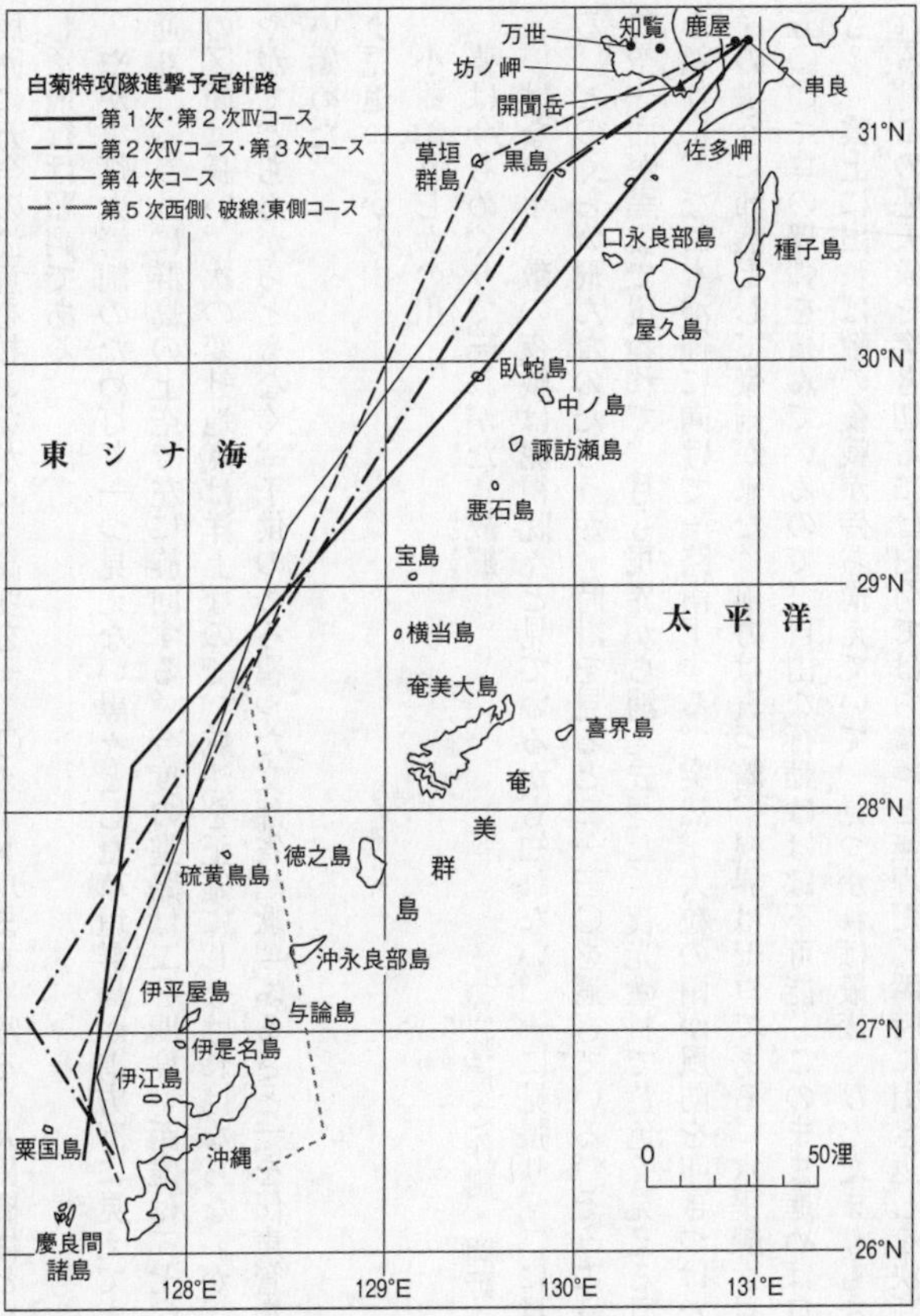

白菊特攻隊進撃予定針路
第1次・第2次Ⅳコース
第2次Ⅳコース・第3次コース
第4次コース
第5次西側、破線:東側コース
知覧
鹿屋
万世
坊ノ岬
開聞岳
串良
佐多岬
草垣群島
黒島
口永良部島
種子島
屋久島
臥蛇島
中ノ島
諏訪瀬島
悪石島
宝島
横当島
奄美大島
喜界島
奄美群島
徳之島
硫黄鳥島
沖永良部島
与論島
伊平屋島
伊是名島
伊江島
粟国島
沖縄
慶良間諸島
東シナ海
太平洋
31°N
30°N
29°N
28°N
27°N
26°N
128°E
129°E
130°E
131°E
0
50浬

周囲に万全の注意を払いながら、高度を一〇〇メートルまで下げる。人員機体ともに異常なし。飛行は順調である。

やがて灯火管制のため灯り一つ見えない黒々とした草垣群島が前方下に見えてきた。予定通り二〇二八に群島の上空で左に旋回する。今度の進路は二〇四度、距離は二七〇浬と、この区間は長い。次の変針地点は洋上なので、航法を正確にしなければならないが、二人は、やがてどちらからともなく、子供のころ習った文部省唱歌「ふるさと」を伝声管を通じて歌い始めた。

♪兎追いしかの山
　小鮒釣りしかの川
　夢は今もめぐりて忘れがたき故郷《ふるさと》
（高野辰之作詞・岡野貞一作曲）

いけない！　敵の夜戦は虎視眈々と見ているかも知れない。一に見張り、二に見張りである。どのくらい飛んだのだろうか。時計を見ると二一三〇を過ぎている。そうこうするうちに空一面が黒雲で覆われて、月も視界から消え去った。夜光塗料で黄色く見える計器の指針を頼りに、なおも沖縄に向けて一路南下する。突然、大粒の雨が風防を叩きつけた。続いて滝のように沛然として豪雨が来た。前方は真っ暗、視界はゼロである。水平線も見えない。五〇〇キロの爆弾を積んでいるので、自由な行動はほぼ不可能。このまま進めば自爆するかも？　雲上に出れば敵の夜戦が待ち構えていて、見つかれば最後、ひとたまりもなく撃墜される。この悪天候を突き切るには白菊ではちょっと無理だ。瞬時に引き返しを決断した。

〈表3〉第3次攻撃隊未帰還者（GF告示第202号）

操縦員				偵察員			
階級	氏名	出身県	出身別	階級	氏名	出身県	出身別
二飛曹	門田善次	高知	特乙1	二飛曹	滝本幸一	兵庫	甲飛13[2]
二飛曹	山岸純一	新潟	特乙1[2]	生還			
二飛曹	上村早苗	福岡	特乙1	二飛曹	三宅四郎	兵庫	甲飛13
一飛曹	北　光圓	熊本	甲飛12	二飛曹	為廣二見	香川	甲飛13

注：小数字は出撃回数を示す。門田機のペアは2次と3次攻撃、山岸二飛曹は1次と3次攻撃に参加。

「おい、F兵曹。これでは駄目だ。引き返すぞ。生きていれば明日がある。燃料は十分だ。鹿屋に向かう。機位を調べてくれ」ほどなくして宝島の西二五、六浬との答が返って来た。大きく北東に反転して鹿屋に機首を向けた。爆弾を投棄しようかと迷ったが、信管は未だ抜いてない。着陸には自信がある。爆発の危険もないので兵装の節約とばかり持ち帰ることに決める。反転して二時間近く経つと右手前方に佐多岬らしき陸地、左手前方に開聞岳らしき小高い山が見えてきた。その後、串良基地とのオルジス灯による連絡がとれず、若干の遅延はあったが、彼らは無事鹿屋に着陸。記録では「鹿屋に不時着」となっている（〇一〇〇頃であったと思われる）。

未帰還：未帰還者は、表3の七名である。

出撃した一五機のうち天候不良による依命引き返し：一機。

同じく不時着七機：鹿屋、諫早《いさはや》、出水《いずみ》、隅之庄《くまのしょう》（陸軍飛行場）（以上、搭乗員生還）、屋久島、徳之島（搭乗員重傷）、硫黄鳥島付近洋上（操縦員戦死）。同じく依命発進中止：四機。

消耗：白菊三機未帰還、三機大破

梅雨期による天候不良と月明期が過ぎて夜間攻撃が困難にな

って来たためか、五月における徳島空の特攻出撃はこの第三次を以て終了し、串良所在の白菊は徳島空に原隊復帰した。しかし、徳島空戦時日記の六月分が現存しないので、その時期は定かでない。同日誌の五月二九日の記述に徳島空、高知空、第一根拠地空宛てに「TFB信電令作第四九号ニ依ル二座水偵白菊ノ夜間攻撃ヲ三一日迄トス　一日以降原隊ニ於テ訓練ニ従事スベシ」とあるので、原隊復帰は六月初旬であったと思われる。

公式文書不備のため関係者の証言に頼らざるを得ないが、前出のS二飛曹によると、六月初旬、残存全機が大分経由で、二度と踏むことがないと覚悟して出発した徳島の地に帰着した。三回の出撃で戦死者三九名、負傷者九名、白菊の消耗二六機《ママ》となっている。

本来は二階級特進し、靖国神社に祀られている筈の者が大勢帰って来たのだから徳島空本隊の者は戸惑ったのではないか。何と声をかけたら良いのか、慰めの言葉も見つからなかったであろう。原隊復帰者も、出撃戦死した戦友がいる中で生き残り、帰るべからざる者が帰ってきたようで、隊内に普段とは違った名状しがたい重苦しい雰囲気が漂ったことは間違いない。しかし、それも束の間、次回出撃に備えて猛訓練が開始されると消散したことであろう。

米側の資料：五月二八日

①〇五三〇、中城湾において商船「メリーA・リヴァモア」に複葉、単発、双浮舟の一機が突入、小破。

注：日本側の資料では白菊または零水偵とあるが、二六日以降白菊の「昼間組」による早

朝出撃は取止めている。また、零水偵であれば低翼単葉である。琴平水心隊から二機出撃した九四式水偵のうちの一機ではないか。

②〇七〇二、駆逐艦「ドレックスラー」にフランシス（銀河）一機が遠方から滑空緩降下しながら右舷側に突入して機関室を破壊、速度が低下。二機目も船体の右舷中央部に突入し、艦全体が崩壊。同艦は右舷側に転覆して四九秒で沈没。

注：白菊が撃沈したという資料があるが、前述の通り、白菊による昼間攻撃は取り止めになっている。また、銀河も出撃していない。陸軍の第四五振武隊二式双襲一〇機が知覧から出撃しているので、そのうちの一機ではないか。

③〇七三七、中城湾において高速兵員輸送艦「サンドヴァル」にトニー（三式戦・飛燕）一機が突入、大火災が発生。

注：第五四、第五五振武隊の三式戦四機が知覧から出撃しているので、そのうちの一機ではないか。

④〇八一五、高度五〇〇フィートで接近中と通報されていた一機が、中城湾において商船「ジョシア・スネリング」の前部甲板に突入、小破。

⑤〇八一五頃、伊江島沖において商船「ブラウン・ビクトリー」に一機突入、小破。

⑥時刻不詳、中城湾泊地において上陸掩護艇ＬＣＳ「119」に一機突入、大火災。

五月二十九日

⑦〇〇一三、駆逐艦「シュブリック」に双発機一機が後部機関室の上方にある二番煙突の後

方右舷側に突入、爆弾が炸裂して右舷側に三〇フィートの穴を開けた。同艦の機雷一個が爆発したとき状況は更に悪化し、浸水による被害甚大、一時は沈没の危機に曝された。〇五一七、ＡＴＲ「9」に曳航されて慶良間列島泊地に向かう途上、ＡＴＲ「73」も曳航に参加。一三三九、列島泊地着。

注：日本側の資料では、「同艦が特攻攻撃された時間に沖縄に出撃した飛行機は、二八日一九一三から出撃した第三次白菊隊一一機以外になく、白菊の戦果と推定される」とある。しかし、同艦の戦闘詳報 Enclosure A、PART III には 0013-Ship hit by twin-engine suicide plane という記述がある。前述の通り、前日二八日、陸軍特攻振武隊二式双襲一〇機が知覧から出撃しているので、そのうちの一機ではないか。他の特攻機は陸海軍とも、すべて単発機である。

徳島空戦時日誌の令達、報告、通報等に「情報第九号（五月二九日）敵電話ニ依ル二九日〇二二《ママ》艦種不明（DIAHONE）ハ直撃ヲ受ケ〇一三五浸水甚ダシク救援ヲ求メ曳航中更ニ他ノ曳航艦ヲ求メアリ相当ノ被害アリト認ム」とある。この艦が「シュブリック」であろう。状況が合致する。

第四次攻撃隊（菊水一〇号作戦六月二一～二二日）

六月一四日一一〇五ＴＦＢ信電令作第一八三号 一二空襲部隊（高知空、徳島空）ハ左

（兵力白菊・展開基地鹿屋、串良）ノ外指揮官所定ニ依リ六月一七日以降沖縄周辺月明連続夜間攻撃ヲ決行スベシ

次の月明期まで訓練待機となっていた原隊復帰者に、「明六月一九日串良ニ進出セヨ」との命令が下った。一八日はその準備に追われ、夜は総員酒盛りを開く。明けて一九日、出撃隊は二個中隊を編成し、一二〇〇から順次列線を離れて離陸開始点に向かう。留守隊員の手空き総員が見送りのため滑走路の片側を埋め尽くした。全機離陸開始点に移動して離陸よしの合図を待つ。間もなく合図が出て、発動機の轟音が一段と大きくなる。隊長の手が挙がり、三機編隊で離陸する。見送りの留守隊員は千切れる程に帽を振り、喉も嗄れんばかりに万歳を連呼しながら見送ったが、残念ながら搭乗員には聞こえなかったであろう。

そして五月の移動時と同じコースで吉野川を遡り、築城経由で串良に向かう。築城で燃料補給をするまでは好天気であったのが、離陸後北九州を横断して天草半島に向かう頃から悪天候になり、雲量も増えて中隊編成は維持できずバラバラになり、第一中隊第一小隊だけが四機編成で夕刻串良に到着した。途中、数機が機位を見失って最寄りの飛行場に不時着している。

六月二一日〇九五五、TFB信電令作第一九二号菊水一〇号作戦A法（敵機動部隊が鹿屋から三〇〇浬圏内にあったため大規模作戦）発動「夜間艦船攻撃隊ニ白菊ヲ加フ」となっている。

敵情：六月一九日〇六四〇

慶良間　大型輸送船一九、中型輸送船二二、小型輸送船二五、巡洋艦一、駆逐艦一
湊川沖　空母一、戦艦一、巡洋艦二、駆逐艦三、中型輸送船三
中城湾　大型輸送船三三
久米島南方一二浬付近空母四、その他一〇数隻　南南西　五〇浬付近空母一、戦艦二、巡洋艦三、その他数隻
天候：沖縄付近　北の風八メートル、高曇後薄曇。今晩北の風六メートル、薄曇。天候好転しつつあり
鳥島付近　視界二〇浬、雲量八、天候高曇〇七二五
横当島付近　視界二〇浬、雲高約四〇〇メートル、雲量八。天候高曇、断雲あり。飛行困難〇九〇〇
奄美大島　天候小雨、雲高三〇〇メートル
串良日没：一九二四、月出：一五二三
那覇月没：〇三〇三、日出：〇五三七、月齢：一〇・九（満月の三日前）
攻撃目標：輸送船若しくは駆逐艦
発進時刻：一九三〇
戦場到達予定時刻：二二三〇～（六月二三日）〇一〇〇
予定針路：沖縄列島線西側
串良二三六度六五浬－黒島、二一六度二二〇浬、二二〇度一六〇浬、一六三度二七浬　嘉手

〈表4〉第4次攻撃隊未帰還者（GF告示第203号）

操縦員				偵察員			
階級	氏名	出身県	出身別	階級	氏名	出身県	出身別
中尉	井上国平	神奈川	九大　予学13	少尉	末次直輔	東京	京大予学14＊
中尉	北脇博夫	滋賀	大東文化　予学13	少尉	水無瀬勇	京都	拓大予学14＊
上飛曹	大住博世	富山	乙飛17	少尉	萩原満三	鹿児島	京大予学14＊

注：＊は電信機搭載を示す。

納沖

進撃高度：五〇〇メートル、二一六度一〇〇浬（悪石島の西約五〇浬）より一〇〇メートル以下

行動：単機

作戦準備：白菊一〇機うち予備機二機（電信機搭載：出撃機三機、予備機一機）各機共爆装（二五番二個宛）増槽取付

電探欺瞞紙五〇センチ一二〇束、七五センチ八〇束、眩惑弾一〇個

搭乗員：一〇組うち予備二組

指揮官・隊員：井上国平中尉外士官七名、下士官八名（予備搭乗員の官等、氏名不詳）

未帰還：未帰還者は、表4の六名である。

　出撃した八機のうち引き返し二機：一機は天候不良、他の一機は配電盤不良のため。不時着三機：一機は機位不明となり鹿児島県上甑《かみこしき》島《じま》（機体中破、搭乗員無事）、他の一機は燃料欠乏のため徳之島（機体大破、搭乗員無事）、残り一機は夜設不良のため万世《ばんせい》（陸軍飛行場）に不時着。

　北脇機からの送信：速度を八五ノット（無風）として計算すると、それぞれの発信時における概略の地点は、次の通りである。

一九三〇：離陸
二〇五〇：「ワレ健在ナリ」：離陸後一時間二〇分経過－飛行距離一一三浬、臥蛇島《じやがしま》北西二〇浬
二三〇二：「白菊ニ幸アレ」：離陸後三時間三二分経過－飛行距離二一五浬、横当島北西四三浬
〇〇五〇：「セト連送、長音符、感度消滅」－嘉手納沖まで四時間二二分、従って二三五二に嘉手納沖到達後、突入までの一時間弱は、目標を探し求めたのではないかと推測される。
消耗：白菊未帰還三機、大中破各一機

ここで、沖縄戦のその後について触れてみたい。五月下旬、首里の司令部を放棄して本島南端の摩文仁へ撤退した日本軍は、すでにその主力の大半を失っており、軍隊としての組織的な継戦能力は時間の経過とともに急速に減退し、六月二〇日頃には、そのほとんどを喪失していた。そして六月二二日、牛島満司令官と長勇参謀長は、摩文仁岳中腹の司令部内で自決し、ここに沖縄戦はその終焉を告げた。

これに先立つ六月一三日、小禄《おろく》にいた沖縄根拠地隊司令官大田実海軍少将は豊見城《とみぐすく》内の海軍壕内で自決したが、六月六日夕刻発信した海軍次官宛ての決別電を「沖縄県民斯ク戦エリ。県民ニ対シ後世特別ノ御高配ヲ賜ワランコトヲ」と結んでいるのは周知のとおりである。

米側の資料：
①一八三〇、水上機母艦「ケネス・ホワイティング」はオスカー（一式戦・隼）一機を撃墜

したが、同機の破片により小破。

②時刻不詳。護衛駆逐艦「ハロラン」は、特攻機を同艦から七五ヤードのきわどいタイミングで撃墜したが、爆弾の破片で船体や上部構造物をかなり損傷。

第4次攻撃隊によって損害をうけたと思われる揚陸艦LSM213

③時刻不詳。水上機母艦「カーチス」ではフランク（四式戦・疾風）とその爆弾が船体二ヵ所に穴を開けて下甲板で炸裂、応急班員の努力により沈没を免れ、四日後、同艦はメア・アイランドに回航。

④時刻不詳。五月二五日に突入した特攻機による損傷が酷く修理する価値なしと判断され、使用可能な部品取を終わり六月二一日に除籍された高速兵員輸送艦「バリイ」は、この日遅く慶良間泊地から艦隊曳航船「リパン」とＬＳＭ「59」に曳航されて特攻機の囮船になるため洋上に向かう途上、複数機の攻撃を受けてＬＳＭ「59」とともに沈没。

⑤時刻不詳。中型揚陸船ＬＳＭ「59」にヴァル（九九艦爆）一機が操舵席の前方に突入、火

災発生。〇三〇〇まで燃え盛り沈没。

注：この日出撃した九九艦爆はない。出撃した他の特攻機は零観と陸軍の疾風で、固定脚ではない。「バリイ」、LSM「59」ともに白菊が突入したことも考えられる。

六月二二日

⑥〇〇一五、中型揚陸船LSM「213」にヴァル（九九艦爆と推定）一機が操舵席の前方に突入、火災発生。〇五〇〇まで燃え盛る。

注：この特攻機を九九艦爆と推定したのは固定脚からであろう。しかし二一日に出撃した九九艦爆の記録はない。とすれば、二一日深夜に出撃し、翌二二日早朝に突入した白菊であったことも考えられる。

第五次攻撃隊（六月二五日、地上戦終結後）

六月二二日、沖縄における地上戦は終結した。しかし、海軍は翌二三日から七月八日にかけ依然として「外道の統率」の特攻を続行し、九州・台湾方面航空部隊の作戦機一五三機（うち特攻機二八機）を投入、未帰還機一二機（うち特攻機一二機）を出したが、その戦果は寥々《りょうりょう》たるものであった。地上戦終結後の沖縄への特攻、その意義は一体那辺にあったのだろうか。これを疑問視する向きは少なくない。

六月二二日：〇六五五　TFB信電令作第一九四号　各隊指揮官所定ニ依リ沖縄周辺夜間攻

〈表5〉 第5次攻撃隊未帰還者

操縦員				偵察員			
階級	氏名	出身県	出身別	階級	氏名	出身県	出身別
中尉	谷川喜之	神奈川	予学13	生還＊			
上飛曹	菅野繁蔵	福島	乙飛17	二飛曹	澤原昭夫	愛媛	甲飛13＊
上飛曹	水戸丈夫	新潟	甲飛11	上飛曹	高木敏夫	北海道	甲飛11＊
二飛曹	山口清三郎	新潟	丙飛17	少尉	三浦猛暉	岐阜	中大　予学14＊[3]
二飛曹	今西登志男	大阪	特乙2[2]	一飛曹	緒方秀一	熊本	乙飛18[2]
二飛曹	隅倉悦二	徳島	特乙1	一飛曹	木田由男	富山	乙飛18

注：＊は電信機搭載を示す。小数字は出撃回数を示す。山口機のペアは第2次、第4次と第5次の攻撃に、今西機のペアは第4次と第5次の攻撃にそれぞれ参加。

撃ヲ強化続行スベシ
敵情：（菊水一〇号作戦における通り）
天候：不明
攻撃目標：輸送船若しくは駆逐艦
発進時刻：二〇〇〇～二〇三〇
戦場到達予定時刻：（六月二六日）〇〇三〇～〇一三〇
予定針路：沖縄列島線西側六機、東側二機
西側：串良二三七度六五浬　黒島、二一一度二七六浬、一四五度四五浬　嘉手納沖
東側：串良二三七度六五浬　黒島、二一一度一五六浬、一七一度二二五浬、二四〇度七〇浬　中城湾
進撃高度：五〇〇メートル、二一一度二二一浬（宝島のアビーム）より一〇〇メートル以下
行動：単機
作戦準備：白菊八機（電信機搭載五機）、予備機二機　各機共爆装（二五番二個宛）増槽取付
電探欺瞞紙七五センチ八〇束、五〇センチ八〇束
搭乗員：八組、予備二組

指揮官・隊員：鹿谷徳一中尉外士官七名、下士官八名（予備搭乗員の官等、氏名不詳）
未帰還：未帰還者は、表5の一一名である。
出撃した八機のうち引き返し：一機、天候不良のため。不時着二機：一機は天候不良のため鹿屋、他の一機は宝島に不時着（操縦員戦死）。
菅野機からの送信：〇〇五七「我今ヨリ高度落ルママ」〇一三七「ユタ連送」を発信感度消滅。
山口機からの送信：二三二五「我変針ス」二三四七「我意気天ヲ衝ク」〇〇三六「テ連送」〇〇三九「我沖縄ニ來ル」〇〇四二「我突入セントス」〇〇四四「天皇陛下万歳」〇〇四五「ユタ連送・喜ブ」〇一一三〜〇一一三感度消滅。
注：菅野機と山口機が西側、または東側いずれの経路を飛行したか不明なので、送信時刻に基づく概略地点は省略する。
消耗：白菊未帰還五機、大破一機
翌二六日から雨が降り続き、月明期も逸したので、計画されていた第六次が取止めとなり、六月の出撃は第四次と第五次だけで終わった。再度の挑戦も空しく、戦力を再建して捲土重来を期して串良から徳島に引揚げた六月末のある日、築城から瀬戸内海を経て四国上空に達したとき、山脈に沿って発達した真っ白な積乱雲の上を飛行すること数分、雲の切れ間から徳島を視認して着陸したが、胸を締め付けられる思いのする二度目の帰還であったという。
注：広島地方の六月二六日から月末までに晴れの日は二八日しかないので、引揚げはこの

日であろう。

そして、息を継ぐ間もなく猛訓練の毎日が再開されたが、もうこの頃には米軍は沖縄を掌握していたので、訓練は来たるべき本土決戦に備え、土佐沖の特攻に切り替えられた。

追記：一般に、特攻隊員として出撃して戦死すれば二階級特進と思われているが、海軍武官進級令の規定によれば、進級に必要な年数が足りない場合の特別進級は、勲功顕著な者が戦死した場合が一階級であり、これに布告が伴う場合のみ二階級（下士官で特攻死の場合は少尉）となっている。第五次攻撃隊未帰還者の中にも、適切ではなかったと思われる通信のためか、徳島空本部としては熟慮の末、涙を呑んで布告の上申を見送ったのであろうと思われる隊員がいる。戦後、その隊員の同期生の懸命な努力により、少なくとも徳島空戦友会においては、彼も特攻死として取り扱われていると聞くので、本章もその取扱いを尊重している。

米側資料：

二六日〇一二一、揚陸指揮艦「オーバーン」にピート（零式観測機）一機が急降下し、右舷二〇〇ヤードの至近距離の海面に激突、破片により三名負傷。六月二五日から七月三日までの間、これ以外の特攻機による損害は記録されていない。

米機動部隊による日本本土攻撃

沖縄戦の趨勢が明らかになった六月一三日、ウイリアム・ハルゼー提督麾下の第三艦隊とジョン・マケイン提督麾下の第三八機動部隊はレイテ島のサン・ペドロ湾に入港し、沖縄戦の戦塵を洗い落とした。乗組員の休養、艦船の修理、整備と補給の後、一九四五年一一月に予定されていたオリンピック作戦(南九州上陸)の前に、B－29の行動半径外にある本州北部と北海道を含む日本全域における日本軍の戦力と戦争経済を直接支えている戦略目標の撃滅を目的として、七月一日、一〇〇隻を超える大艦隊が日本本土目がけてサン・ペドロ湾を出撃した。このときの第三八機動部隊は三八・一、三八・三と三八・四の三任務群(三八・二任務群は欠)で構成され、各任務群にはそれぞれ空母三～四隻、軽空母二隻、戦艦二～三隻、巡洋艦四～七隻、駆逐艦一八～二三隻が配属されていた。そして七月九日、翌日から開始される日本本土攻撃のため、その出撃海域に到着していた。各地の目標に対する攻撃を簡略に述べると、次の通りである。

七月一〇日：関東地方の飛行場四一ヵ所を攻撃。

七月一四日：戦艦三隻、巡洋艦二隻と駆逐艦九隻が、日本製鉄釜石製鉄所を砲撃。

七月一四～一五日：第三八・一任務群は北海道東部の飛行場七ヵ所と釧路では王子製紙工場、鉄道施設、釧路港と厚岸《あっけし》港内外の船舶を攻撃。第三八・三任務群は三沢と八戸飛行場、津軽海峡、函館港、青森湾の青函連絡船、同桟橋、航行または停泊中の船舶など、本州と北海道を結ぶ大動脈を攻撃して交通機関を壊滅状態に陥れた。第三八・四任務群は室蘭港や函館港付近の民間船舶、海防艦二隻を含む艦船を攻撃したが、天候悪化のため攻撃は昼過ぎに中止。

　翌一五日、攻撃は再開されたが悪天候のため主要目標の飛行場が攻撃できず、船舶、鉄道、中小都市や農村も臨機の目標となって無差別攻撃に曝された。

七月一五日：戦艦三隻、巡洋艦二隻、駆逐艦八隻が室蘭の日本製鉄輪西製鉄所と日本製鋼所室蘭製作所を砲撃。

七月一七〜一八日：横須賀軍港において戦艦「長門」を攻撃。同艦は沈没を免れ、太平洋戦争を生き抜いた日本海軍唯一の戦艦となる。

　戦艦六隻、軽巡二隻、駆逐艦一二隻からなる米英連合部隊が、日立兵器会社、日立製作所の山手、多賀、電線工場、日立鉱山を夜間砲撃。

七月二四〜二五日：レイテ沖海戦を生き延びて日本本土に帰還した艦船の大半は内海西部に集結していたが、重油がなくては動けず、あちらこちらの島陰に錨を打ち、樹木を切って偽装し、防空砲台になっていた。

　呉海軍工廠は度重なる空襲で破壊され、B－29が瀬戸内海の要所に敷設した機雷により艦船の航行も制限され、呉はすでに軍港としての機能を喪失していた。この日、戦闘爆撃機隊が静岡、名古屋周辺二〇ヵ所と徳島、瀬戸内海沿岸と四国・九州一一ヵ所、美保、姫路と大阪周辺七ヵ所の飛行場を掃射、また全任務群の爆撃機と雷撃機を挙げて呉軍港やその周辺海域にあった艦船を攻撃した。

　陸上と艦船からする対空砲火は熾烈を極めたが、延べ九五〇機からなる艦載機の攻撃により、戦艦「榛名」「伊勢」「日向」は沈没、空母「天城」「葛城」「鳳翔」「龍鳳」は沈没または損傷、巡洋艦「磐手」「出雲」「青葉」「利根」「北上」「大淀」も沈没または大破。駆逐艦、建造中の艦艇、呉軍港以外でも一一隻の艦艇が沈没、大破、または損傷し、海軍関係者の死傷は二八〇〇名に及んだといわれている。ここに帝国海軍は、組織的な作戦行動を行なう機能を完全に喪失したのであった。二五日の全任務群による攻撃は、悪天候のために中断された。

徳島空の壊滅

徳島空の空襲に関する日本側の資料がほとんど皆無に近い状態なので、米側の資料により当時の状況を記述する。同空を攻撃した米艦載機は、第三八・一任務群所属の空母「ハンコック」を母艦とする第六空母航空群、第六戦闘爆撃中隊のF4U-4コルセア戦闘機である。

第一波の攻撃

〇四五〇（日本標準時）、ビゲロー少佐の指揮する一六機のF4U-4が名古屋と神戸の間にある飛行場を攻撃するため、潮岬の一八八度九八浬（北緯三二度五〇分、東経一三五度三〇分）の海域にいた空母「ハンコック」から発進した。各機は五〇〇ポンド通常爆弾一個、五インチ高速ロケット弾四発と多数の一三ミリ機銃弾を携行していた。

空母周辺は、ほぼ全天が積雲で覆われていた。指揮官機は一万五〇〇〇フィートに向けて上昇を開始、一万二〇〇〇フィートで雲層を突き抜けた。目標地区は全天が完全に雲で覆われていたので、攻撃隊は霧で閉ざされている陸地を見つけるため、超低空に降下した。陸岸に接した海上の雲高は五〇〇フィートであった。

攻撃隊は海岸沿いに南下して木本岬《ママ》に向かった。途中で小舟を銃撃、放送局（熊野局？）にはロケット弾を撃ち込んで二発命中、これを破壊した。新宮では汽車を銃撃し、機関車を破壊した。

そこで攻撃隊が海に向かって再び上昇を開始したとき、指揮官は西の地域の天候は良好との無線報告を傍受したので、徳島飛行場に向かった。徳島の天候は七〇〇〇フィートに雲量八の積雲、視程二〇浬、投弾高度二五〇〇フィートでの急降下爆撃可能と判断された。飛行場に近づくにつれて多数の損傷した機体が望見され、四棟の格納庫のうち二棟がすでに破壊されているのが分った。

目標上空到達時刻は〇六三〇である。指揮官は攻撃目標を二ヵ所、すなわち飛行場の北側になる掩体地区と無傷の格納庫二棟に絞った。掩体地区にあった約一五機にロケット弾攻撃と銃撃を加え、三機を炎上、四機を破壊（不確実）、六機に損害を与えた。格納庫には爆弾を投下。その一棟は直撃を受けて倒壊し、火災が二ヵ所で発生した。

小口径の対空砲火は熾烈で、飛行場の北東部にある高角砲陣地については、神戸港を攻撃して引き上げ途上、徳島飛行場の半浬以内を通過したP-51の大編隊から攻撃開始一〇分前、すでに警告されていた。

対空砲火が一機に命中し、当該機（クリフォード・バウソール少尉操縦、次章参照）は飛

昭和20年7月、英国太平洋艦隊の艦上機に爆撃を受ける徳島海軍航空隊。右上は7月24日、ほかの2点は25日の撮影〔英国海軍撮影／写真提供・豊の国宇佐市塾〕

行場付近に墜落。操縦士は機体から脱出せず。機体は炎上しなかったが、墜落で粉砕した。
攻撃隊は〇八二〇頃目標上空を離脱し、〇九一三、一五機が帰投。

第二波の攻撃

一〇一五、一五機のF4U－4からなる攻撃隊は、第一波と同一兵装で「ハンコック」から発進した。隊長のベッカー大尉は機体故障により母艦に引き返しを余儀なくされたので、ヒッシングトン大尉が代わって指揮した。

攻撃隊は一万三〇〇〇フィートの全天を覆う雲上に出るため、雲中を急速で上昇した。日本本土の海岸線上空に到達したとき、天候がひどく悪化したので徳島基地に向かい、同基地の格納庫と掩体地区を攻撃することになった。

途中、二個小隊は徳島の南にある小松島水上機基地を空襲、格納庫と建物地区に爆撃とロケット弾攻撃を加え、三発が直撃して二棟の格納庫内では二ヵ所、建物地区では一ヵ所に火災が発生した。

一一五五頃、攻撃隊は徳島湾上空で会合した。天候は六〇〇〇フィートに点在する積雲があり、視程一二浬。格納庫地区を爆撃、格納庫一棟を直撃で破壊し、他の一棟に火災を発生させた。また、曳舟が二隻の小帆船を曳航しているのを発見し、一機がロケット弾で曳舟を破壊した。七機が小帆船を攻撃、一隻は沈没、他の一隻からは船員が退去した。二機は平船と沼島の観測塔を機銃掃射したが、戦果は不明である。他の一個小隊は因島の建物を攻撃、火災が発生し、甚大な損害を与えた。

攻撃隊は一三五〇頃目標上空を離脱し、雲上を一万二〇〇〇フィートで母艦に向かい、一四三八、全機が帰投。母艦付近の雲高は一五〇フィートであった。

二六日付の新聞では、徳島地方に米艦載機来襲するも我が海軍航空隊は一五機を撃墜、一七機不確実の損害を与えたと報道されているが、徳島空では航空基地の中枢である指揮塔が炎上、烹炊所（炊事場）も焼失。本部庁舎、士官宿舎、兵舎、病室、講堂、その他の施設が大被害を受け、修理中の銀河、零戦二〇機以上が大中破。隊内至る所に爆撃による大きな漏斗孔（クレーター）ができ、爆風による飛散物は散乱し、昨日までの整然と整頓された基地は、数時間の攻撃で廃墟と化した。この日以降、徳島空は基地としての機能を完全に喪失したのである。この空襲で、予科練習生を含む一七名が戦死している。

徳島白菊特攻隊第1中隊の指揮所と格納庫（右）

周知の通り、この年五月、欧州における戦争は終結した。それ故、余裕のできた英国は、英国太平洋艦隊司令長官サー・バーナード・ローリングス中将麾下の空母四隻、戦艦一隻を基幹とする機動部隊を

第三八機動部隊の一任務群（第三七・二任務群と呼称）として沖縄戦と東北、四国地方の攻撃に参加させた。二四日、空母「フォーミダブル」の他、空母二隻からF４U四機、TBM一九機（うち一機被撃墜）、シーファイア九機、ファイアフライ七機が徳島と高松に来襲している。

彼らの攻撃による被害は不明であるが、空母「ハンコック」から発進した第一波の指揮官は「四棟の格納庫のうち二棟がすでに破壊されているのが分った」と報告しているので、この二棟が先着した英艦載機により破壊されたのであろうか。投弾数は五〇〇ポンド爆弾七六個、一二〇ポンド破砕弾一二個となっている。

注：当時、英国には機動部隊を対日作戦に参加させ、マレー沖海戦の汚名返上と日本降伏の立役者として名乗りを上げるという政治的な目的があった。しかし、これを苦々しく思っていたハルゼー提督は、この作戦の主要目標であった呉軍港の攻撃に英艦載機を参加させてマレー沖海戦の雪辱を果たす機会を与えなかった。連合国といえども、必ずしも一枚岩ではなかったことが垣間見える一幕である。

徳島第二航空基地（市場飛行場）

話が前後するが、一九四四年八月のマリアナ諸島失陥後、B－29戦略爆撃機による日本本土空襲は必至となってきた。そこで海軍は同年末になると、敵機の攻撃を受ける可能性が高

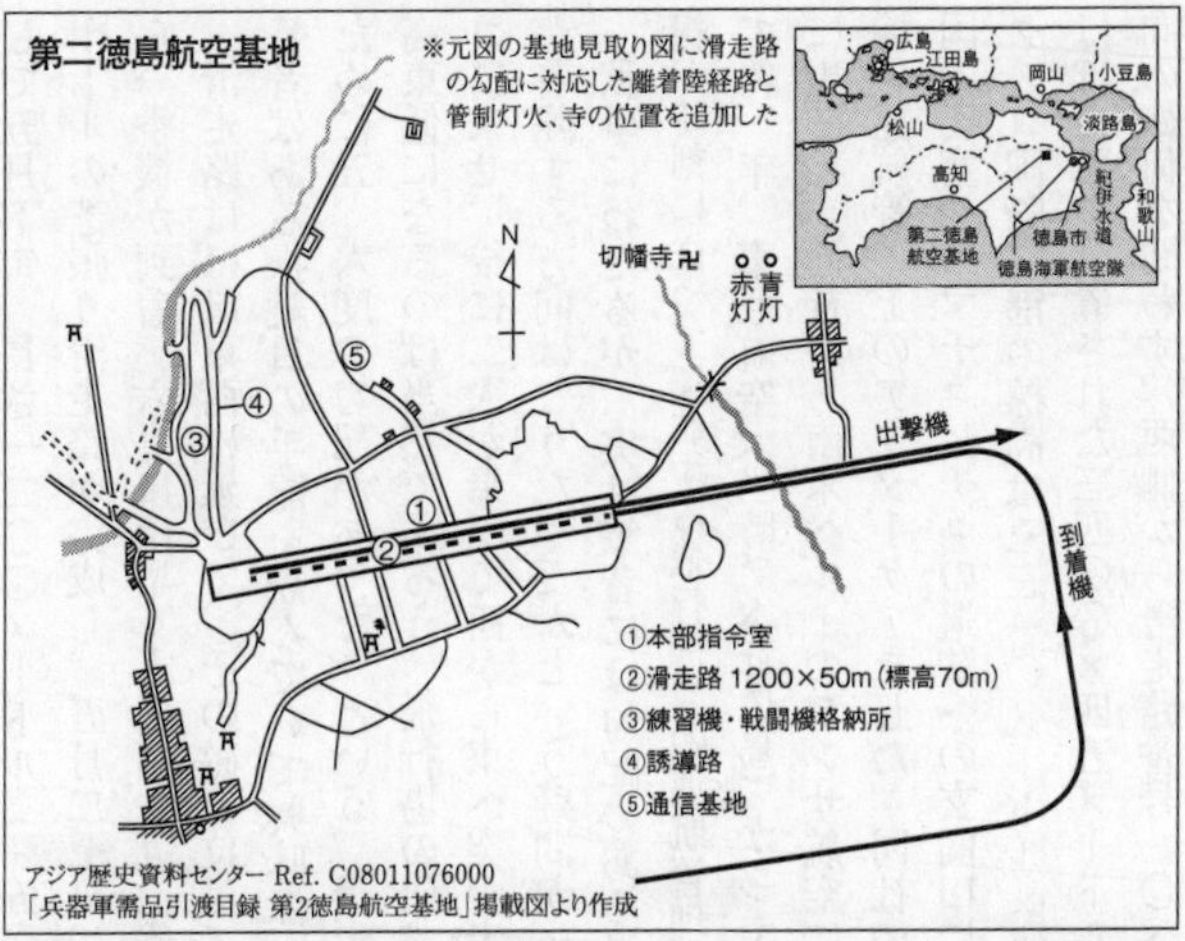

アジア歴史資料センター Ref. C08011076000
「兵器軍需品引渡目録 第2徳島航空基地」掲載図より作成

い徳島空から機材を隠蔽し、弾薬や物資を保管するため、徳島から吉野川沿いに西約三〇キロの阿波郡市場町に疎開することを決定した。一九四五年三月〜四月に出された立ち退き命令により、滑走路が設置される区域内とその周辺にある三〇数戸の家屋は取り壊され、飛行場の予定敷地内にある八〇数戸の家屋は明け渡して兵舎、烹炊所、通信所などに転用された。このため、住民約五〇〇人が親戚や縁者を頼って疎開したのである。

四月上旬になると第六〇一設営隊が派遣され、その指揮下に地元土建業者、徳島空からは予科練習生、市場町や近隣の町村からは在郷軍人、勤労報国隊員、動員学徒などが田畑や取り壊された家屋の跡地に滑走路を昼夜兼行の突貫工事で建設した。一日一〇〇〇人近い人間が働く人海戦術で、建設機械といえば小型ブルドーザー一台だったという。そ

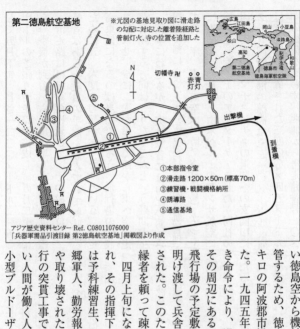

して五月下旬、長さ一二〇〇メートル（一五〇〇メートルに延長する計画あり）、幅一〇〇メートルの芝張り滑走路が完成し、五月二七日にはまだ芝生が活着していない滑走路に本隊から一番機が到着。六月には早くも白菊や九七艦攻が移駐して訓練を開始した。

滑走路はほぼ東西に延びて、その磁方位は二六〇／八〇度、標高は七〇メートルである。筆者はある操縦員の手記を読んでいて興味深い記述を発見した。「滑走路は……加速を増すために五、六度の勾配があった」という。滑走路は吉野川に沿って設置されているので、西高東低になるのは当然であろう。飛行場の建設に参加した人の「鶴嘴《つるはし》で土砂を掘り、トロッコに乗せ、後に二人が乗って西から東へ突っ走った」という証言もある。それでは、到着機が着陸する方向はどうだったかという疑問が生じる。

私事にわたるが、実は筆者には勾配のある滑走路で路線機（有償で旅客・貨物を一定の路線、時刻に従って運航する飛行機）の運航管理をした経験がある。一九六七～六八年にかけて約一年、東亜航空（当時。本社広島）からYS－11を製造していた日本航空機製造（株）に出向し、同社から南米ペルーのランサ航空に長期出張で派遣され、リースしたYS－11四機の運航管理上のアフターケアをした。同社のドル箱路線の一つは、首都リマと、インカ帝国の要塞都市マチュピチュの遺跡への玄関口にあたる古都クスコを結ぶ路線であった。このクスコ国際空港の標高は三三一〇メートル（富士山の八合目強。世界で標高が二番目の空港）、ほぼ東西に設置された三四〇〇×四五メートルの滑走路には西高東低の勾配があるので、風向の如何を問わず、西側から滑走路番号一〇への着陸は禁止されていた。そこで離陸は滑走路番号一〇から東に向けて下り坂、着陸は反方位（一八〇度逆方向）の滑走路番号二八に接地し西に向けて上り坂、ということになる。

前述の滑走路勾配の話を知ったので「徳島白菊特攻隊を語り継ぐ会」の大森順治氏にお話しすると、同氏も元徳島空隊員のT氏（故人）から、出発機は東に向けて離陸したと聞いた記憶があるが、着陸については分からないとのことなので、同氏から存命中の元徳島空隊員に問い合わせをお願いした。しかし、高齢のため、回答をいただけるような状況ではないことが分った。

そこで現役時代、航空会社でパイロットの養成に苦楽を共にした自衛隊出身の元パイロットの知人に尋ねたところ、離陸は下り坂、着陸は上り坂という考え方で、先ず間違いないだろうとの回答を得た。

しかし、勾配がある滑走路での離着陸には常に潜在的な危険が伴う。離陸の場合は下り坂なので加速しやすいメリットがある反面、万一何らかの理由で離陸を断念しなければならない異常事態が発生した場合は、停止するのが困難というデメリットがある。同時に着陸時に復行を余儀なくされた場合は、加速が困難である。

また、滑走路の東端から北東約一〇〇〇メートル、切幡寺《きりはたじ》（四国八十八カ所霊場の十番札所）の東方に五〇メートル間隔で建てられていたという赤と青の点滅する灯火の目的を尋ねたところ、推量ではあるがとの前置きで、到着機に対し、対向することになる出発機がなければ着陸の許可を青灯で、出発機や先行する到着機が着陸後、未だ滑走路上にいれば赤灯で着陸を待つように指示していたのではないだろうか、との意見であった。流石、餅は餅屋である。前編の夜間飛行訓練のところでも述べた通り、夜間には指揮所の許可を得て着陸していたとあるので、知人の見解は間違いないと思う。

注：参考までであるが、空港土木施設の設置基準三・二・四―滑走路の勾配によれば、滑走路長が九〇〇〜一五〇〇メートルの場合、最大縦断勾配は一・〇％となっている。

七月中旬、第二基地においても特攻隊が編成され、敵機動部隊の活動に備えて四国沖の偵察飛行が開始されたが、やがて八月六日広島に原爆投下、九日長崎に原爆投下とソ連参戦、一四日日本政府によるポツダム宣言受諾、そして一五日玉音放送を経て三年八ヵ月にわたる太平洋戦争は終結した。

最初は秘匿飛行場として始まった市場飛行場も、敗戦時には白菊約四〇機、九七艦攻四機、彩雲一〇機を擁する堂々たる基地に変貌していたという証言がある。

搭乗員は米軍に捕えられると処罰されるという流言飛語が飛び交っていたので、彼らはその証拠になる飛行服、書類等はすべて焼却し、早々に基地を立ち去るよう、また解隊するので飛行機は自由に使ってよろしいと指示されている。恐らく、これらの機材は彼らを郷里近くの飛行場まで運び、その最終飛行を終えたのではないか。

おわりに

一九四四年中頃の特攻兵器に関する海軍の考えは、空中は桜花、水上は震洋、水中は回天であったと思われる。そして大本営は、太平洋戦争の天王山ともいわれた比島の攻防戦に桜花の使用を切望したが、諸般の事情で間に合わなかった。その代役として急遽登場したのが零戦や艦爆、すなわち在来機に二五番を抱かせて突っ込ませた「海軍神風《しんぷう》特別攻撃隊」である。

その壮烈さが世間の耳目を集め、特攻＝飛行機による体当たりのイメージが定着した感なきにしも非ずで現在に至っている。しかし、同じ飛行機でも零戦や艦爆などの実用機による特攻は、いわゆる「陽の当たる場所」であるが、元来低速、しかもそれを爆装したため更に低速かつ鈍重になり、機体重量を軽減するために電信機はいうに及ばず、機銃までも取り下し、満足なチャートもなく、南九州から沖縄までの洋上約三八〇浬を四時間もかけ、月明期を利用した夜間攻撃を余儀なくされた「陽の当たらぬ場所」にいながら、「同じ特攻であれば、せめて実用機で」といいたいこともあったに違いないがそれも口にせず、与えられた兵器で、黙々とひたすら己の務めを果たして還らなかった二〇歳そこそこからハイティーンの白菊特攻隊員がいたのである。この苦労に苦労を重ねた無名戦士たちのことを忘れず、語り継いで行くことが、彼らに対して我々にできるせめてもの鎮魂ではなかろうか。

たまたま徳島空の敷地の外に、その死を悼んで建立されたかつての敵国の無名戦士の石碑に書かれた史実を調査している段階で、筆者は「徳島白菊特攻隊を語り継ぐ会」の会員大森順治氏を通じて、白菊特攻隊について知る機会を得た。同氏が白菊で特攻出撃して散華された方々のことを世の中の一人でも多くの人に知ってもらいと東奔西走、無私の精神で活動しておられることを知って感銘を受け、些かなりともお手伝いをしたいと考えたことが、本編を書く切っ掛けになった。

本章を書くに当たって、同氏からは、地の利を得た人でなければ入手できない貴重な資料を惜しみなく提供していただいた。同氏のご協力なくしては、本章は日の目を見ることがなかったといっても過言ではない。

また、白菊特攻隊が挙げた戦果については、未帰還になった二七機のうち半数以上の一六機が電信機を搭載しておらず、搭載していても連絡してこなかった機も多々ある。したがって、戦果の確認は米側の資料に拠らざるを得なかった。幸いにして、筆者の友人であり海軍作家のアンソニー・タリー氏が、彼の蒐集している膨大な資料と長年の経験をフルに活かして全面的に協力してくれたので、現時点で判明している戦果の確認ができた。また、徳島空を攻撃した米・英艦載機の行動については、この分野の権威、工藤洋三氏から貴重な資料の提供と助言を戴いた。これら三方のご厚意に対し、衷心よりお礼を申し上げて筆を擱く。

米艦上戦闘機 F4U-1A コルセア。太平洋戦争末期、日本近海に進出した空母から本土空襲に参加した

徳島空襲で戦死した米軍パイロットの真実

【クリフォード・バウソール米海軍予備少尉】

徳島県松茂町の道端にひっそりと建つ墜死した米戦闘機パイロットを悼む「搭乗員戦没塚」。このパイロットとは誰だったのか？　ハワイの調査機関の依頼により調査を開始、ついに特定することができた。

徳島の戦没米パイロット慰霊碑

徳島県松茂町豊岡の紀伊水道に面した堤防道路の脇に、小さな石碑がひっそりと建っている。気にする人はほとんどいない。幅三〇センチ、奥行き一五センチ、高さ五〇センチほど。前面には「米空軍ポートシコルスキー機搭乗員P38戦没塚　昭和二十年八月十日没」と刻まれている。石碑は、太平洋戦争末期の一九四五年八月一〇日に同町上空で撃墜され、亡くなった米軍機のパイロットを悼《いた》む。元憲兵の島孝雄さん＝八八年に死去＝が、八五年に建立した。（中略）米軍機は、同町の徳島海軍航空基地（現海上自衛隊徳島航空基地）への攻撃に参加、対空火器によって撃墜されたとされる（「徳島新聞」二〇一七年九月二四日　日曜日「続・埋もれた戦禍　県内空襲の記憶」）

筆者は、この石碑の話を米国の知人から知った。話が私事にわたり恐縮であるが、リサーチャーもしていると、ある日突然、思いも寄らない人からメールが舞い込むことがしばしばある。今回もその類で、二〇一七年一月下旬、それまで長い間音信のなかったハワイのヒッカム米空軍基地内にあるDPAA（Defense POW/MIA Account Agency：捕虜と行方不明者の調査機関）のテリー・ハンター氏から、日本本土上空で撃墜された米軍機の操縦士に関する情報提供依頼のメールが届いた。彼は退役空軍中佐で、日本を含む地域の捕虜と行方不明者の調査を担当している。

早速添付書類を開いてみると、吉野川市在住の大森順治氏という人からウイリアム・ハガティ駐日アメリカ大使に宛てた手紙の要訳で、それによると、前述の石碑について説明し、戦後、米軍の将校が松茂町を訪れ、白木の箱に納められた遺骨を星条旗に包んで持ち帰ったといわれているが、現在に至るまで、この操縦士の氏名は確認されていない。二〇〇一年、同町の歴史民俗資料館がアメリカ国立公文書館に照会したところ、「該当する記録がない」との回答があったとのこと。大森氏は、この操縦士の家族が、彼の最期の地に慰霊碑が建てられていることを知らないのは悲しいことなので、もしできれば、再調査をしていただきたいとお願いしている。そして、大森氏の住所の後に同氏のメアドも記されていた。

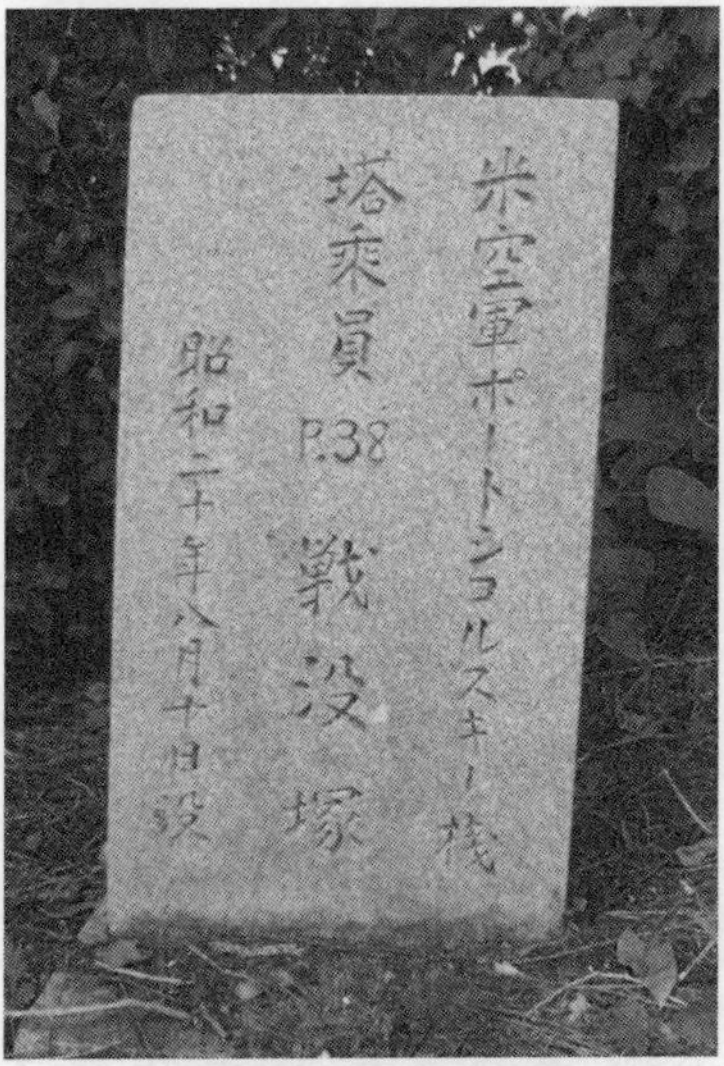

松茂町豊岡の堤防道路脇に建つ慰霊碑（大森順治氏提供）

調査の開始

大森氏の手紙の要訳を読んで直ぐに気付いたことは、「ポートシコルスキーP38」という機種に関する記述である。P－38は陸軍の双胴戦闘機でライトニングと呼ばれ、ロッキード社が製造している。当時、シコルスキーは飛行艇の製造会社、すなわち海軍との関係があり、その一部はヴォート社が買収している。そして、ヴォート社といえば、グラマン社のF6Fヘルキャットに匹敵するF4Uコルセアの製造会社である。「ポート」は日本語ではその仮名が似ている「ボ（ヴォ）ート」ではないか。なにか異質のものが混在しているような違和感を覚えた。

ハンター氏に返事をするため、POW研究会のウエブサイトで「本土空襲の墜落米軍機と捕虜飛行士」（以下、作者の労作に敬意を表して「福林レポート」）の関連ページをみると、八月九日には愛媛県温泉郡余土村で二機のP－47が撃墜されているが、一〇日に徳島で撃墜されたP－38は見当たらなかった。そこで、「空襲・戦災を記録する会」の工藤洋三氏にも問い合わせたところ、八月一〇日に徳島で撃墜されたP－38は、同氏の資料の中にはないとの返事をいただいた。取りあえずハンター氏には「福林レポート」によると「該当機なし」と回答した。

幸いにして、ハガティ大使に宛てた手紙の主、大森氏のメアドは分かっている。同氏に尋ねれば要訳に書かれている以上のことが分るのではと思い、「貴兄のアメリカ大使宛ての手紙を受けて大使館はハワイにあるDPAAに調査を依頼。DPAAは直ちに活動を開始し、その一環として日本側の情報提供依頼が筆者に来ている」旨のメールを送り、そのついでに同氏の手元にある参考資料のコピーをお願いした。数日後、大森氏から大使宛ての手紙の写しと、同氏が大使宛てに手紙を書くキッカケになった二〇一七年九月二四日の徳島新聞の「続・埋もれた戦禍 県内空襲の記憶 松茂町豊岡 米兵も犠牲 碑を建立」という見出しの記事のコピーが届いた。

そのコピーを読むと、「撃墜された日付も諸説ある」と書かれている。ということは、八月一〇日ではない可能性もあるということになる。前述の通り機種も信憑性に欠けると判断せざるを得ない。信憑性があるのは、墜落場所が徳島海軍航空隊付近の松茂町豊岡だけである。「福林レポート」の一九四五年三月八日から八月九日までの中国・四国軍管区の関連個所を丹念に調べたところ、七月二四日に徳島海軍航空隊付近で連合軍の飛行機が二機撃墜されていることが分った。詳述すると、次の通りである。

日付：一九四五年七月二四日　場所：徳島県板野郡松茂村（現松茂町）長原の徳島海軍飛行場

概要：空母「ハンコック」から飛来したF4U（機体 #81179）が墜落。徳島海軍飛行場を攻撃中に対空砲火を受けて撃墜された。クリフォード・L・バウソール海軍少尉が死亡。

日付：同上　場所：徳島県板野郡松茂村（現松茂町）長原の徳島海軍飛行場沖

概要：イギリス空母「フォーミダブル」から飛来したTBM（八四八飛行中隊所属）が墜落。徳島海軍飛行場と高射砲陣地を攻撃中に対空砲火を受けて撃墜された。A・C・フランシス海軍中尉とG・C・ローリングソン（階級不詳）が死亡。

注：TBMは、ジェネラル・モーターズが製造したグラマンTBFアベンジャーの量産型

で、英海軍ではターポンの名称で使用されている。

早速、ハンター氏に、石碑には搭乗員三名という記述がないこと。該当機は徳島海軍飛行場沖ではなく飛行場付近に墜落していることから、このバウソール少尉搭乗のF4Uが該当すると思われる。また、米軍将校が遺骨を受け取るために徳島入りしたときは飛行艇で到着していること、遺体は荼毘に付され、白木の箱に入れた遺骨が持ち帰られたことが米側の記録にないかチェックして欲しい旨を付け加え、大森氏宛てにも同様の趣旨のメールを送信した。

旬日を経ずしてハンター氏からは、彼の手元にあるバウソール少尉とTBMクルーに関する次の情報が届いた。

クリフォード・バウソール米海軍予備少尉

バウソール少尉＝認識番号士官－390954（イリノイ州ベルウッド出身）は、ヴォートF4U－1Dコルセア戦闘爆撃機の操縦員で、第六母艦航空群第六戦闘爆撃中隊の所属であった。当時、彼の中隊は空母「ハンコック」を母艦として、日本本土攻撃の作戦行動に従事していた。

七月一〇日に始まる「ハンコック」を母艦とした同空母航空群（以下「ハンコック隊」）による攻撃を列挙すれば、次の通りである七月一〇日：宇都宮周辺の飛行場五ヵ所。
七月一四、一五日：北海道道東（釧路、根室周辺）の飛行場七ヵ所。釧路では王子製紙工場、鉄道施設、釧路港と厚岸港内外の船舶。
七月一七、一八日：横須賀の戦艦「長門」。ハンコック隊については「機銃掃射」報告書のみが残っている。

一九四五年七月二四日、第六戦闘爆撃中隊は数波に分かれて、串本水上機基地、四日市、徳島と小松島の飛行場を含む関西地区の飛行場施設や地上にある飛行機を攻撃した。この日、彼は第六戦闘爆撃中隊による三波の攻撃のうちの第一波に所属し、先頭を切って目標を低高度で機銃掃射中、対空砲火により撃墜されて戦死した。この攻撃は、呉軍港に在泊する日本海軍の大型艦船に対する攻撃をより成功裏に収める目的で、周辺の飛行場を制圧し、その活動を妨害するために実施されたものである。

バウソール少尉の戦死者個人記録ファイルに保存されている文書によれば、彼の飛行機は長原（豊岡と徳島海軍航空隊に隣接）の海軍訓練学校（小学校？）の近くにある沼沢に墜落した。機体は泥土深く沈んだが、日本側は遺体を収容し、その近くに埋葬したが、後日、茶毘に付した。墜落したときの状況や、この機体の胴体には「小さなルーイ」の絵（胴体は日本側が回収）が描かれていたことに関する日本側当局者の証言が得られた。「小さなルーイ」の絵が描かれた機体は、当日、バウソール少尉の中隊が損失した唯一の飛行機である。

米軍埋葬記録業務隊の調査官は、収容された遺体は、間違いなくバウソール少尉のものと

空母「ハンコック」に着艦する第6戦闘爆撃中隊のF4U-1Dコルセア

推断した。残念ながら、調査官が飛行艇で徳島入りしたかは言及されていない。彼らが徳島に来て、聴取、遺体（骨壺）の受け取り、それを大阪の埋葬記録業務隊に持ち帰ったことだけが分かる。調査官が大阪で遺骨を引き渡したのは一九四五年一二月二九日であるが、遺骨はそれ以前に持ち帰られていたと思われる。

なお、目撃者の証言によれば、他の撃墜された飛行機（英軍のＴＢＭ）は爆発し、小破片となって飛散、操縦士と機体はその痕跡を留めていないという。

注：「小さなルーイ」について、アメリカ人の知人に尋ねてみたが、確答は得られなかった。最もそれらしい答えは、ドナルドダックの三人のいたずらっ子の甥にルーイという名の子がいるので、その子の漫画ではないかという。

一方、一式陸攻から取り外した二〇ミリ機銃の射手で敵機を撃墜した大西尚男氏（一等飛行兵曹、甲飛一三期）の手記「敵艦載機大来襲 シコルスキーの撃墜」を要約すると、次の通りである。

この日は快晴。日出後、太陽はギラギラと輝き、暑い日を思わせた。〇六〇〇総員起こし。直ちに機銃陣地の配備に就くのが当時の日課であった。〇七〇〇頃、突如として第一警戒配備（空襲警報）が発令され、ほどなくして敵艦載機の編隊が水平線上空に現われた。紀伊水道近くまで接近していた敵機動部隊から発進したF6Fグラマン、F4Uシコルスキー、P－51（注）の第一波約二〇機が、東の紀伊水道側から海岸線上空に達し、高度約一〇〇〇メートルで綺麗な編隊を組んでいる。彼らが北に進路を変えたとき、海岸線に陣取る四門の高角砲が一斉に火蓋を切った。幸運にもその一発が敵編隊のど真ん中で炸裂し、赤い炎に包まれて墜落する敵機を初めてみた。

不意打ちを喰らった敵機は一斉に散開し、飛行場の北東から太陽を背にして、一列縦隊で急降下、突っ込んできた。（中略）次々と急降下する敵機ばかりを狙っていたとき、飛行場上空から私たちが陣取っている隊門に向けて緩降下で機銃掃射しながら近づくボートシコスルキー一機が目に入った。翼の曲がった特徴ある機体である。私は、その進行方向の前方に照準を合わせ、力を込めて引金を引いた。

銃口から尾を引くように飛び出した二発の曳光弾が、もう一〇〇メートル位の目前にまで接近していたシコルスキーの頭部に吸い込まれて消えた。瞬間ガクッと姿勢の崩れる操縦士がはっきり見えた。そしてメラメラと赤い火がエンジン部から噴き出し、見る見るうちに大きな炎となり超低空のまま小学校の建物の向こうに消えていった。しばらくして、大きな火炎の塊が上がるのが見えた。

なお、大西氏の手記では、この日が六月二四日になっているが、ハルゼー大将麾下の第三艦隊、第三八機動部隊が日本本土攻撃のためレイテを出撃したのは、前述の通り七月一日である。したがって、六月二四日に日本本土を攻撃することは、物理的に不可能といえる。

注：周知のとおり、P－51は液冷エンジンを搭載した陸軍機である。当初、当該機は英空母から来襲した、これも液冷エンジン搭載のシーファイアを誤認したのではないかと思っていたが、その後入手した米側の資料から、バウソール少尉が行動を共にした一五機のF4U－1Dが徳島飛行場上空に到達した〇六三〇頃、それよりも一〇分前、神戸港を攻撃して引揚途上のP－51の大編隊が同飛行場の半浬以内を通過していたことが判明している。

おわりに

以上から、当該機は、一九四五年七月二四日、空母「ハンコック」から発進した第六戦闘爆撃中隊所属のバウソール少尉が操縦するボートシコスルキーF4Uコルセアであったといえる。

この原稿をまとめる段階でバウソール少尉の写真を探したとき、同少尉の戦死を報せる地方新聞の記事も一緒に入手できた。それによれば同少尉はバウソール夫妻の一人っ子で、一九二〇年一〇月生まれである。大学卒業後、日米間の緊張が高まり始めた一九四一年一月海軍に入隊。基礎訓練終了後フロリダ州ペンサコーラ海軍航空基地において操縦訓練を受けて一九四四年六月少尉に任官。海外に派遣されるまで同州ジャックソンビル基地において急降下爆撃機の操縦訓練を継続し、第六戦闘爆撃中隊の一員として空母「ハンコック」に乗艦。海上勤務を終えて帰国予定の一九四五年秋には結婚する婚約者がいたことも判った。享年二四。

同少尉の短い生涯について知ったとき、「戦争は、氏名、階級、認識番号で知られる人々だけを巻き添えにするのではない。彼らが熱愛する家族、恋人、友人なども不幸のどん底に陥れるのである」といった先人の言葉が、ふと筆者の脳裏をよぎった。筆者の知人の兄弟にも学徒兵として出陣し、還らなかった人たちがいるが、戦争とは本当に空しいものとの一言

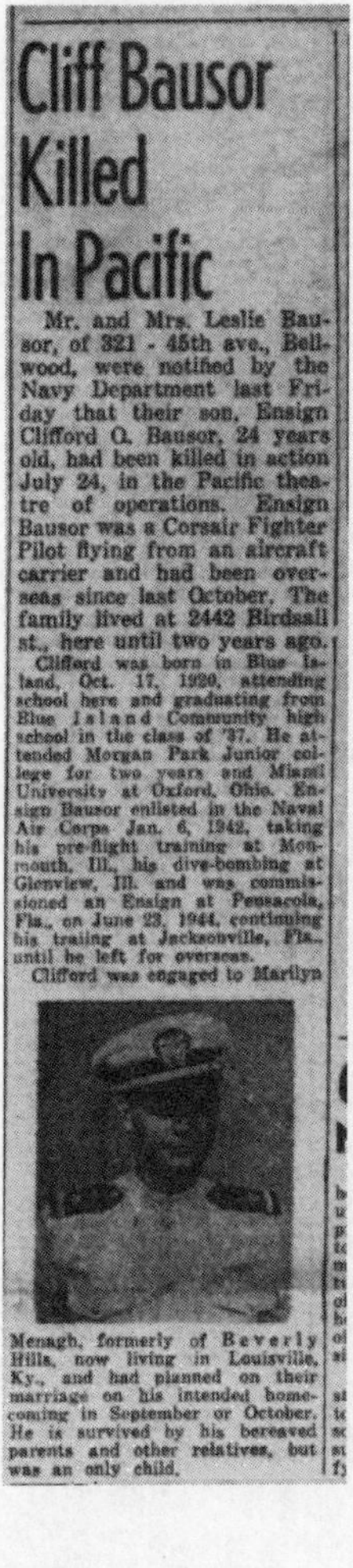

Cliff Bausor Killed In Pacific

Mr. and Mrs. Leslie Bausor, of 321 - 45th ave., Bellwood, were notified by the Navy Department last Friday that their son, Ensign Clifford O. Bausor, 24 years old, had been killed in action July 24, in the Pacific theatre of operations. Ensign Bausor was a Corsair Fighter Pilot flying from an aircraft carrier and had been overseas since last October. The family lived at 2442 Birdsall st., here until two years ago.

Clifford was born in Blue Island, Oct. 17, 1920, attending school here and graduating from Blue Island Community high school in the class of '37. He attended Morgan Park Junior college for two years and Miami University at Oxford, Ohio. Ensign Bausor enlisted in the Naval Air Corps Jan. 6, 1942, taking his pre-flight training at Monmouth, Ill., his dive-bombing at Glenview, Ill. and was commissioned an Ensign at Pensacola, Fla., on June 23, 1944, continuing his training at Jacksonville, Fla., until he left for overseas.

Clifford was engaged to Marilyn Menagh, formerly of Beverly Hills, now living in Louisville, Ky., and had planned on their marriage on his intended homecoming in September or October. He is survived by his bereaved parents and other relatives, but was an only child.

バウソール米海軍予備少尉の戦死を伝える地元紙の記事

に尽きるといいたい。

筆者の調査の結果、心苦しい限りではあるが、折角島氏が建立された石碑の内容を否定する結果になった。しかし、史実は一つであり、戦史研究家としては正しい史実を後世に伝えることが責務であることに心して行動しなければならない。と同時に、かつての敵兵の死を、石碑を建てて追悼された同氏の崇高な行為は決して忘れてよいものではなく、その優しい心根には最大の敬意を払うべきである。筆者の心情はこのジレンマに陥ったが、幸いにして、大森氏が島氏の令息泰洋氏と面談の上事情を話されたところ、米兵の身元判明に漕ぎ着けた大森氏、ハンター氏や筆者の尽力に感謝し、尊父も身元が判明してあの世で喜んでおられるだろうといわれたとお聞きして、筆者もこれまでのモヤモヤが解消できた次第である。

早速、大森氏がこれまでに「徳島白菊特攻隊を語り継ぐ会」の関係でご存知の徳島新聞の記者にお話しになったところ、奇しくもバウソール少尉の七三回忌に当たる七月二四日付の徳島新聞の一面に、松村万由子記者による「一九四五年七月二四日 松茂で撃墜死 供養碑の米兵身元判明」と題し、同少尉の身元判明に至るまでの経緯が掲載された。その中で、碑文は「日付も含めて全て戦争当時の町民らの記憶に基づくもの」、機種については「石碑の記述には明らかな誤りもあった」と明記されている。

史実が明らかになったからには、今後も紆余曲折は予測されるが、島氏の尊い志を引き継いで、史実を正しく伝える石碑が建立されることを切に祈って止まない。

航空特攻で散華した2人の兄弟。兄・関口哲男大尉（左）と弟・関口剛史二飛曹

特攻隊員となった兄弟の最期

【関口哲男海軍大尉／関口剛史海軍二飛曹】

兄の哲男大尉は父を見習って機関科を目指したが、のち飛行科に転科して戦闘機乗りに、弟の剛史二飛曹は予科練に入り水上機乗りの道に進む。戦局が急を告げると二人は特攻隊に志願、生きて親元に帰ることはなかった！

はじめに

特攻隊員が出撃して目標海域まで進出したが、敵艦はすでにその海域から移動していたため「敵を認めず」として帰投したり、進出途上で機材故障のため急遽最寄りの味方飛行場に不時着したりすることも間々あったと思われる。この隊員が、その後通常の任務（ミッション）遂行中に戦死した場合、彼の進級はどのように取扱われたのであろうか。端的にいえば、筆者の関心は二階級特進したかどうかである。

一九九〇年に『特別攻撃隊』と題する図書が特攻隊慰霊顕彰会（現公益財団法人・特攻隊戦没者慰霊顕彰会）から発刊されている。その前半は太平洋戦争中における航空・水上・水中特攻隊の戦闘について、後半は特攻隊戦没者の名簿である。そこには戦没者の隊名、階級、氏名、出身県、出身別、生年、戦死場所と戦死日が列記されている。この名簿を見ているうちに、ふと気付いたことがある。それは、一四七頁三敵機動部隊との対戦、台湾方面（第一航空艦隊・昭和二〇年一月）のところで、第一新高隊（零戦）、大尉、関口哲男《てつお》の後が空欄で、戦死日が二〇年一月三一日となっている。この日に出撃した特攻隊はない。そこで同顕彰会に問い合わせたが、当時の関係者はすでに退職され、その理由は不明であった。

以上の二件に、なんとなく拘泥してはいたが、為すところなく数年が過ぎた。しかし、全く予期していなかったことから、これらに関する疑問が概ね解決できた。

二〇〇九年の春、筆者の知人で定年退職された高校の元歴史の教諭T氏（故人）から戴いた神奈川県立神奈川総合高等学校の昭和史研究会による「空と海の特攻から見た戦争」と題する研究紀要の中に、関口哲男大尉のことを見つけた。それは戦争を全く知らない二〇名足らずの高校生が手分けして調査し、丁寧にまとめたものである。紀要から空欄を埋める情報を拾い出すと、出身県＝神奈川、出身別＝海機（海軍機関学校）五二期、生年＝大正一一年、戦死場所＝比島となる。特攻隊員として一月一五日は爆装、同月二一日には直掩として出撃しているが、最初は「敵を認めず」、二度目は機材故障のため台東基地に不時着。そして同月三一日、戦闘第三一七飛行隊長として比島において戦死となっているが、二階級特進ではない。では、一体何が彼に起きたのであろうか。好奇心もさることながら、実弟の剛史《たけし》二等飛行兵曹も琴平水心隊員として特攻死されていることもあり、特攻兄弟の足跡を辿ることにした。

上から裕司（ひろし）、哲男、剛史、良修（よしのぶ）の関口兄弟

関口哲男大尉

哲男大尉は、一九二二（大正一一）年神奈川県横須賀市で関口家の二男として生まれた。父親の辰次氏は海軍機関特務大尉である。海軍における特務士官といえば、四等水兵または機関兵から叩き上げたその道の超エキスパートで、実施部隊においては、正に神様的な存在であったと聞く。

哲男大尉は一九三五年四月、神奈川県立横須賀中学に入学。一九四〇年三月同校を卒業する四ヵ月前の一九三九年一二月、舞鶴の海軍機関学校に五二期生として入校した。すでに日中戦争（「シナ事変」といった）は三年目に入って時局が切迫し、一期前の五一期から一二月の繰上げ入校、在校年限も三年に短縮されていた。当時、海軍には士官の養成機関として、ドンパチが主な兵学校、理系の機関学校、そして文系の経理学校があり、これらを総合して海軍三校と称したが、彼が主流の兵学校ではなく機関学校を選んだのは、機関特務大尉の父親の影響が大きかったのではないか。蛙の子は蛙である。

同じ海軍三校であっても兵学校と機関学校では、気風や慣習など、当然ながら可なりの差異があったようである。舞鶴で過ごしたある筆者のクラスメートによると、その気風を校歌（作詞：林久男、作曲：近藤義次）から選べば、答は四番の歌詞になるという。

♪それ寂寞《せきばく》の夜は更《ふ》けて　北斗の星の冴《さ》ゆる時　灯火静かに書《ふみ》を繙《と》き　皇国《みくに》の使命想いて

関口家の五人の男たち。向かって左から機関学校生徒の哲夫、中学生の剛史、機関特務大尉の父・辰次、国民学校の良修、陸軍中尉の長兄・裕司の各氏

はやがて駆馳《くち》せむ艨艟《もうどう》の　機関の脈か血は躍る

（注：一九四四年一〇月、兵科と機関科の区別を廃止して兵科に統合したため、機関学校は兵学校舞鶴分校となった）

三ヵ年の在校年限が終わった一九四二年一一月一四日、一一五名が卒業。五二期のコレス（三校出身者が他の二校の同期生を指す「相当期」）は、兵学校の七一期と経理学校の三二期である。彼らは内海西部にあった「武蔵」を始めとする戦艦群六隻で前期実務実習を行ない（哲男候補生＝当時＝は「山城」に乗艦）、一九四三年一月一五日に終了。臨時列車で上京し、一月二〇日、宮中で昭和天皇に拝謁。その後芝の水交社で嶋田繁太郎海軍大臣主催の午餐会に出席し、後期実務実習のため、それぞれ赴任した。このとき、哲男候補生は戦艦「陸

零戦二一型をバックにした関口哲男大尉

奥」に乗艦している。六月一日、各科候補生は後期実務実習を終了し、任海軍少尉。哲男少尉たち機関学校出身者一九名が飛行科に転科し、第四〇期飛行学生として霞ヶ浦海軍航空隊（以下、「空」）付に発令されたのは、この日である。

霞空における九三式中間練習機（複葉の「赤トンボ」）による基礎課程は約八ヵ月、一九四四年二月下旬まで続いた。座学に続いて飛行場周辺の慣熟飛行や連続離着陸。少しでも操縦操作でヘマをすると、後席の教官から怒号、叱声が飛ぶ。言葉が足りなくなると、後席に持ち込んだ長い樫の棒で打ち据えられた。海軍少尉の矜持今いずこ。毎日が機関学校の四号（新入生）に逆戻りしたような猛訓練である。教官同乗飛行を終えて単独飛行、夜間飛行と次第に練度を上げ、単独特殊飛行で横転、宙返り、錐揉み等を習得した。

一月二〇日頃、操縦学生には機種別の希望調査があり、哲男少尉は戦闘機を希望したものと思われる。

二月二六日、学生は霞空における全教程を終了、この間に約一三〇時間の飛行時間を稼いでいる。三月から戦闘機による実用機課程が大分空で開始された。三月一五日任海軍中尉。四月から六月までは筑波空に移動し、六月二五日、戦闘機教程を修了。六月三〇日、台南空付兼教官に発令されている。その後、一一月五日、高雄空に一時転勤、一二月一日、任海軍大尉。一二月五日、第二二一空戦闘第三一七飛行隊分隊長に発令。同空は第二航空艦隊（以下、「二航艦」）の隷下部隊で、捷一号作戦が発動されて二航艦が比島に進出したとき、哲男大尉は留守部隊として台湾に残留したものと思われる。

比島における戦局

一九四四年一〇月中旬、米軍の比島奪回作戦が始まったとき、比島防衛のために捷一号作戦が発動された。このとき、古今東西の戦史に比類のない神風《しんぷう》特別攻撃隊による組織的な体当たり攻撃が、一航艦長官大西瀧治郎中将の下で開始されたのである。しかし、この十死零生、起死回生を願った特攻作戦も、大厦《たいか》の顛《たお》れんとするは一木の支うる所にあらず。一九四五年一月初旬には一航艦と台湾から応援に馳せ参じた二航艦はほぼ全機、大西中将の要請で内地や朝鮮から飛来した約一五〇機の増援機も使い果たし、比島方面の戦闘もその終焉に近づいていた。

一方、前年末までにレイテ島の攻略を終わり、余力を駆ってミンドロ島にも上陸した米軍は、一九四五年一月二日、約二〇万の将兵を乗せた大船団と、それを護衛する大艦隊――トマス・キンケード中将麾下の第七艦隊の駆逐艦以上の艦艇だけでも、旧式戦艦六隻、巡洋艦六隻、駆逐艦一九隻、これらの艦艇と船団を空から護衛するための護衛空母一二隻――をレイテ島からルソン島の北西部、リンガエン湾に向けて出撃させた。

一月六日、日本軍は残余の陸海軍合わせて約五〇機の特攻機を出撃させ、米軍をして「リンガエン湾に血の雨が降った」といわしめたが大勢を挽回するには至らず、米軍は一月九日を期して遂にリンガエン湾に上陸した。

この間に一航艦は山籠もりを決意し、応援の二航艦司令部は比島から脱出することが決められた。ところが、一月七日夕刻のGF電令により、事態は急転直下進展する。

一、二航艦ヲ廃止シ現在二航艦所属ノ各航空隊ヲ一航艦ニ編入ス
二、一航艦ノ受持チ区域ニ台湾ヲ加ウ
三、一航艦司令部ハ台湾ニ転進スベシ
四、搭乗員オヨビ優秀ナル電信員ヲ台湾ニ転進セシムベシ
五、実施日ヲ一月八日トス

この電令により、一月一〇日早朝、大西中将と一航艦司令部はクラーク中《なか》飛行場から出迎えの陸攻で高雄に脱出した。そして、飛行機を失った搭乗員はルソン島北東部のエチャゲや

ツゲガラオから台湾に脱出するため、陸路同地に向かったのである。

高雄基地に到着した長官一行は、急遽飛行場を後にして高雄市郊外の小崗山に向かった。敵の機動部隊が台湾海域に来ていたのである。小崗山の仮設格納庫は枯草で偽装され、二航艦の比島進出後は第二一航空戦隊司令部（以下「航戦」）が新竹から移動していたが、一航艦司令部もここにひと先ず落ち着いた。前述のとおり、一月八日付で二航艦は解隊され、その隷下部隊は、哲男大尉の戦闘第三一七飛行隊を含め、すべて一航艦の麾下に入ったのである。比島に残留した二航艦の隷下部隊も当分の間一航艦に編入されたが、二月五日付で二六航戦に配属替えとなり、同航戦はクラーク防衛部隊として、陸軍建武集団の一部となった。

最終的に一航艦の兵力は、在台湾と比島から退避した合計約三〇機の飛行機、一〇月上旬内地から輸送船で台湾まで来たが、戦局の悪化により比島に行けなくなった二航艦所属の隊員であった。また、小崗山や高雄基地には従来の二二一空の隊員が多くいて、彼らが一航艦司令部付として発令され、一航艦の再建要員となった。

一方、第五艦隊司令長官ハルゼー大将は、比島と台湾方面の日本軍航空兵力は消耗したとの判断から、一月九日夜、台湾海峡を高速突破して南シナ海に入った。彼の目的は、仏印（現ベトナム）のカムラン湾にいると思われたレイテ沖海戦で撃ち漏らした日本の残存艦艇の撃滅と、日本側に米軍は南シナ海沿岸に上陸するかも知れぬと思わせるにあった。彼は戦艦「ニュージャージー」に座乗し、その隷下部隊の第五八機動部隊は四個任務群の空母一七隻、戦艦六隻、巡洋艦一三隻、駆逐艦六四隻と油槽艦八隻からなる大部隊であった。

この部隊は一月一二日、仏印南部を空襲して猛威を振るい、約四〇隻の艦船一二万八〇〇〇トンを撃沈、一〇〇機以上の飛行機を撃墜破して士気を高揚していた。

第一新高隊

一月一五日、米機動部隊は反転して台湾を空襲したが、天候不良で戦果は上がらなかった。一六〇〇、哲男大尉（爆装）を指揮官とする爆戦八機、直掩四機（うち一機は発動機不調のため発進せず）からなる第一新高隊が台中基地から馬公の一九五度一五〇浬（一四四〇の推定位置）、進路北東の敵機動部隊を求めて発進。一七五〇予定地点に到達するも敵を認めず。引き返す途上、高雄の二三〇度一二〇浬おいて敵F6F一〇機と遭遇して交戦、一機自爆。一八三〇、台南基地に帰着、うち一機は飛行場外に不時着陸して機体を大破、操縦員は戦死した。

一六日、米機動部隊は香港や海南島を攻撃し、二〇日の夜、再び台湾海峡を通過して太平洋に出た。そしてウルシー環礁に帰投する前、ハルゼー大将は欲張って再度台湾を空襲するが、日本軍の手痛い反撃を受けることになる。

一八日、台南基地では零戦と彗星艦爆を主体とした特攻隊が編成され、「新高隊」と命名された。命名式は一七〇〇、台南空の中庭で行なわれ、大西長官自ら出席した。このとき、哲男大尉たち特攻隊員は、豊田副武GF長官から短刀を贈られている。戦後、哲男大尉の父親辰次氏が、同大尉の処遇是正のため、彼の戦死とその後の状況調査を依頼することになる中島正中佐も、比島から鹿屋に転勤する途上一五日に台南着。一七日は特攻隊を編成、翌一八日は命名式に出席。そして二一日に第二新高隊の発進を指揮し、二三日鹿屋空に向かっている。

第二新高隊（零戦隊）

二一日〇六五八、米機動部隊から発進した攻撃隊は台湾中部と南部の西海岸にある飛行場と所在の航空機や港湾の船舶を求めて来襲し、やがて空襲を終えた攻撃隊は一一四五までに帰投した。正午頃、米機動部隊は台湾南部の東海岸から約一〇〇浬にあり、第一群は北方、第二、第三群（含む空母「タイコンデロガ」）は南方に広がって、各群が分散行動していた。天候は久しぶりに回復し、低高度に雲量四の積雲、雲高二五〇〇フィート、風一一四度一一〜一六ノット、低いうねり。視程無制限と報じられていた。

この敵機動部隊に対して一一〇五、台南基地から哲男大尉（直掩）を指揮官とする第二新高隊（零戦隊）の第一小隊爆戦二機と直掩三機、一一四〇、第二小隊の爆戦二機と直掩三機、一二〇〇、第三小隊の直掩三機が、台東九三度九三浬付近に敵を求めてそれぞれ発進している。哲男大尉機は一一四〇頃、目標に向かう途上で機材故障のため涙を呑んで引き返し、一一五五、台東基地に不時着した。

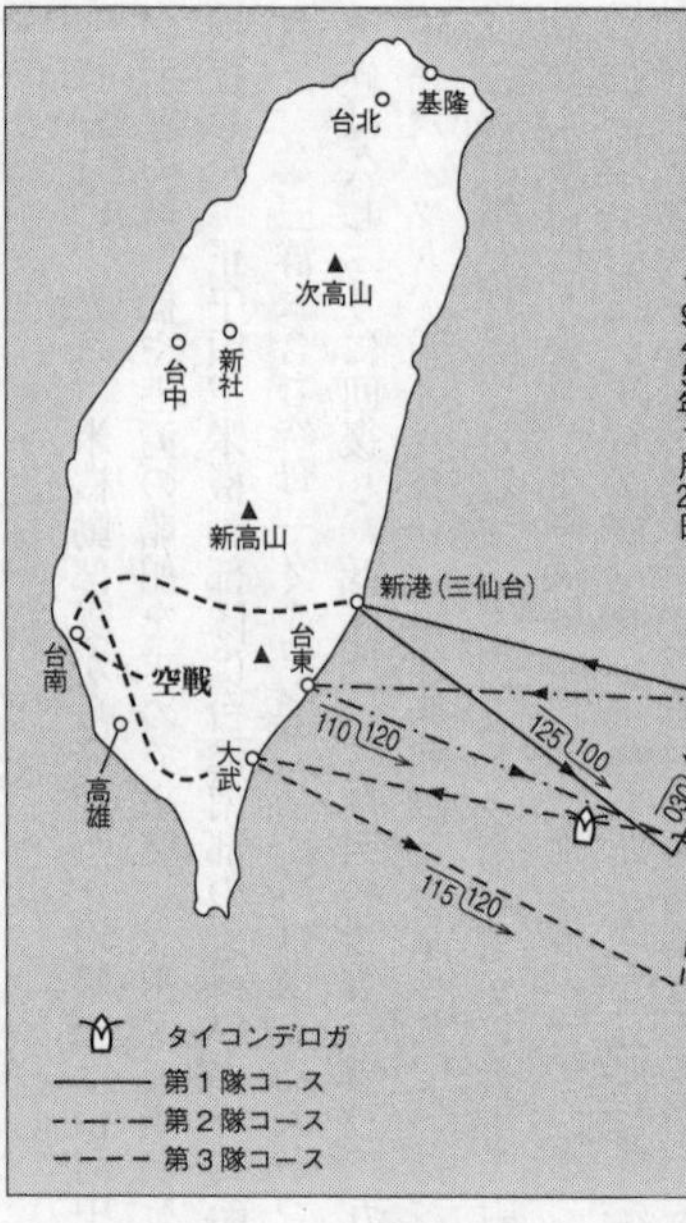

第二新高隊対米機動部隊
1945年1月21日

残る第一小隊四機の指揮官となった堀口秀吉少尉（予学一三期）はその重責を担い、そのままの針路で飛行すること約二〇分、眼下に空母四隻、戦艦二隻、巡洋艦、駆逐艦二〇隻以上からなる第三群を発見したことであろう。

一一二〇、「タイコンデロガ」の艦内では総員配置が下令された。すでに要員が配置に着いていた対空火器は、右舷艦首方向の敵機に対して射撃を開始。同艦は基本針路が三三〇度の編隊位置に着くために運動中で、速度は一六ノットであった。戦闘哨戒のために在空中の二九機を除き、午前中の攻撃から帰投した全機は午後の攻撃に備えて給弾・給油を終え、後部飛行甲板と格納庫甲板に所狭しとばかりに駐機していた。同艦の位置は、台東の略《ほぼ》東一〇五浬である。

一二一〇頃、堀口機は左舷後方の上空から進入し、二番五インチ砲横の飛行甲板に突入した。同機の爆弾（二五番徹甲爆弾と推定）は飛行甲板を貫通して格納庫甲板とギャレー甲板との中間で炸裂。猛烈な火災が格納庫甲板に駐機してあった多数の飛行機の間で発生した。格納庫甲板の撒水装置（スプリンクラー）と水幕（ウォーターカーテン）が火災を制御したが、飛行機の胴体下面にある増槽は次々と爆発、火災は後方に蔓延した。しかし水幕と、燃え盛る飛行機を舷外に投棄した消火隊員や整備員の懸命な努力が奏効し、延焼を完全に食い止めた。

一二三〇、「タイコンデロガ」は、煙が通風取入口から罐室と機関室に流入するのを防止するため、二九〇度に変針して右舷側を風上にした。更に左舷側に傾斜させるため、注水区画に注水が下令されて傾斜が九度に増加、火災源の飛行機などを舷外に投棄する手助けとなった。弾火薬庫は火災蔓延の恐れがあったので注水された。当時、同艦の対空捜索レーダーは不作動または作動不良の状態で、レーダー情報は同一群の僚艦から入手していた。

藤波良吉飛長も同時刻に軽空母「ラングレー」の飛行甲板前部に突入。一航艦零戦隊戦闘詳報（第一号）（二）戦闘経過によれば、堀口少尉は「一二〇六大型空母一隻中央部ニ命中大破炎上」、藤波飛長は「大型空母一隻前部ニ命中大破」となっている。

第二新高隊（彗星隊）

この日、零戦隊に呼応して、台南基地から指揮官西田幸三中尉の下、爆装彗星艦爆七機が一二三〇から一二五〇の間に三隊に分かれて発進している。零戦隊との連携については両隊の戦闘概要には記載されていないが、前出の戦闘詳報（二）任務企図の兵力に、零戦一三機（爆装四機、直掩九機）、彗星七機（他所轄）とあるので、彼らは戦爆連合で出撃したことが分る。堀口少尉が「タイコンデロガ」に突入した約一時間後、第三隊の平井孝二少尉（予学一三期）・後席杉山喜一郎一飛曹（乙飛一七期）は炎上中の同艦を発見、これに突入して損害を拡大した。同艦の人的損害は戦死者一四二名、負傷者は艦長と副長を含む一九九名で、軽巡「ビロックシー」と駆逐艦五隻に護衛されてウルシー泊地に向かった。

一航艦特攻隊関係綴によれば平井少尉は「一一五〇敵空母ニ命中（直掩機確認）」となっている。駆逐艦「マドックス」も特攻機により損傷しているが、これは飛長福島昇（丙飛一七期）・後席一飛曹安留亀市（甲飛一二期）であることが、同綴の「一一五〇艦型不詳ニ命中（直掩機確認）」から推定できる。

第三新高隊と哲男大尉のその後

上記の台湾東方洋上の敵機動部隊攻撃のため、第三新高隊が比島北東部のツゲカラオ基地を発進しているが、その詳細については、次に述べる。

台東基地に不時着した哲男大尉は、その日のうちに台南基地に帰着している。両親あてに特攻の戦果と、その指揮官が自分であったことを報じ、「未だ未だ此れからうんとやりますよ」と書いた同日付の手紙が残っている。然らば二一日以降戦死した三一日までの一〇日間、

布告152号（20.1.15）第一新高隊

階級	氏名	出身県	出身別	記事
一飛曹	森岡　光治	大阪	甲11	高雄西南海面にてF6F 10機と交戦、自爆

布告152号（20.1.21）第三新高隊

階級	氏名	出身県	出身別	記事
大尉	川添　實	鹿児島	海兵69期	未帰還
同	斎藤　斉一	宮城	海兵71期	自爆
一飛曹	小川　昇	東京	甲11	未帰還
同	右松　岩雄	宮崎	丙16	未帰還

布告89号（20.1.21）一航艦零戦隊（第二新高隊）

階級	氏名	出身県	出身別	記事
少尉	堀口　良秀	三重	予学13函館高水	1206、大型空母1隻中央部命中、大破炎上
飛長	藤浪　良信	静岡	乙（特）1	大型空母1隻に命中、大破（空母「ラングレー」に爆弾投下。海中に突入？）

布告95号（20.1.21）新高隊（第二新高隊・彗星隊）

階級	氏名	出身県	出身別	記事
中尉	西田　幸三	石川	海兵72	敵グラマン戦闘機と交戦、自爆
少尉	高島　陸人	兵庫	予学13宮崎高農	
二飛曹	宮野健次郎	東京	丙16	洋上にて敵グラマン戦闘機と交戦1250自爆
一飛曹	新田　四郎	石川	甲11	
少尉	平井　孝二	香川	予学13日大	1250、敵空母に命中（直掩機確認）
一飛曹	杉田喜一郎	栃木	乙17	
飛長	山下　信博	高知	丙17	敵空母に命中（米側の記録なし）
一飛曹	沢田　光男	岐阜	乙17	
飛長	福島　昇	岡山	丙17	1250、艦型不詳（空母の算大）に命中（駆逐艦マッドクスに突入）
一飛曹	安留　亀市	鹿児島	甲11	

一体、彼はどこでなにをしていたのであろうか。

この疑問を解くカギは、第三新高隊にある。一月二一日、台湾東方洋上の敵機動部隊攻撃のため、第三新高隊斎藤精一大尉（兵学校七一期・戦闘第三一七飛行隊分隊長）以下七機の爆戦と、川添実大尉（同六九期・同飛行隊長）以下六機の直掩機が比島北東部にあるツゲガラオ基地を発進したが敵を認めず、台湾方面に帰着している。一部は敵F６Fと交戦、その六機を撃墜。しかし、この戦闘で爆戦一機（斎藤大尉）が自爆し、爆戦二機と直掩一機（川添大尉）が未帰還となり、在比島戦闘第三一七飛行隊では大尉クラスの搭乗員が全滅した。

哲男大尉の一九四四年一二月五日付の発令は同飛行隊分隊長であるが、戦死した一九四五年一月二一日付の職名は飛行隊長（昇格）である。このことから、彼は一月二一日に戦死した飛行隊長川添大尉の後任としてツゲガラオに赴任したものと考えられる。そして、哲夫大尉の戦死後の不運な処遇を推測するに当たり、その背景になったと思われる彼の戦死後一週間も経たない二月五日付の組織編成替えについて述べたい。

彼が分隊長を勤めていた戦闘第三一七飛行隊は、前述のとおり二二一空に所属していたが、二二一空は二月五日付で在比島二六航戦の隷下に入り、三一七飛行隊は台湾の新社に新設された第二〇五空（司令玉井浅一中佐）に所属替えになっている。従って、玉井司令は哲男大尉についての詳細を知らず、彼の人事に関する処理は、まったく縁もゆかりもない部隊で事務的に処理されたのではないか。この時点でも、二〇五空の零戦の一部がツゲラガオに展開していたことが確認できる。

当初、筆者は父親辰次氏の依頼で哲男大尉の戦死とその後の状況調査していた前出の中島中佐が、その経過報告の中で、「クラーク基地第一四戦区において戦死と戦区まで明らかにしてありますが、（中略）それ以前に戦死・行方不明等、何がしかの電報が入電している筈と復員局の人たちも調査してくださったのですが、分かりません」と書いているので、哲男大尉は、何らかの用命を受けてクラーク地区に行ったものと考えていた。しかし、クラーク基地からの引き上げは一月二〇日過ぎには終わっていて、同月九日、リンガエン湾に上陸した米軍は南下し、その頃クラーク地区に迫っている。

当時の状況はどうであったのか。防衛省防衛研究所戦史研究センターに問合せたところ、次のとおり回答を戴いた。

関係資料がなく詳細は不明であるが、全般的な状況から推測するとの前置きで、一月は在比島の搭乗員をツゲガラオとアチャゲから台湾へ空輸している最中であり、逆にクラークに向かうことは考えられない。もし第一四戦区で戦死したのであれば、通常、戦死認定日が一九四五年二月四日となる筈。一月二一日、第三新高隊を率いてツゲガラオから出撃した川添大尉（飛行隊長）が戦死しているので、哲男大尉がその後任になってツゲガラオに移動したと思われる。当時、米軍はすでに比島の制空権を握っていた。

昭和20年１月31日に戦死した関口哲男大尉

一月三一日、哲男大尉は来襲した敵機を邀撃して未帰還になったのではないか。この件について日米双方の資料を当たったが、残念ながら現在のところ裏付けはとれていない。

以上を総合すれば、哲男大尉は川添大尉の後任として、一月二二日過ぎツゲガラオに着任後早々に戦死した。そして、その直後に二二一空から二〇五空への組織編成替えがあって諸般の事情が錯綜したことから、台湾新社の二〇五空（本隊）では哲男大尉に関する詳しい報告や記録が残らず、彼については玉井司令も詳しく知らなかったのではないかと思われる。

ここで哲男大尉の最後に関する推測はひと先ず置いて、彼の実弟剛史二飛曹に話を変えたい。

関口剛史二等飛行兵曹

剛史二飛曹は、一九二七（昭和二）年、関口家の三男として生まれた。哲男大尉のすぐ下の弟である。県立中学から機関学校へとエリートコースを進んだ兄哲男大尉と違って、彼は一九三九年四月、私立逗子開成中学に入学している。後年、彼が予科練に入隊するのも、「兄貴は兄貴。俺は俺」と言ったGoing my way.の気持ちからではないだろうか。

太平洋戦争は一九四一年、彼が中学三年生の二学期に勃発した。緒戦において日本軍は赫々たる戦果を挙げたが、翌一九四二年のミッドウェー海戦における惨敗。一九四三年になるとガダルカナル島からの撤退、山本五十六GF長官の戦死、アッツ島守備隊の玉砕と戦局は日増しに日本にとって不利になって行った。そして、この年の一〇月一日、彼は第一三期（前期）甲種飛行予科練習生（予科練）として松山空に入隊することになる。

当時、青少年が飛行兵になる道の一つは甲種飛行予科練習生（甲飛）で、中学四年一学期修了（一九四三年から中学三年修了）後に採用試験を受けた。甲飛一期生から一一期生までの採用人数は各期二〇〇名から一〇〇〇名であったが、一二期は四〇〇〇名、一三期以降は各期三万名以上の大量採用となり、練習航空隊も北は三沢から南は鹿児島まで、全国一九ヵ所に開設された。

単純明快で暗さのない♪若い血潮の予科練の……で始まる予科練習生の成長を描いた戦意高揚映画「決戦の大空へ」の主題歌「若鷲の歌」（作詞：西條八十、作曲：古関裕而）は大ヒットして全国津々浦々で愛唱され、全国各地の中学からおびただしい数の若者が予科練を目指したのである。

しかし、救国の一念に燃えて国難に赴こうと搭乗員を目指して入隊した純真な若者たちを待ち受けていたものは何であったか。筆者の中学時代のクラスメートに、剛史二飛曹同様甲飛一三期で鹿児島空に入隊し、その後水上機の操縦員になったM君がいる。彼の自叙伝「M家の系譜と堀越焼」によれば、そこは娑婆で漠然と想像していた「スマートな海軍」とは全く異質の、彼にとってはまさにこの世の地獄とも思える世界であった。理由は何でもよい。作業が遅い、たるんでいる、気合が入っていない、対抗試合に負けたといっては、バッター（太い樫の棒。別名「海軍精神注入棒」）で力一杯尻をぶん殴られるのである。夕食後、練習生がバス（浴場）で裸になっているのを見ると、全員の尻が赤紫に変色していた。「しまった！　俺は来るところを間違えた」と悔やんでみても、この苦境から逃げ出す術はまったくない。夜な夜な、ベッドの中で巡検ラッパの物悲しい音色を聞きながら人知れず頬を濡らしたという。

予科練を終了すれば、この苦行から逃れられると思ったが、そうは問屋が卸さなかった。飛行術練習生（飛練）として練習航空隊の北浦空（茨城県）に移動しても、この海軍名物バッターによる制裁は一層激しさを増したが、この頃になると練習生もクソ度胸が据わってふてぶてしくなり、「練習生集合」がかかると「またか」といった塩梅で、憎き教員や意地悪な班長（教員を兼ねた下士官）には、「フケ飯」（練習生のフケを集め、これを教員や班長が食べる飯に混入）を供して、ささやかな抵抗を試みたらしい。このバッターによる制裁で、「鬼の谷田部、地獄の徳島」といわれていたと聞くが、どこの航空隊においても大同小異だったのではないか。

予科練の教程は、海軍の航空機搭乗員としての基礎知識の習得と心身の鍛錬を目的とした。その内容は、普通学、軍事学、体育、精神講話からなっていたが、紙面の都合で詳細は割愛する。

一九四四年七月二五日、一〇ヵ月の予科練教程を終了した剛史飛行兵長（当時）は、同日付で飛行術練習生として詫間空に移動した。同航空隊は一九四三年六月練習航空隊に指定され、水上機教程を担当していた。前出のM君によれば、水上機専修は、同じ操縦員の中でも一〇人に一人という難関であり、彼らは地味で目立たない存在ではあったが、その技量は陸上機専修から、常に一目おかれていたという。

飛行訓練は、九三式水上中間練習機（九三式中練）を使って始められた。この機体には、哲男大尉が霞空で訓練を受けたと同じ複葉「赤トンボ」の車輪の代わりに二本のフロートが取り付けられていた。座学は発動機・機体の構造と取扱、飛行理論、練習機操縦法、航空事故の教訓、落下傘の整備に始まり、実技も座学と並行して行なわれた。陸上機と違って車輪の代わりにフロートが付いているので、水面とフロートとの抵抗や摩擦、波浪の影響もあり、離着水が困難であった。特に着水の操作は難しく、着水点を目標においてスロットルを絞り、一定の降下率（メートル／秒）で降下し、水面上七メートルでスロットルを全閉にして機首を上げ、フロートの最後部から静かに接水するのが最高とされていた。着水の巧拙は、操縦員の高度七メートルの判断いかんによったとM君はいう。

剛史二飛曹の経歴を見ると一九四五年三月一日、二等飛行兵曹に進級し、四月一日飛練教程（九三式中練）を終了、同日付で定員を命じられ、詫間基地で編成された特攻隊「琴平水心隊」の九四式水上偵察機第五小隊に配属されている。そして五月四日に戦死した。ということは、この経歴から見る限り、実用機（九四式水偵）教程の訓練期間が一ヵ月しかない。いくら技量抜群といえども、一ヵ月で実用機の操縦をマスターすることは不可能であろう。

剛史二飛曹と同時に出撃し、爆弾の機体装着不具合のため基地に引き返した松本忠和少尉（予学一四期）の回想録と、元教官織田幸吉氏の遺族に宛てた書簡から、次のことが推定される。

一九四五年二月初旬、詫間空でも特攻隊編成の運びとなり、一四期の予備学生一三名が特攻要員となる。同基地には八〇一空の飛行艇用の燃料が大量に残されていたので、他の航空隊とは異なって燃料には事欠かず、訓練は猛烈に行なわれた。織田元教官の書簡には、その時期が書かれていないが、おそらくこの頃、彼は隊長から「練習生（三月三一日以前と分る）には特訓をして特攻に出せる者はいないか」と尋ねられ、厳選の結果、剛史二飛曹の他五名が選ばれた。彼らが松本少尉たち予備学生の特攻要員と一緒に九四水偵の訓練に参加すれば、四月末までに約八〇日あるので、この間に三日に二日、一日三時間弱飛べば一四〇時間を稼ぐことができる。飛練時代に約一〇〇時間として、これに特訓の一四〇時間を加えれば、特攻要員の一四期予備学生の飛行時間二四〇時間と同等になるので、剛史二飛曹の抜群な技量と相俟って、第五小隊三番機の松本少尉に、「右後方にピッタリと付き、超荷重の老朽機を操って編隊離水を敢行した剛史二飛曹の技量は称賛に値する」といわしめたのではないか。

しかし、当時の剛史二飛曹たち特攻に選ばれた若者の気持ちはどうであったのか。燃料を惜しみなく使った日々の猛訓練で、彼らの操縦技量はメキメキと上達して行ったと思われるが、それは死の旅路が刻一刻と近づくことを意味する。救国の一念に燃えて海軍に身を投じたとはいえ、死を現実の問題として対処しなければならなくなった場合は、別問題であろう。救国の一念と死の恐怖、生への執着。その狭間にあって彼らの若い魂は揺れ動いたのではないだろうか。特攻とは、真にむごいものである。

剛史二飛曹が飛練教程を終了した四月一日、米軍は遂に沖縄に上陸した。この日、大本営陸海軍部の間では「陸海軍全機特攻化」が決定され、これを受けて発動されたのが海軍の「菊水作戦」と、それに呼応する陸軍の「航空総攻撃」であり、四月六日の菊水一号作戦（陸軍は第一次航空総攻撃）から六月二二日の菊水一〇号作戦（第一一次航空総攻撃）まで実施されることになる。

菊水四号作戦（四月二一日〜二九日）

公刊戦史によると、四月二七日から三〇日にかけて、海軍はあり合わせの航空戦力を動員、九州、台湾方面の航空部隊の作戦機五八七機（特攻機一〇〇機）を投入し、未帰還六八機（特攻機五九機）の損害を被った。

剛史二飛曹の初陣は四月二八日で、この日の琴平水心隊の行動は、次のとおりである。

二八日〇九〇〇、出撃する第五小隊の九四水偵四機が総員帽振れの見送りを受けて詫間を離水、鹿児島県の指宿《いぶすき》に向かう。指揮官は中山宗光中尉、二番機矢野幾衛少尉、三番機松本少尉、四番機剛史二飛曹の編成である。一一二〇、全機指宿着。燃料補給と爆弾装着を行なったが、爆弾の吊金具に不具合があり、直ちに改修にとりかかる。このため、後続予定の九四水偵一二機の詫間発は翌朝に変更。二八日夜、同日一四三〇指宿に進出して来た第二小隊

（零式水偵）の四機に八〇番、第五小隊の四機に五〇番をそれぞれ一個を装着して出撃準備。

二一三〇特攻員整列、二二三〇全八機が出撃。

離水後、第五小隊は編隊を組もうと指揮官機を探したが見当たらず（同機は羅針儀灯消滅故障、復旧不可能のため離水せず）。各自がばらばらに飛び回ること約一時間、衝突の危険あり。この混乱の中で、第二小隊の指揮官安田友彦少尉と三番機の佐藤年正少尉は沖縄に向かった。やがて指揮所から発火信号で「返レ」との命令があり、第二小隊の三番・四番機と第五小隊の全機は、二九日〇〇三〇指宿に帰着。

水偵特攻隊戦闘詳報第壱号に経過によれば、第二小隊指揮官機は、〇一五五「我敵戦闘機ノ追躡ヲ受ク」〇一五七「我今ヨリ突撃ニ転ズ」〇二〇〇「我輸送船ニ体当ス」〇二〇三「天皇陛下万歳 水心隊万歳」〇二〇五「我今ヨリ突撃ニ転ズ 長符――〇二〇七消滅（突入）」と送信、突入したものと認められた。二番機も還らず。無線機を搭載し、電信員が搭乗したのは指揮官機のみで、その詳細は不明であるが、二九日未明、鹿屋空の彩雲偵察機が、慶良間泊地において二隻の輸送船が撃沈されているのを確認している。米側の資料では、負傷者輸送艦「ピンクニィ」と病院船「コンフォート」が特攻機に突入されているが、いずれも二八日の夕刻と夜間である。また、二九日に特攻機により被害を受けたのは駆逐艦と高速敷設艦各二隻であり、該当すると思われる輸送船は見当たらなかった。

二九日一〇四五までに第二小隊と第七小隊（九四式水偵）各四機が指宿着。一六三〇、これに第五小隊を加えた三個小隊一二機の出撃準備が完了。一八〇〇、第五小隊と第七小隊は発進したが、一八五〇、第五小隊一番機と第七小隊の二機離水せず、全機帰着。一九一〇、第二小隊も出発したが、二機離水せず。一番機は誘導コースを飛行中に失速墜落。小隊長川上博行少尉が戦死、操縦員と電信員が軽傷、列機は帰着。

三〇日、敵機動部隊北上中との報あり。五月一日は雨。翌二日、全機指宿から詫間に帰着。

菊水五号作戦（五月三日〜九日）

この頃、すでに海軍は累次にわたる特攻作戦で航空戦力を消耗し、後続兵力が枯渇するという切羽詰まった局面を迎えていた。一方、米軍は沖縄の基地を整備し、そこに有力な航空兵力を展開して日本軍の空からの攻撃を防遏《ぼうあつ》したので、その戦果は、目に見えて低下していた。しかし、四月末には第三二軍の総反撃が伝えられていた中で、陸海軍中央はこれに一縷の望みを託し、寡弱な航空戦力を動員して特攻作戦を継続したのである。

海軍は、五月一日から四日にかけて、九州と台湾方面の航空部隊の作戦機四四九機（特攻機一六〇機）を動員、未帰還七二機（特攻機六五機）の損害を被っている。五月四日には手持ちの特攻機を掻き集めて大規模な特攻作戦が実施され、剛史二飛曹にとっても、三度目で最後の出撃となった。この日の琴平水心隊の行動は、次のとおりである。

五月三日、一四三〇に第二小隊（零式水偵）二機、一五〇〇に第五、第七、第八小隊（九四式水偵）一二機（その他予備機各一機）は詫間から出撃基地の指宿に進出。今回の出撃は

昭和20年５月３日、詫間から指宿に向け出
陣する琴平水心隊。右端が関口剛史二飛曹

五月四日〇五〇〇の発進予定である。生還した搭乗員の手記に、開聞岳、トカラ列島、宝島などの地名がある。指宿からこれらの島伝いに横当島を経由して沖縄に向かったとすれば、その距離は三〇〇浬強である。九四式水偵の巡航速度は九〇ノットであるが、老朽化と爆装による速度低下を考慮して八〇ノット（無風）で計算すると、到着予定時刻は〇八五〇前後で夜は全く明け放たれている。裏話では、水上機特攻隊の無様《ぶざま》な結果を宇垣纒五航艦長官に叱責された参謀が、長官の気持ちを忖度して、故障続出、低速、しかも爆装して更に低速かつ鈍重になった老朽機に白昼攻撃を命じたのである。前出の戦闘詳報一企図では、「昼間友軍機ノ制空時又ハ月明ノ夜間ニ特攻攻撃云々」とあるが、この齟齬をどのように

説明するのだろうか。

今回の出撃は、北浦空から参加した第一魁《さきがけ》隊との混成部隊であり、零式水偵五機と九四式水偵一三機からなっていた。この部隊は〇五〇〇と〇五四七に出発した。前回の作戦で指揮官機と二番機を失った水心隊第二小隊（零式水偵）の三番機と四番機は、魁隊の第一小隊と二小隊にそれぞれ組み込まれた。この第一小隊と第二小隊は約二浬の間隔でトカラ列島付近を南下中、第二小隊の二機が戦闘哨戒中のF４U四機に捕捉され、丸腰の両機は懸命に攻撃を回避したが、相次いで撃墜された。第一小隊の三機は全速退避運動をしたため燃料が枯渇し、指揮官機は宝島付近に不時着大破、他の一機（水心隊三番機）は〇七四〇奄美大島の古仁屋に不時着。その後、天候不良のため指宿に帰着している。残りの一機は沖縄に向けて進撃を続ける。

米戦闘哨戒機の攻撃を避けて進撃できたと思われるのは、水心隊の第五、第七、第八小隊の一〇機（第五小隊指揮官機は古仁屋に不時着。三番機は開聞岳付近上空で爆弾の装着不具合を発見、両機とも指宿に帰還。二番機と四番機剛史二飛曹は第七小隊と共に行動）、魁隊の零式水偵一機、九四式水偵六機の計一七機である。しかし、次は水上艦艇の五インチ砲、四〇ミリ、二〇ミリ機銃の矢衾《やぶすま》が待ち構えている。

前出の戦闘詳報二経過では、第七、第五小隊の六機は〇八一五頃沖縄上空に到達。〇八二七「我突撃ニ転ズ。視界内味方特攻機六機（第七、第五小隊）天皇陛下万歳 水心隊万歳。我敵機ノ追躡ヲ受ク」〇八三二「我戦艦ニ体当ス 長符——〇八三三消滅（突入）」と打電した

神風特別攻撃隊　水心隊編成表（詫間空）

小隊		操縦員 官等	操縦員 氏名	偵察員 官等	偵察員 氏名	電信員 官等	電信員 氏名	記事 4月28日（27日2230発進）	記事 4月29日（29日1800発進）	記事 5月4日 0500発進
零式水偵隊	一	少尉	安田友彦	少尉	井上静夫	二飛曹	小住昭夫	突入（0207）		
		〃	佐藤年正	二飛曹	湯上和夫					
		〃	中野宗道	一飛曹	山田　清			夜間集合出来ズ依命帰着		敵機ニ追跡サレ全機退避。燃料枯渇。古仁屋ニ不時着。給油後帰着
		〃	山口　平	〃	細田眞仁					敵機ノ攻撃ヲ受ケ自爆
九四式水偵隊	二	少尉	竹之内朝吉	少尉	川上博行	二飛曹	小崎淳一		指揮官機失速墜落。小隊長戦死、操縦員、電信員軽傷	
		〃	山崎　久	一飛曹	井上　昭					
		〃	中富正義	少尉	荒牧康之				列機ハ指揮官ヲ失イ帰着	
		二飛曹	大林五男	〃	松本正己					
	五	中尉	中山宗光	少尉	小山松生	一飛曹	大平利男	指揮官機羅針儀消滅故障。復旧不可能ノタメ離水セズ依命帰着	指揮官機離水セズ。全機帰着	古仁屋ニ不時着後、帰着
		少尉	矢野幾衛	一飛曹	新山秀夫					突入（0833）
		〃	松本忠和	二飛曹	宮井幸三郎					爆弾ノ装着ニ不具合アリ、帰着
		二飛曹	関口剛史	少尉	中谷栄一					突入（0833）
	七	上飛曹	笹尾　愛	少尉	西方正則	一飛曹	轟　慧		2機離水セズ全機帰着	突入（0833）
		二飛曹	野村龍三	〃	別所啓市					
		少尉候補	林眞喜三	一飛曹	徳田昭夫					
		二飛曹	宇野　茂	少尉	中尾武徳					
	八	少尉	碓本　守	少尉	田中敬治	二飛曹	高橋淳一			突入（0925）
		〃	山口久明	一飛曹	斉藤　祐					
		〃	橋本清水	少尉	斉藤友治					
		二飛曹	勝又　徳	〃	矢野弘一					

まま消息不明となり、突入したものと認められた。

〇五四七に出発した第八小隊の四機は、〇八五〇「戦場到達予定時刻一〇二〇《ママ》後三〇分」〇九一五「我突撃ニ転ズ」〇九一七「攻撃目標発見」〇九二〇「我突撃ニ転ズ」以後暫く打電したが混信のためその内容が不明。沖永良部島の二五〇度六〇浬にいた敵機動部隊の報告をしたものと思われる。「〇九二五第八小隊四機突入ヲ報ズ」となっている。

その後、混信甚だしく詳細は不明であるが、魁隊の戦闘詳報には沖永良部島の監視哨が水平線の彼方に上がる爆煙を見て鹿屋の五航艦司令部宛てに〇九一五「沖永良部ノ西方海上ニ艦種不詳ノ五爆発ヲ認ム」と報告した旨記載されている。

米側の資料によれば、この日の特攻機による損害は、次のとおりである。

沈没：駆逐艦「ルース」、「モリソン」、中型上陸艇ＬＳＭ「190」、「194」。損傷：軽巡「バーミンガム」、護衛空母「サンガモン」、駆逐艦「イングラハム」、「Ｅ・カウエル」、敷設駆逐艦「グイン」、掃海駆逐艦「ホプキンズ」、特務移動掃海艇ＹＭＳ「321」、「327」、英国海軍空母「フォーミダブル」、敷設駆逐艦「シェア」、改造掃海艇「ガイエティ」。

駆逐艦「モリソン」は邀撃管制艦として、ピケット・ラインの最も危険な場所に配置されていた。〇七一五、同艦は来襲する多数の特攻機を阻止するよう戦闘哨戒機に要請したが、数機の特攻機は撃墜を免れ、同艦に対する攻撃は、零戦の特攻で開始した。〇八二五、零戦一機が熾烈な弾幕を突破して同艦の艦橋と煙突付近に突入。死傷者多数、電気系統の大半が損傷した。これに続いて、三機の旧式双フロートの複葉機が、猛烈な対空砲火をものともせ

沖縄近海で九四式水偵などの体当たり攻撃で沈没した米駆逐艦モリソン

ず同艦に襲いかかり、すでに損傷していた同艦に次々と突入、損害を拡大した。そして最後の一機が止めを刺した。同艦の幾つかの通信回線は活きていて、「総員退去」が伝達されると同時に二度の大爆発が発生、その後、同艦は艦首を空中高く持ち上げ、〇八四〇、その姿を波間に消した。沈没地点は沖縄北端の北西二五浬（北緯二七度一〇分、東経一二七度五八分）である。時間的に見て、この水偵は剛史二飛曹たちに間違いないと思われる。

以上が史実に基づく記述である。戦史研究家が感傷に溺れることは厳に慎むべきであるが、筆者個人としては、第七小隊に続いて飛んだであろう二機の殿《しんがり》の剛史二飛曹が、止めを刺したと思いたい。

敵艦に突入した特攻隊員を特定する場合、筆者の経験から、特定に繋がる何らかの物証、例えば財布、写真、手紙などが不可欠になる。今回のように攻撃した六機のうち三機の突入が確認されている場合、物証なしでそれぞれの搭乗員を特定することは、不可能に近いといわざるを得ない。事実、剛史二飛曹はじめ突入した搭乗員について、現在までのところ、残念ながらその物証は何もない。後日、なんらかの機会に特定に至る手懸りが発見されることを願いながら、次に進むことにしたい。

剛史二飛曹の戦死公報

剛史二飛曹の戦死は一九四五年五月四日である。同月二〇日、豊田GF長官は剛史二飛曹の特攻を「忠烈万世ニ燦タリ」と称賛し連合艦隊告示（布）第一九一号を以って全軍に布告した。そして翌一九四六年八月一〇日、横須賀地方復員局から遺族に戦死公報と少尉任用が通知された。四階級特進である。戦後、その時期は不明であるが、剛史少尉の葬儀が執り行なわれている。

哲男大尉の遺留品と戦死公報

終戦から一ヵ月半くらい経ったある日、海軍省人事局から哲男大尉の遺留品として、豊田GF長官から贈られた短刀一口が、「海軍大尉関口哲男」と彼自身が墨筆した木箱に入れて関口家に届けられた。その送付状はタイプ打ちされ、「故海軍大尉関口哲男殿ニ対スル遺留品左記ノ所属部隊ヨリ送付有之候ニ付……」とあって、この時点では哲男大尉の戦死が未認定なので、当然のことながら、「故」はペン書きの二本線で抹消されており、階級も大尉のままである。従って、このとき、遺族は戦死したとは思っていなかったのではないか。

翌一九四六年になって三通の戦死公報が届いている。最初の公報は一九四六年三月一八日付の第二復員省河井巌人事局長からのもので、「昭和二〇年一月三一日比島ニ於テ戦死」となっている。この日は、哲男大尉が第二新高隊を率いて出撃、機材故障のため引き返した日である。残りの二通は、いずれも一九四六年七月六日付の復員庁第二復員局河井巌人事局長からのもので、その一通は「昭和二〇年一月三一日比島方面ノ戦闘ニ於テ御奮戦中ニ名誉ノ戦死」、もう一通は「昭和二〇年一月三一日戦闘第三一七海軍飛行隊長トシテ比島方面ノ戦闘ニ於テ奮戦中ニ壮烈ナル戦死」とあって文面が異なる。そして「位記」と書かれた包み紙には、同月一〇日付で復員庁総裁男爵幣原喜重郎から「海軍少佐関口哲男殿ノ名誉ノ戦死ヲ悼ミ謹ミテ弔意ヲ表ス」とあるので、哲男大尉の没後の階級は二階級特進ではなく、一階級上位の少佐であることが分る。

父・関口辰次氏の戦後

父親の辰治氏は哲夫大尉の戦死公報を受け、一九四六年七月から一一月までの間に第二復員局に四度も同大尉の処遇是正に向けて掛けあっているが、「調査の上善処する」というお役所的な回答だけで、何ら進展はなかった。その後、辰治氏は民生委員井上辰夫氏（哲男大尉の幼児期からの知人）の援助もあって、特攻隊員の認定を得るための交渉や、その証拠を探すために調査を重ねた。厚生省業務課に何度も足を運び、担当者のみならず厚生次官とも面談している。また、神奈川県の世話会や遺族会とも折衝し、更に当時の海軍関係者寺岡謹平中将（兵学校四〇期、第三航空艦隊司令長官）、玉井浅一大佐（同五二期、二〇五空司令）、猪口力平大佐（同、一航艦首席参謀）、中島正中佐（同五八期、二〇一空飛行長）とも面談や文通し、防衛庁長官、小泉純也、田川誠一両代議士にも善処方を依頼するなど、でき得る限りの手を尽くしたといっても過言ではないが、残念ながら辰次氏の念願は遂に叶わなかった。

戦死者の進級について、海軍武官進級令の規定では、進級に必要な年数が足りない場合の特殊進級は、勲功顕著な者が戦死した場合が一階級であり、これに布告が伴う場合のみ二階級となることは、前章において述べたとおりである。残念ながら、哲男大尉の場合、前述のように諸般の事情が錯綜して布告がなされなかったため、二階級特進の要件を満足していないと考えられたのではないか。

辰治氏は、哲男大尉の特攻が認知されるよう関係者に働きかけるとともに、一三回忌を前にして兄弟の慰霊碑建立の準備も進めていた。一九五七（昭和三二）年、元横須賀鎮守府司令長官戸塚道太郎中将（同三八期）宛てに、一三回忌に当たる本年、馬門山海軍墓地（旧横須賀海軍基地）に特攻兄弟の碑を建立したいので、ご厚情を賜りたいという趣旨の書簡を送り、元長官を訪問している。その書簡に対し元長官は、二月一七日付の返信で、海上自衛隊横須賀総監部吉田英三海将（同五〇期、海軍省軍務局第三課長）の快諾を得たので、万事予

横須賀の馬門山海軍墓地に建立
された関口特攻兄弟の慰霊碑

定通り進めてもよいと斡旋した旨を伝えている。

辰治氏は特攻碑の撰文を一度は中島中佐に依頼したようではあるが、新高隊の編成については当事者であるにもかかわらず「私は（処遇の是正に関しては）お手伝いの形であるから責任はとれぬ」との意向を表明していたので、同中佐に対して飽き足りないものを感じていたのではないか。一方、一九五三年七月、横浜市鶴見区の曹洞宗大本山総持寺で行なわれた特攻隊員の慰霊祭で辰次氏が寺岡中将に会ったとき、「二面の戦死公報（昭和二〇年一月二一日と同月三一日）ありとせば、一月二一日にせば無難でしよふ」と、早くから哲男大尉の特攻死について、辰次氏の意を汲んで対応してくれていた。最初の戦死公報では一月二一日に戦死となっている。第二新高隊を率いて出撃したのはこの日であるから、二一日に特攻死とすればよい、ということである。一九五六年一一月一〇日消印の同中将の書簡にも「戦死は如何様なりとも、御墓標には特攻隊員としての御功績を称え偉勲を顕彰し置かるゝこと八当然と存じます」とある。このような経緯から、辰次氏は特攻兄弟の碑の撰文と揮毫を寺岡中将に依頼し、同中将は辰治氏の意を汲んで関口兄弟の功績を称え、一月二一日に特攻死と撰文している。辰次氏の永年の思いを込めた墓碑銘である。

おわりに

一九五七年五月、辰次氏が横須賀の馬門山海軍墓地に建立した関口特攻兄弟の碑の碑銘は、表に「関口特攻兄弟之碑」元第三航空艦隊司令長官寺岡謹平敬書（花押）とし、裏に同長官による兄弟の偉勲を称える碑文が刻まれているのが、知る人にとって、せめてもの慰めであろうか。

碑の裏――

「大東亜戦争の末期敵米軍の反撃熾烈となるや次男海軍少佐関口哲男は神風特別攻撃隊新高隊長として昭和二十年一月二十一日台湾東方海面に於て三男海軍少尉関口剛史は神風特別攻撃隊水心隊員として同年五月四日沖縄海面に於て何れも敵艦隊を邀撃して之に突入偉功を奏し壮烈なる戦死を遂げ以て悠久の大義に生く時に哲男二十四歳剛史十九歳兄弟共に特攻隊として国難に殉ず故に特攻兄弟の碑となす銘に曰く　一死酬君　千載餘烈　武士如桜　標国香潔

昭和三十二年五月　海軍中将寺岡謹平　撰并書」

最後になったが、在米の関口良修氏やご家族からは、関口哲男、剛史ご兄弟の生涯を書き残すことについて、ご快諾と貴重な写真の提供を戴くことができた。この場を借りて、厚く御礼申し上げる次第である。

あとがきに代えて──戻って来た特攻隊員の遺品

この春、今年は終戦七五周年なのでいろいろな話題があるだろうとな思っていたところ、豈図らんや、二〇〇三年に筆者が身許を特定した特攻隊員富安俊助中尉の遺品が、ご遺族の許に七五年ぶりに戻って来るのをお手伝いすることになった。その経緯を、あとがきに代えて紹介したい。

二〇二〇年五月一五日金曜日の朝、筆者は何時もの通り八時少し前に起きて簡単な朝食を終え、一息入れて机に向かった。窓越しに外を見ると曇。まだ梅雨には少し早いが、今日も一日中曇のようである。ふと、壁に掛けたカレンダーを眺め、昨日は富安俊助中尉の祥月命日だったことを思い出した。一九四五年の昨日七時数分前、種子島東方洋上において、彼が米空母「エンタープライズ」に突入したのが七五年前である。

そんなことを考えながらPCを立ち上げた。筆者の住んでいる高齢者住宅の入居者の平均年齢は九〇歳前後、しかも大半がご婦人である。従って、PCを使っている人は皆無に近く、建物に光回線の設備をするメリットがない。PCを使うとなればコネクターでインターネットに接続しなければならないので、若干時間がかかる。接続を終えてメールを受信し、着信をみると、数通の日本語のメールの中に英文が一通ある。どこからかとみると、発信者はBarrett Tillman、表題はShunsuke Tomiyasu artifact（遺品）となっている。ついさっきまで富安中尉のことをあれこれ考えていて、メールを開くと彼の遺品に関するメールが着信している。時間差のため、アメリカでは今日が一四日である。あまりの偶然さに一瞬読み間違いではないかと思い、ゆっくりと見直したが、読み間違いではない。逸る心を抑えてメールを読み始めた。メールの内容を説明する前に、バレット・ティルマンとは誰かを説明する必要がありそうだ。

彼はアリゾナ州の州都フェニックスから東南東二〇キロばかり離れた小さな町メサに住む戦史作家である。筆者は二〇〇三年、それまでアメリカではトミ・ザイと呼ばれていた特攻隊員を第六筑波隊長富安俊助中尉（予学一三期）と特定し、その五年後にUSNI Naval Historyに"Who knocked the *Enterprise* out of the war?"の題名で寄稿した。それを見たバレットが筆者に連絡して来て、富安中尉の写真など日本側の資料収集や戦闘状況を調査し、二〇一二年の春"*Enterprise* America's fightingest ship"という題名の図書を出版した。それ以来、そして富安中尉の令弟秀雄氏と筆者に署名入りの新刊を送ってくれたことがある。それ以来、初めてのメールである。

メールの内容は、八年にわたる無沙汰を詫び、筆者の安否を訊ねる挨拶で始まり、彼は最近第二次大戦の想い出の品々を整理し、それらの終《つい》の棲家を探している。その中の最も顕著な物が、「エンタープライズ」の乗組員が特攻隊員のポケットから回収した五〇銭紙幣（昭和一八年発行、図案は靖国神社）で、その状態は非常に良好といえる。彼としては、この紙幣を遺族の手元に安全に届くように取り計らいたい。もし、そうする価値があるならば知らせて欲しい、とあった。

早速、この申し入れを大阪在住の富安陽子さん（富安中尉の姪御）にお知らせすると、「遺品返還のお申し出ありがたいことだと思っております。もし、こちらにお戻しいただけるようでしたら、祖父母や父の霊前に報告し、然るべき形で大切に保管させていただきます」とのご返事があったので、その旨をバレットにメールし、送る方法について具体的な打ち合わせをした。筆者は、航空便で書留、または保険をかけることを提案したところ、彼は、国務省の日本課に勤務していた知人がいるので、彼の意見を聞いてみたいとのこと。そこまでする必要があるのかと一寸考えたが、先方がイニシアティブを取っていることなので、素直に先方の意見を尊重することにした。

その後の彼からの連絡では、元国務省勤務の知人とも連絡が取れ、調整に数週間の時間が欲しいとのことなので、それに従うことにした。その後、彼はさらに在フェニックス日本領事館などにも問い合わせた結果、最終的には筆者の提案通り郵便局経由の航空便で送ることになり、現地時間六月二四日に発送したとのメールが届いた。そして遺品は七月二日、バレ

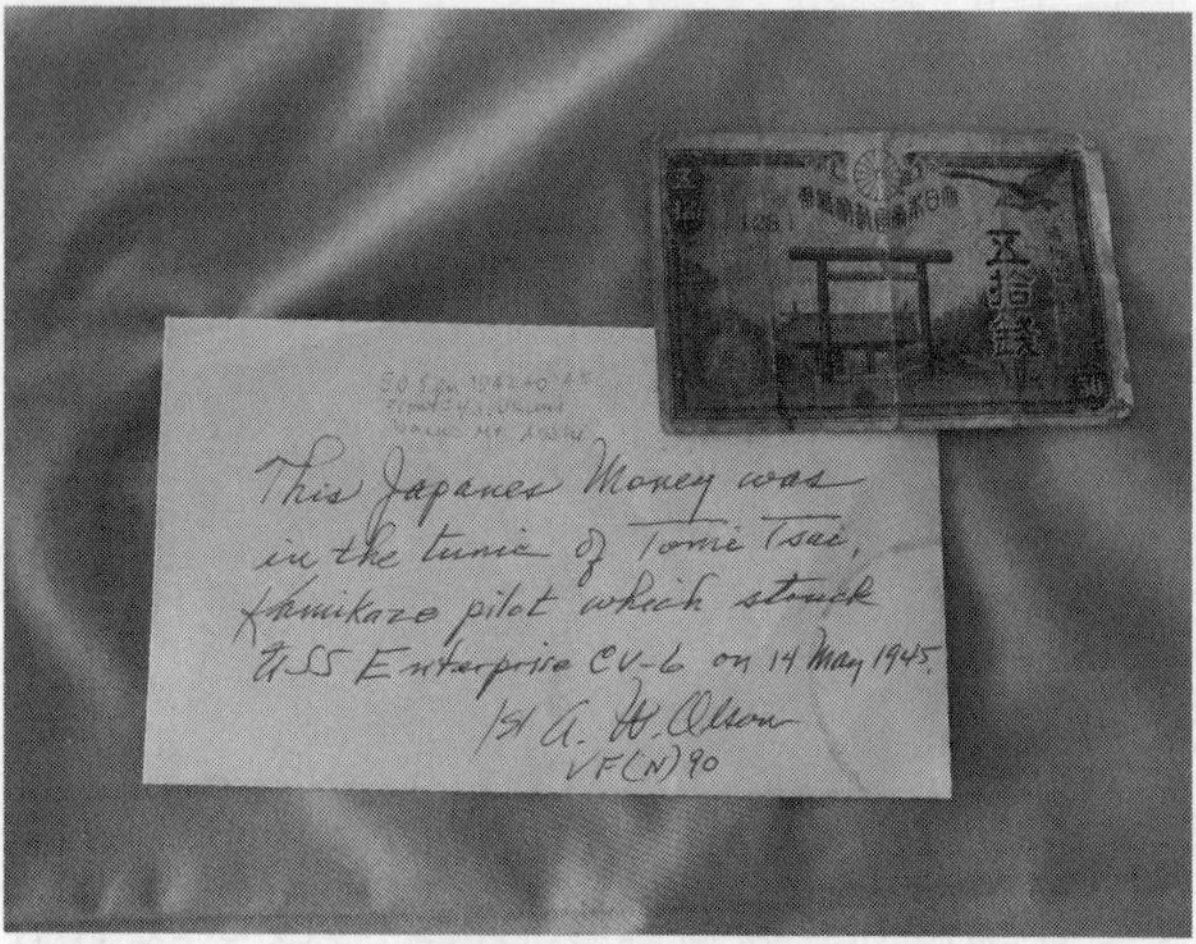
This Japanes Money was
in the tunic of Tomi Tsai,
Kamikaze pilot which struck
USS Enterprise CV-6 on 14 May 1945.
/s/ A. W. Olson
VF(N)90

アメリカから75年を経て帰還した特攻隊員富安役助中尉の50銭紙幣とメッセージカード

ットが郵便局員から聞いたという配達予定日の七月四日よりも三日早く、待ちわびる富安陽子さん（以下、親しみを込めて「陽子さん」と呼ばせて戴く）の手元に無事届いた。

ここで陽子さんについて簡単に紹介すると、彼女は著名な児童文学作家である。二〇一一年、『盆まねき』（偕成社）で野間児童文芸賞受賞。その中に伯父富安中尉の特攻に関する物語が収録され、昨年の国際アンデルセン賞の日本からの作家候補に選出されている。その他、多数の受賞。尚、戦後生まれの陽子さんが、富安中尉の特攻死をお知りになったのは、多感な小学校二年生のときだったと、お聞きしている。

遺品は無事、陽子さんの手元に戻っ

富安中尉の50銭紙幣を手にした富安陽子さん

て来た。陽子さんとは既知の間柄だけに、ぶしつけな質問になって心苦しかったが、これも「物書きの真似事」をする者の仕事と観念し、今回のことについて、あれこれとお尋ねした。幸いにして、快く筆者の要望にお応え戴くことができた。職業柄であろうか、読みやすい字体の手書きで埋められた原稿用紙の回答を頂戴したので、お許しを得て要約する。

まず、遺品を手にしてご覧になったときのご感想をお尋ねすると、「富安俊助という人が父や祖母たちと一緒に暮らし、二二歳の短い人生を特攻で終えたという事実を知ってはいましたが、その伯父が実際に手で触れたであろう紙幣が目前にあって、その紙幣に私が手を触れていることが不思議でした。事実として理解していたことが現実になった……というか。七五年の歳月をタイム・スリップして、一瞬伯父と触れ合ったような感覚を覚えました。気がついたら、紙幣をそっと指でなぞりながら『お帰りなさい』といっていました。リビングには父や祖母や伯母と一緒に、私と弟たちの古い家族写真を飾ってあるのですが、その写真の前に紙幣の入った封筒を供え、伯父の帰還を報告しました」

遺品は、今後、どのようになさるご予定かを伺うと、「多摩霊園にある富安家のお墓に、祖父母、俊助伯父のきょうだい全員がそこにいるのですが、伯父の遺骨はありませんので、遺品を納めれば皆喜ぶだろうと思います」とのお答えであった。

これで、富安家や陽子さんご自身の「戦後は終わった」とお考えになりますかという問いには「伯父の消息を知りたがっていた父や伯母にとっては、二〇〇三年の夏、俊助伯父の最期が分ったときが一つの区切りだったと思います。私自身は、伯父とは見ず知らずの仲ですが、縁あって伯父にまつわる物語を書き、父や伯母に聞いた想い出話を通じて伯父のことは少なからず知っています。とはいえ、今もって分らないこともたくさんあります。伯父は何故死なねばならなかったのか。どのような思いで、あの特攻作戦に参加したのか。『エンタープライズ』に向けて緩降下しながら、後数十秒で生命が尽きようとするとき、何を考えていたのか。相手側にも一四名の戦死者と六八名の負傷者を出した伯父の特攻を、私はどう捉えればよいのか……。

問いかけて答の出ることでもないのですが、それを問い続け、考え続けることが、今を生きている私の役割だろうと思います。その意味では、戦後が終わることなないという気がします」とのお答えを戴いた。そして、

「戦争を実際に体験し、その時代を生きた人たちがいなくなってしまったとき、戦争という

現実が遠い昔話になって、戦争がもたらした痛みや、苦しみや、死が忘れられて行くのではないかと心配しています。子供の本の作り手の一人として、戦争の記憶をどうやって未来に伝えて行くか、考えなければならない課題だと思います」と、最後は児童文芸作家の立場でのお考えで結ばれていた。

遺品が戻ってくれば、確かにそれは一つの区切りにはなるかも知れないが、それを以て「戦後が終わった」などと単純にいえるものではないことを改めて思い知り、恥じ入った次第である。

次に、富安俊助中尉の壮絶な最期についてご存じでない読者のために、同中尉の特攻について略述する。

一九四五年五月一四日。この日は沖縄の攻防を巡り、菊水第六号作戦が発動されていた。

○五一五：日出。天候は部分的に曇、視程八〜一二浬。「エンタープライズ」が所属する第五八・三任務群は総員戦闘配置に就き、夜明けの九州南東一五〇浬付近の洋上を航行中。

○五三〇：富安俊助中尉（第六筑波隊長）、零戦に遅発信管付五〇番を装着して鹿屋を発進。

○六〇〇：「エンタープライズ」のCIC（戦闘情報センター）は、敵味方不明機を二七〇度、七〇浬に発見と通報。この頃、同艦は五グループの特攻隊が、同艦に向かいつつある旨の情報を入手。

○六二二：同艦のCICは、敵味方不明機を二〇〇度、二〇浬、高度八〇〇〇フィート（推定）に探知。間もなく射撃管制レーダーは、急速に接近する単機らしい機影を報告。
○六四一～○六四九：同艦の見張員は、水平線上に日本機三機が撃墜されるのを望見。
○六五三：接近する零戦一機（富安機）が、同艦の南西一浬の低層雲の雲間から出現。この零戦に同艦や近接する他艦の五インチ砲が発砲。零戦は雲間に隠れる。
○六五四：任務群のコース変更に伴い、同艦も一三五度から七五度に変針したので、零戦が艦尾から攻撃するのには絶好の態勢となる。
零戦は巧みに雲間から雲間へと出入りして、五インチ砲の連続射撃をかわす。
○六五六：任務群は更に変針、同艦も三四五度に変針。同艦の上部構造物の後に装備された四〇ミリ機銃が、雲間に隠れた零戦に射撃を開始。
零戦は素早く雲低から現われ、同艦目がけてまっしぐらに緩降下する。全機銃が銃火を浴びせて零戦を追い払おうとするが、零戦は退避運動をすることもなく、同艦の変針に追従するため、若干のコースと姿勢を調節しながら突進し続ける。
○六五七：零戦は同艦の左舷後部上方から斜めに降下し、右舷側にオーバーシュートするかのように見えると、突入点から一〇〇～二〇〇ヤード手前で、左に急横転して背面飛行に移り、逆宙返り（スプリットS）の最初の四分の一を終え、降下角度を四〇～五〇度に増加して、前部エレベーターの手前の飛行甲板に激突し、エレベーター孔内を落下。次の瞬間、爆弾は五層下の甲板で大音響を上げて炸裂。付近の艦艇からは同艦の前部エレベーターが灰色と白色の濃い煙の柱頭となって約一三〇メートル上空に舞い上がり、一瞬停止した後、海上に落下するのが望見される。これで、「エンタープライズ」は空母としての機能を完全に喪失。
○七一四：格納庫内の激しい火災は零戦の突入から一七分で制御。
○七二七：鎮火。
一四一〇：同艦の戦死者と特攻隊員の遺体は、丁重に水葬に付された。

富安中尉の旺盛な攻撃精神、優れた判断力や操縦操作もさることながら、筆者にはトミ・ザイの本名を求めて調査を開始したとき以来、同中尉が是が非でも突入するのだという、攻撃精神プラス何か——それを執念、または意地とでもいうか——を以て突入したように思われてならなかった。一体、それは何だったのだろうか。

白鷗遺族会編『雲ながるる果てに』（河出書房新社）の特攻川柳に、「十三期　特攻専門士官なり」という句がある。富安中尉の無二の親友、近藤静夫氏（故人）が白鷗通信第八号（二〇〇三年二月一日）に「富安俊助君を偲ぶ」と題して寄せられた文を要約すると、一九四四年九月、筑波空での戦闘機教程を終了した富安・近藤少尉は六〇一空、人も羨む空母搭乗員を命ぜられたが、同空からは台湾沖海戦に古参搭乗員だけが急遽出撃し、残留者は名古屋空で予科練の教官をした。翌一九四五年二月中尉に進級、三月古巣の筑波空の戦闘三〇六飛行隊に呼び戻されると、すでに同空では八隊の特攻隊が編成され、隊長は一三期、列機は一四期で、六四名が神風舎という別棟で起居し、猛烈果敢に特攻訓練に励んでいた。ここで両氏は異様な雰囲気を感じ話し合っている。それは、海兵七三期の中尉が大勢いるのに、特攻要員は予備士官ばかりとは、まるで消耗品扱い（注一）。「よーし。今に見ておれ。立派に戦って見せるぞ」と悲憤慷慨していたという。

両中尉は、予備学生は婆婆気満々とか、「スペア」「スペア」といわれても、ノブレス・オブリージュ（注二）に従い志願して国難に赴くのだというプライドを強く抱き、張り切っていたのであろう。プラス何かを、「一三期の意地」と書き替えると、筆者には富安中尉の気持ちが理解できるような気がする。

注一：沖縄戦における特攻戦死者数は兵学校出身者五二名、予備学生五〇七名である。また、終戦当時の搭乗員は、兵学校出身者一〇三四名、予備学生八六九五名という資料がある。戦争末期、海軍の搭乗員の約九割が予備学生だったので、事情の分からない現場の当事者としては、頭数だけを見て、「特攻要員は予備士官ばかり」と感じたのではないだろうか。

注二：noblesse oblige とは、身分の高い者は、それに応じて果さねばならぬ社会的責任と義務があるという、欧米社会における基本的道徳観。一九四〇年に高等教育を受けた者の比率は、三・七％という資料がある。

だいぶ横道に逸れたが、一口に七五年といっても永い、永い歳月である。終戦当時一六〜七歳だった兵学校最終クラスの筆者たちも卒寿を過ぎ、クラスメートは櫛の歯が欠ける様に幽明境を異にしている。この間、異国の地にあって特攻隊員の遺品を丁重に保管し、七五回忌に当たってご遺族に返還する善意の人がいたことは、トミ・ザイこと富安俊助中尉と奇《く》しき縁《えにし》で結ばれていたとしか思われない筆者にとっては、望外の喜びである。

空母「エンタープライズ」に対する中井一夫大尉の特攻的攻撃の解明に続き、同艦に突入した特攻隊員トミ・ザイの本名を求めて調査した筆者の「物書きの真似事」の始まりも、同艦を戦列から叩きだした富安中尉の遺品の返還を以て終わろうとしている。筆者があの世で富安中尉にお目にかかれるのも、そう遠い将来ではないだろう。そのときは、当時のことをお尋ねしてみたいと思う今日この頃である。

最後に、ご多忙中にあって筆者の取材に快く応じてくださった富安陽子さんに、厚くお礼を申し上げて筆を擱く。

二〇二〇年一一月

菅原　完

参考文献

◆電纜敷設艇「大立」最後の戦い

尾崎一（代表）『わが町の戦中戦後を語る 想い出の体験記録集』（瀬戸内町中央公民館、１９８９年）

片倉武夫中尉の遺品

『佐世保東山海軍墓地碑誌』（同墓地保存会編、１９９８年）

木俣滋郎『潜水艦攻撃』（光人社、２０００年）

佐々木幸康『海の防人』（水産講習所、２００２年）

『近代世界艦船辞典』The Encyclopedia of World Modern Warships

Clay Blair, Jr. "Silent Victory"（Bantam Books, 1976）

Aircraft Action Report, CVG 83, VF 83, VFB83, 27 March 1945（織田祐輔氏提供）

◆撃墜された九七大艇 ヘルキャット夜戦との戦い

高橋廣史少尉の遺品

６ＦＢＧ電令作一九号及其の訂正（２ＡＦヨリ電話）

USS *Independence*（CVL-22）War Diary, 24 October 1944

John G. Lambert "USS *Independence*（CVL-22）War Diary of the Nation's First Dedicated Carrier"（Lighting Source）

◆B-29に体当たりした「彗星」夜戦

『海行かば』（海軍兵学校七三期編）

『江田島賛歌抄』（海軍兵学校七五期）生徒

旧軍戦史雑記ノート（１９４５年５月23～24日）

阿川弘之『井上成美』（新潮社、１９８６年）

森 史朗『敷島隊の五人』（光人社、１９８６年）

仲村明子・小野洋訳『B-29操縦マニュアル』

（光人社、1999年）
押尾隆介『空行かば』（上毛新聞社、2015年）
工藤洋三『日本の都市を焼き尽くせ』（自家版、2015年）
菅原完『海軍兵学校岩国分校物語』（光人社、2015年）
藤井非三四「月刊『丸』」（2016年9月）所収
POW研究会ウエブサイト「本土空襲の米軍墜落機と捕虜飛行士」
DPAA Missing Air Crew Report 114486, 23-24 May 1945

◆「エンタープライズ」に残された特攻機の主翼の謎

布告第一四七号（20・4・22）神風特別攻撃隊第三御盾隊第二五二部隊 戦闘経過概要
安延多計夫『ああ神風特別攻撃隊』（光人社、1986年）
『特別攻撃隊』（特攻隊慰霊顕彰会編、1990年）
森本忠夫『特攻』（文藝春秋社、1992年）
松永　栄『大空の墓標』（大日本絵画、1999年）
Edward P. Stafford "The Big E" (Naval Institute Press, 1962)
USS *Enterprise* (CV-6) Action Report, 11 April 1945
USS *New Jersey* (BB-62) Action Report, 11 April 1945

◆空母「ワスプ」に挑んだ「流星」特攻隊

布告第一九四号（20・8・9）神風特別攻撃隊第四御盾隊（攻第一飛行隊）戦闘経過概要
布告第一九五号（20・8・9）神風特別攻撃隊第七御盾隊第二次流星隊（攻第五飛行隊）戦闘経過概要
茨木和典「会報特攻第60号」（財）特別攻撃隊戦没者慰霊平和祈念協会、2004年）所収
USS *Wasp* (CV-18) Action Report & War

Diary, 9 August 1945
USS *Borie* (DD-704) Action Report & War Diary, 9 August 1945
United States Naval Chronology WWII
USS *Wasp* (CV-18) Association 資料

◆**知られざる練習機特攻 徳島白菊特攻隊の悲劇**

『戦史叢書第17巻・沖縄方面海軍作戦』（朝雲新聞社）
『戦史叢書第93巻・大本営海軍部連合艦隊〈7〉戦争最終期』（朝雲新聞社）
「徳島海軍航空隊戦時日誌」（同航空隊昭和二〇年五月一日～三一日）
安延多計夫『ああ神風特別攻撃隊』（光人社、1986年）
森本忠夫『特攻』（文藝春秋社、1992年）
沓名坂男（旧姓鈴木）「特攻とは」、大塚唯士編『白菊と彩雲の航跡』（自家版、1995年）所収
永末千里『白菊特攻隊』（光人社、1997年）
宮本道治『われ雷撃す九三一航空隊戦記』（新人物往来社、1998年）
原 勝洋『写真が語る特攻伝説』（KKベストセラーズ、2006年）
『特攻の記録』（「丸」編集部、2011年）
『還らざる銀翼』（「丸」編集部、2013年）
工藤洋三『アメリカ海軍艦載機の日本空襲』（自家版、2018年）
USS *Storms* (DD-780) Action Report, 25 May 1945
USS *Hancock* (CV-19) Action Report, 25 May 1945
The 6th Fighter Bomber Sqdn. the 6th Carrier Air Group Action Report, 24 May 1945

◆**徳島空襲で戦死した米軍パイロットの真実**

大西尚男「敵艦載機大来襲シコルスキーの撃墜」（松茂町誌（上）、1975年）所収
工藤洋三『アメリカ海軍艦載機の日本空襲』（自家版、2018年）

ＰＯＷ研究会ウエブサイト「本土空襲の米軍墜落機と捕虜飛行士」
「続・埋もれた戦場 県内空襲の記憶 松茂町豊岡」徳島新聞２０１７年9月24日
「松茂で撃墜死 供養碑の米兵の身許判明」徳島新聞２０１８年7月24日
The Blue Island Sun Standard Newspaper, August 9, 1945

◆特攻隊員となった兄弟の最期

『戦史叢書第17巻・沖縄方面海軍作戦』（朝雲新聞社）
「第一航空艦隊特攻隊関係綴」（第一航空艦隊 昭和一九年一〇月～二〇年八月）
「第一航空艦隊零戦隊戦闘詳報（第一号）」（第一航空艦隊 昭和二〇年二月二〇日）
水偵特攻隊戦闘詳報第壱号（昭和二〇年六月）
神風特別攻撃隊水心隊編成表（詫間空）
神風特別攻撃隊水心隊戦闘経過概要（詫間空）
神風特別攻撃隊魁隊戦闘詳報（北浦空）
『海機五二期の記録と追憶』（海軍機関学校第五二期会編）
猪口力平・中島正『神風特別攻撃隊の記録』（雪華社、１９８４年）
安延多計夫『ああ神風特別攻撃隊』（光人社、１９８６年）
門司親徳『回想の大西滝次郎』（光人社、１９８９年）
『特別攻撃隊』（特攻隊慰霊顕彰会編、１９９０年）
森本忠夫『特攻』（文藝春秋社、１９９２年）
原 勝洋『写真が語る特攻伝説』（ＫＫベストセラーズ、２００６年）
『海と空の特攻から見た戦争』（神奈川県立神奈川総合高等学校昭和史研究会編、２００９年）
USS *Ticonderoga* (CV-14) Action Report, 21 January 1945
USS *Morrison* (DD-560) Action Report, 21 January 1945

◆あとがきに代えて
富安俊助中尉の遺品
菅原完『知られざる太平洋戦争秘話』（光人社、２０１５年）

〈初出〉
月刊「丸」：２０１６年８月号・９月号／２０１７年１月号・５月号・10月号／２０１８年12月号／２０１９年９月号・１０月号／２０２０年１月号
＊本書刊行に当たって加筆、訂正を加えた。

NF文庫

無名戦士の最後の戦い

二〇二一年一月二十四日 第一刷発行
著 者 菅原 完
発行者 皆川豪志
発行所 株式会社 潮書房光人新社
〒100-8077 東京都千代田区大手町一-七-二
電話/〇三-六二八一-九八九一(代)
印刷・製本 凸版印刷株式会社
定価はカバーに表示してあります
乱丁・落丁のものはお取りかえ致します。本文は中性紙を使用

ISBN978-4-7698-3199-0 C0195
http://www.kojinsha.co.jp

NF文庫

刊行のことば

第二次世界大戦の戦火が熄《や》んで五〇年――その間、小社は夥しい数の戦争の記録を渉猟し、発掘し、常に公正なる立場を貫いて書誌とし、大方の絶讃を博して今日に及ぶが、その源は、散華された世代への熱き思い入れであり、同時に、その記録を誌して平和の礎とし、後世に伝えんとするにある。

小社の出版物は、戦記、伝記、文学、エッセイ、写真集、その他、すでに一、〇〇〇点を越え、加えて戦後五〇年になんなんとするを契機として、「光人社NF（ノンフィクション）文庫」を創刊して、読者諸賢の熱烈要望におこたえする次第である。人生のバイブルとして、心弱きときの活性の糧《かて》として、散華の世代からの感動の肉声に、あなたもぜひ、耳を傾けて下さい。